분열된 주체와 무의식

푸른사상
비평선

11

Split Subjects and the Unconscious

분열된 주체와 무의식

김혜영 비평선

푸른사상
PRUNSASANG

장마가 사라진 남쪽에는 태양이 식어가는 법을 잊은 듯하다. 로고스의 상징처럼 여겨지던 태양은 밤이 되면 서쪽으로 사라지고 대지는 식어야 하는데 이상한 계절이다. 식지 않는 것은 어쩌면 열이 올라오는 피곤한 내 어깨인지도 모른다. 차갑게 식어가는 줄 알았는데 무의식의 방에서 익어가는 감자를 혼자 삼켰으리라. 현대의 주체는 미세한 세포처럼 분열된 채 살아가면서 확정된 모습을 오래 지속하지 않는다. 근대의 주체처럼 확고한 이성에 뿌리를 둔 이상적인 인간상이 현대에는 별로 매력적이지 않다. 흔들리면서 미끄러지고 부유하는 주체들, 멜랑콜리하게 흐느끼는 주체들이 회색 도시를 배회한다. 유령처럼 거대한 스크린에 출현하기도 하고 스쳐 지나가는 무심한 타자의 심장에 소리 없이 스며든다.

정신분석학에 매료되기 시작한 것은 박사논문을 쓰면서 만난 미국의 고백파 시인들 때문일 것이다. 로버트 로월(Robert Lowell)을 비롯한 그들은 대개 정신병을 앓았고 자살로 생을 마감한 경우가 많다. 그들의 시에 등장하는 광기와 우울과 불안이 어느새 내게도 깃들어 있음을 발견한다. 내가 알지 못하는 곳에서 존재하는 또 다른 나의 초상,

낯선 이미지 혹은 아득한 무의식이 가슴에 밀려드는 순간이 있다. 시인들이 쏟아내는 아름답고 서정적인 언어의 이면에서 얼룩진 욕망과 사나운 공격성을 눈치채기도 한다. 때로는 거친 호흡으로 내뱉는 날카로운 언어에서 오히려 서럽도록 숭고한 감성을 만나기도 한다.

의사이자 정신분석가인 박시성 교수와 함께 라캉의 『에크리(*Ecrits*)』 원서를 함께 강독했던 일과 라캉을 이해하려면 먼저, 프로이트를 깊이 있게 이해할 필요가 있다고 판단되어 『프로이트 전집』을 읽으면서 동료들과 토론했던 장면들이 스친다. 첫 평론집 『메두사의 거울』을 낸 이후, 8년 만에 출간하는 이 평론집에는 그러한 나의 정신적 여정이 담겨 있다. 1980년대 대학가에 암울한 독재의 기운이 감돌 때에도 나는 사회 정치적 이슈보다는 나의 근원에 대한 고민이 가득했다. 왜 태어났는지, 왜 살아가야 하는지, 신은 존재하는 건지, 어떤 양상으로 우주에 존재하는지, 끊임없이 나라는 존재에 대한 의문이 일어나 한때는 수도자가 되고 싶었다. 정신분석에의 매료는 그러한 연장선인 것 같다. 나라는 존재를 찾고 싶은 욕망과 그 너머에 존재하는 어떤 것과 주변의 타자들에 대한 애증을 추적하는 것이 이번 평론집 『분열된 주체와 무의식』의 주된 테마이다.

제1부 「분열된 주체와 무의식」에서는 후기 자본주의 시대를 살아가는 현대적 주체들의 욕망과 억압된 무의식에 초점을 둔다. 무한경쟁을 부추기는 자본의 잔혹한 힘에 매몰되어 허우적거리는 의식과 그 가면 뒤에서 끝없이 탈주를 꿈꾸는 욕동들을 추적한다. 남성 시인

들의 시에서 분열된 주체가 출현하는 다양한 양상들을 세밀하게 분석한다. 부친 살해에의 욕망, 오브제 a에 대한 과도한 집착, 혹은 물화된 주체 등을 통해서 현대 사회의 여러 병리적 실존들이 시 속에서 어떻게 변용되는지를 고찰한다.

제2부 「폭력과 유머」에서는 한 개인이 타자에게 자행하는 폭력과 그 폭력에 노출된 자의 상흔이 시 속에서 구현되는 양상에 주목하면서 동시에 국가 혹은 제도로서 자행되는 폭력의 속성과 양상을 검토한다. 인간에 내재한 공격성(Aggressiveness)은 한 개인 간의 관계에서도 발생하지만, 국가라는 거대한 조직을 통해서 법의 이름을 걸고 합법적으로 발현되기도 한다. 불특정 다수에게 가해지는 물리적 폭력과 제도와 법의 옷으로 갈아입은 채 자행되는 교묘한 현대 사회의 폭력에 대한 시인들의 예민한 촉수를 들여다본다.

제3부 「트라우마와 여성시」에서는 한국 문단의 든든한 버팀목으로 자리한 여성 시인들의 정신적 외상을 검토한다. 한국 사회가 많이 나아지긴 했지만 여전히 가부장제적인 의식은 곳곳에 스며있다. 최근 문단에 대거 등단한 여성 시인들은 시를 통해서 심리적 외상의 탈출구를 찾는 경향이 두드러진다. 시 창작이라는 활동을 통해서 자신들의 숨겨진 트라우마를 표출하고 히스테리 혹은 신경증을 극복하는 데 어느 정도 도움을 받는 측면이 있다. 심리적 억압이나 과도한 긴장을 풀어놓는 해방구로서의 시적 장치가 현대 사회에서 의미가 있어 보인다. 완전한 치료책은 아니지만 윤리나 금기에 얽매인 주체의 해소할 수 없는 욕망에 작은 틈 혹은 숨구멍을 시가 제공하기도 한다.

여러 문예지와 논문집에 발표한 글들이어서 논리적으로나 내용면에서 미흡한 점이 많아 부끄럽지만, 평론집을 출판하는 데 지원을 해준 부산문화재단과 출판을 허락해주신 푸른사상사와 주간 맹문재 교수님, 편집부 지순이 실장님께도 깊은 감사를 드린다. 그리고 늘 바쁜 척 제대로 밥도 차려주지 못했지만 씩씩하게 살아가는 류도현과 헌신적인 엄마가 되지 못해 미안한 성진과 태경에게도 고마움과 사랑을 전한다.

2013년 가을
해운대 바닷가에서
김 혜 영

제1부 분열된 주체와 무의식

제2부 폭력과 유머

제3부 트라우마와 여성시

제1부
분열된 주체와 무의식

분열된 주체와 무의식의 시학

1. 분열된 주체와 부친 살해에의 욕망

나라는 주체는 어디에 존재하는가? 데카르트의 코기토인, "나는 생각한다 고로 존재한다."라는 명제를 자크 라캉이 무의식에 존재하는 타자의 욕망을 설명하면서 상큼하게 배반해버릴 때, '생각하지 않는 곳에서 존재하는 나는 무엇일까?'라는 의문이 제기된다. 프로이트의 정신분석 이론은 읽으면 읽을수록 매력이 넘치는 매혹적인 텍스트이다. 라캉이 프로이트에게로의 복귀를 강력하게 주장하는 이유를 새삼 느낄 수 있다. 흔히 프로이트의 이론이 너무 생물학적인 성본능에 함몰되어 있다고 쉽게 비판하지만, 과연 그러한가? 프로이트가 리비도라는 성적 에너지라는 용어를 통해 인간 내면에 존재하는 의식하지 못하는 곳에 따로 저장된 무의식을 언급했을 때, 서구

사상사에는 새로운 지평이 열리게 된다. 무엇보다 프로이트가 발견한 "무의식"이라는 그 영역이 새로운 사유로써 화산처럼 폭발한 것이다. 라캉이 새롭게 주목하는 것도 무의식을 자세하게 설명할 수 있는 방법론이다. 이 무의식을 어떻게 보편적 언어 문법에 맞게 규명할 것인가에 대해 라캉은 수없이 고민했을 것이다.

현대의 주체를 라캉 식으로 말하자면, "분열된 주체"이다. 이 분열된 주체는 출생하는 순간에 탯줄을 자르면서 어머니와의 근원적인 분리를 경험한다. 대타자인 어머니와의 분리는 영원히 채워질 수 없는 결핍이다. 존재 자체의 결여로써, 빗금이 쳐진 주체가 된다. 이 결여를 채우려는 욕망은 끊임없이 대상을 갈구하지만, 그 대상은 계속해서 미끄러질 따름이다. 현대 시인들이 주목하는 것 역시 이러한 분열된 주체의 욕망과 시선이다. 결코 온전하게 통합될 수 없는 주체의 이 불완전하게 미끌거리는 욕망의 언어가 무의식의 시학이다.

시인이 시를 창작할 때, 그의 내면에서 작동되는 매커니즘은 의식과 무의식의 교차와 혼합이다. 프로이트는 꿈을 분석할 때, 압축과 전치를 언급했고, 라캉은 이것을 은유와 환유의 이론으로 설명하듯이, 시인 역시 시를 쓰는 과정에서 은유와 환유를 사용하여 의식과 무의식을 교묘하게 축조한다. 현대 시인들의 시가 난해하다는 평가를 받는 것은 독자들이 이 무의식의 과도한 노출에 거부감을 느끼거나 새로운 독해법에 익숙하지 않은 탓이다. 특히 한국 시인들의 고상하고 우아한 시에 대한 선호는 이처럼 기괴하고 그로테스크한 무의식의 서사에 대해 선뜻 문학상이라는 우호적인 평가를 내리지 않는다. 어쩌면 한국 사회 전체가 지나칠 정도로 초자아의 도덕률을 표면적으로 내세우면서, 내면에서는 이드의 거친 욕동을 분출할 곳을 몰라 방황하는 탓인지도 모른다. 현대시와는 달리 한국 영화에서는 분열된 주체가 아주 현란할 정도로 다양한 캐릭터들을 통해 창조되고 소비되어진다. 영화의 문법에는 언어만이 아닌 영상과 음악이 그 무의식의 영역에 들어가는 데 커다란 도움을 주고 있기 때문이다. 딱딱한 글자의 공간 안에서 무의식의 깊은 바다로 독자를 유인하려는 시인들의 시적 전략이 어떻게 전개되는 지를 살펴보는 것도 흥미롭다.

김언 시인은 등단 초기부터 아주 독특한 자신만의 시적 언어를 구축한 시인이다. 작년에 미당 문학상을 받음으로써 그의 시세계가 새롭게 인식되기도 했다. 김언은 은유적 수사를 강조하기보다는 환유적 수사와 언어가 수행하는 일상적인 문법을 전복하는 방법론을 천착한다. 얼핏 보면 그의 시는 딱딱한 고체의 사물처럼 다가온다. 깊이 들여다보면 그 내면의 무늬들이 유동하는 것을 발견할 수 있다. 그의 시 「나는 밖이다」에서 인간의 욕망이 왜 타자의 욕망인지에 대한 사유가 읽혀진다. 프로이트가 인간을 이드, 자아, 초자아의 세 영역으로 규정지었다면, 라캉은 상상계, 상징계, 실재계의 이름으로 주체를 설정했다. 김언은 내가 나를 규정하는 언어적 세계 바깥에 존재하는 나에 대한 사유를 이 시에서 보여준다. 아이는 갓 태어나서 거울 속의 이미지에 몰두하는 상상적 이자관계에서 벗어나 아버지의 법과 이름에 순응하는 상징계에 진입하게 된다. 그러나 상징계에 결코 포섭될 수 없는 실재가 있다. 김언이 시에서 포착하는 것은 바로 이 실재계의 실존이다.

나는 밖이다

이렇게 말하는 나는 밖이다

속에서 나를 끄집어내는 순간

이 순간에도 나는 밖이다

속의 당신이

속의 나를 후벼파는

이 순간에도 나는 밖이다

속의 당신이 속의 나를 밀어내는

먼저 밀어내는 이 순간에도

나는 밖이다

속에서 우는 당신을

속에서 속에서 찢어버리는

이 순간에도 나는 밖이다

증오가 자라고 독이 자라고

속에 죽음이 가득 차는 순간

이 순간에도 나는 밖이다

이미 밖이다

— 「나는 밖이다」[1] 전문

　　무의식의 시학에서 빛을 발하는 것은 상징계의 변방을 침범하여 교란시키는 실재이다. 뭐라 규정지을 수도 없고, 한계를 끝없이 위반하는 것들, 그것이 존재하는 주체의 내부 풍경이다. 내 안에서 울음 우는 수많은 괴물의 신음소리일 수도 있고, 찬란하게 유혹하는 죽음일 수도 있고, 비겁하게 배반하고픈 욕망일 수 있다. 그래서 상징계

1) 김언, 『숨쉬는 무덤』, 천년의 시작, 2003, 14쪽.

의 법 안에 갇힌 현대의 분열된 주체는 바깥에서 떠도는 유령처럼 배회한다. 이러한 분열된 주체가 「거품인간」에서도 엿보인다. 줄리아 크리스테바가 언급한 기호계에 해당하는 거품 같은 존재가 부유하는 현대인의 초상이기도 하다.

> 한 번에 일곱 가지 표정을 짓고 웃는다. 그의 눈과 입과
> 항문과 성기가 모조리 분비물에 시달린다. 한 명이라도
> 더 흘러나오려고 발버둥을 치는 것이다. 정오에.
> ― 「거품인간」[2] 부분

핏기 없는 입술에서 모음과 자음을 섞어 진실을 말한다고 주장하지만, 그 입술 너머에서 번져나는 일곱 가지의 표정에는 우리가 차마 내놓고 드러낼 수 없는 그 무엇이 함께 출현한다. 드러낼 수 없지만 언어의 벽 너머에 존재하는 것들은 구멍처럼 상징계의 틀 안으로 포섭되지 않는 잉여이다. 잉여는 감정의 쓰레기일 수도 있고 말로 승화되지 못한 욕동(Trieb)의 핵일 수도 있다. 그것을 크리스테바는 비체(abject)라고 언급한다. 인체의 구멍이란 조직을 탐닉하는 에로틱한 욕망들, 끝없이 허기진 채 기어 다니는 욕망의 꿈틀거림을 예리하게 포착하는 것이 무의식의 시학이다. 김언은 이러한 잉여이자 쓰레기 같은 끌림과 흐름을 거품이라는 한없이 가볍고 무기력한 이미지와 무겁고 질척거리는 인간이란 단어를 결합시켜 독특한 시적 효과를 창출한다.

---

2) 김언, 『거인』, 랜덤하우스중앙, 2005, 16쪽.

김언 시인이 겨냥하는 진정한 시적 목표는 무엇일까? 그것은 의식적이건 무의식적이건 부친 살해에의 욕망이다. 부친이 일찍 돌아가신 김언 시인에게 아버지라는 이름은 부재의 상징이면서, 동시에 끝없이 뛰어넘고 싶은 거대한 문학적 아버지에 대한 저항이다. 이 세상에 한 번도 존재한 적이 없었던 처녀의 시를 낳고 싶은 열망은 거대한 아버지의 이름을 죽여야 한다는 무의식적 충동과 맞닿아 있다.

> 아버지는 글씨를 모으셨다 아버지는 글씨를 모으시고 남은 하루까지 글씨를 모으시고 내게는 화분을 남기셨다 아버지, 바닥이 빤히 보이는 아버지, 죽음도 이것밖에 안 되는 아버지, 아버지가 시키는 아버지, 아버지를 죽이는 힘으로 아버지, 끝도 없이 늙어가는 아버지, 이것도 내 말이 아닌 아버지, 아버지의 말은 이제부터가 시작이다
>
> — 「아버지와 화분」[3] 부분

부친 살해에의 충동은 원시 사회에서부터 최초의 아버지가 누리는 절대적인 향락을 누리고픈 아들들의 반란이다. 최초의 근원적인 기표이자 상징인 그 아버지를 죽임으로써 향락에 이르고, 새로운 세대가 번성하고 들판에는 풍요가 밀려온다. 김언 시인의 무의식에서 이 최초의 아버지는 언제나 부재하면서, 글씨를 모으는 문학적 아버지의 유령으로 그를 지배하려 한다. 아버지의 인정과 승인을 갈망하는 아들로써, 그가 극복해야 하는 통과의례는 어김없이 거세에 대한 두려움을 극복하는 것이다. 오이디푸스 콤플렉스에서 볼 수 있듯, 어머

---

3) 김언, 『숨쉬는 무덤』, 천년의 시작, 2003, 27쪽.

니에 대한 무의식적인 성적 욕망에 금기의 법을 부여하는 아버지를 살해하고픈 동물적인 본성이 시적 전략에서도 묻어난다. 시인의 무서운 열정이 냉철한 시적 사유에 내재되어 있다. 거세의 위협에 굴복당하지 않고, 아버지를 가장 세련되게 살해하는 시적 방법을 통해서, 그는 새로운 문학적 아버지로서 그의 시대를 열어가고자 한다. 가장 낯설고, 가장 친숙하고, 가장 기괴하고, 가장 혐오스러운 문자로써 견고한 아버지의 장막을 찢고 싶은 것이다. 그 자신만의 문법으로 무장한 강도로써 오래된 문서를 소장한 문학사를 찬란하게 난도질하고 싶은 것이다. 처참하게 찢어진 그 역사에 아버지의 이름이 아닌 자신의 이름을 기입하고 싶은 욕망을 끝없이 반복 재생산하는 것이 시인의 근원적인 시적 열망이면서 부친 살해에의 동기인 것이다.

2. 대상 a (*objet a*)와 환상

라캉은 프로이트의 정신분석 이론을 현대적인 언어학이나 철학적 사유를 중심으로 끊임없이 새롭게 해석해낸다. 그가 남녀 간의 성 차이를 언급한 공식은 아주 특이하다. 그의 유명한 말, 남녀 사이에는 "성관계가 없다"[4]라는 말은 신선하면서도 설득력이 있다. 남자는 여자를 사랑하는 것이 아니라 '대상 a'라는 환상 속의 존재를 사랑하는 것이고, 여자는 현실 속의 남자가 아닌 '상징적 남근'을 사랑하기 때

---

4) Jacques Lacan. *Encore: The Seminar of Jacques Lacan Book XX*. Trans. Bruce Fink. New York: Norton, 1999, p.6.

문에 엄밀한 의미에서는 진정한 남녀 간의 사랑이나 섹스는 존재하지 않는다. 주체 자체가 분열되어 있는 상황에서 이러한 설명은 아주 흥미롭다. 박강우의 시 「달과 도마뱀」에서는 대상 a에 대한 이미지가 선명하게 드러난다. 젖꼭지를 환하게 내놓고 전화를 거는 여성 인물에 대한 포착에서부터 그러한 암시가 감지된다. 전화를 건다는 것은 대화를 하려는 언어적 행위인데, 즉 상징계의 언어로 진입하려는데, 그녀는 누드의 자세로 젖꼭지를 환하게 드러내놓고 있다. 언어는 상징계 안에서 작동하지만, 그의 무의식은 오로지 부분 대상인 젖꼭지를 향하고 있다. 그 젖꼭지라는 부분 대상(objet petit a)에 대한 환상에서 이 시는 출발하고 시적 화자의 사랑도 시작될 것이다.

> 그녀가 젖꼭지를 환하게 내놓고 전화를 건다
>
> 지난 밤 내내 달은 지지 않았다 젖꼭지에 매달려
> 있던 도마뱀이 달을 물고 있었다 물린 자국이 점점
> 커져 창문이 되었다 창문을 열자 도마뱀이 창문 밖
> 으로 달을 뱉었다 달이 긴 꼬리를 남기며 기어갔다
> 그녀가 끊어진 꼬리에 입을 맞추자 꼬리는 자라기
> 시작했지만 달은 전화를 받지 않았다
>
> 지난 밤 내내 도마뱀의 눈에 눈물이 맺혀 있었다
> 그녀의 젖꼭지를 물고 있던 달이 도마뱀의 꼬리를
> 자르고 있었다 잘린 꼬리가 점점 길어져 길이 되었
> 다 그녀가 길에 흩뿌려진 눈물을 핥아먹었지만 도망
> 간 도마뱀은 전화를 받지 않았다 그녀의 젖꼭지가
> 부풀어오르면 달과 도마뱀은 젖꼭지를 물고 빨며 자

랐다

그녀가 젖꼭지를 환하게 내놓고 전화를 건다
— 「달과 도마뱀」[5] 전문

이 시에서는 환상 속에서 그녀와의 섹스가 이루어지고, 현실에서는 그 섹스가 불가능한 상황임이 암시된다. 여성의 이미지인 달과 젖꼭지와 창문이 끝없는 미로처럼 서로 서로 얽혀서 연결되고, 남근을 상징하는 도마뱀과 꼬리가 그 속에 삽입된다. 행위를 드러내는 동사적 어휘인 "핥고 도망가는"이라는 어휘들이 무의식적인 성적 욕망을 자극하고, 독자는 그 행위에 은밀히 동참하면서 유혹 당하게 된다. 텍스트의 즐거움을 선사하는 동시에 이 모든 성적 상상력이 철저하게 현실화될 수 없다는 사실도 상기시킨다. 금기를 강요하는 법에 얽어 매인 주체가 상상 속으로 들어가야만 이 향유를 누릴 수 있다. 그것이 가능하도록 작동시키는 것이 시의 힘이다. 금기와 은밀한 욕망 사이에서 교묘한 줄타기를 가능하게 하는 것, 그것은 무의식의 영역이고 그 무의식에 깃발을 꽂아서 독자를 유혹하는 글쓰기가 무의식의 시학이다.

그리고 박강우는 근친상간을 금기시하는 오이디푸스 콤플렉스에 대한 변주를 새엄마를 통해 시도한다. 가부장제하에서 엄마는 아들이 절대로 범할 수 없는 존재이다. 거세의 공포에서 한발짝 비켜날

---

5) 박강우, 『병든 앵무새를 먹어보렴』, 시와사상사, 2006, 47쪽.

수 있는 존재인 새엄마에게서 시적 자아는 위험하고 변태적인 사유를 발동시킨다. 프로이트가 소개한 꼬마 한스[6]의 사례를 살펴보면, 한스라는 꼬마는 동생인 한나가 태어난 이후에도 끊임없이 엄마와의 성적 친밀감을 유지하고 싶지만, 아버지의 금지 앞에서 공포증에 빠지게 된다. 아버지와 대체된 말에 대한 공포증을 극복하는 정신분석의 사례인 꼬마 한스의 이야기는 한 편의 소설처럼 극적이고 재미있게 전개된다. 천진난만한 소년의 내면에서 떠오르는 말의 상징은 아버지의 성기와 연관되기도 하고, 작은 자신의 성기와 말의 그것처럼 큰 아빠의 성기를 비교하며 거대한 공포에 떨면서 서서히 성장해나간다. 끊임없이 엄마를 만지고 싶어 하는 아이는 마침내는 엄마와의 사이에서 상상의 아이를 낳기까지 한다. 똥으로 상징되는 아이를 낳는 환상에 빠지기도 하고, 그래서 육체적으로 배변 장애를 겪기도 한다.

> 남자아이는 새엄마의 젖꼭지를 뽑아들고
> 여자아이는 머리카락을 뽑아들고
> 새엄마의 배꼽 속으로 들어간다
>
> 배꼽에서 젖꼭지와 머리카락이 자라나온다
>
> 나는 배꼽 위에 올라앉아
> 자라나온 젖꼭지와 머리카락을 자르고

---

6) 지그문트 프로이트, 『꼬마 한스와 도라』, 김재혁, 권세훈 옮김, 열린책들, 2009.

책가방에 넣고 다닌다

새엄마는 아직도 마루에 누워 잠자고

돌아온 나는 새엄마의 속치마를 뒤집어 쓰고
남자아이와 여자아이를 기다리고

— 「애인 죽이기」[7] 부분

　박강우의 「애인 죽이기」는 꼬마 한스 같은 소년의 이야기가 담겨
있다. 솔직했던 한스와는 달리 시적 화자는 새엄마라는 생물학적으
로는 전혀 피가 섞이지 않지만, 법적으로는 혈연관계인 새엄마에게
그러한 욕망을 투사한다. 새엄마에게 성적인 리비도를 투사하지만,
결국은 시의 제목이 암시하듯 「애인 죽이기」로 귀결된다. 이 시에서
주체의 근친상간적인 욕망은 단순한 인형놀이일 따름이다. 새엄마는
금기의 대상인 애인이 되고, 시적 화자는 이 애인마저도 현실의 영역
에서는 허용할 수 없음을 시의 제목에서 드러낸다. 현실에서의 법과
규율에 자신을 묶어둔 채, 그의 내면에서 들끓고 있는 성적 욕동을
시적 언어의 유희 속에서 풀어내고 있을 따름이다. 프로이트 방식으
로 말하자면, 시적으로 승화시킨 것이라 볼 수 있고, 라캉 식의 쥬이
상스(*jouissance*) 개념을 적용하자면, 성적 향유에서 박탈된 상태라고
볼 수 있다. 쥬이상스는 지극한 쾌락과 그에 따른 고통이 동시에 수
반되는, 언어로서 설명이 어려운 성적 희열을 지칭한다. 젖꼭지에 매

---

7) 박강우, 『병든 앵무새를 먹어보렴』, 시와사상사, 2006, 25~26쪽.

달린 도마뱀이나 새엄마의 배꼽을 탐닉하는 소년의 욕망은 쥬이상스를 갈구하지만 금기의 벽에서 좌절당한 채 고통에 찬 상태에서 어쩌면 자위행위를 하는 자가성애에 몰두해 있는지도 모른다. 이 소년의 이미지는 권력과 부를 지향하면서 모든 것을 갖춘 성인 남자의 내면에 언제 침입할지 모르는 기괴한 괴물이다. 자아가 두려워서 거부하면 거부할수록 더 강한 억압을 뚫고 올라오는 것, 그 억압이 지나칠 경우에 강박증이나 히스테리 같은 신경증이 발생할 수 있다. 그러한 독자들에게 이처럼 위험한 시편들이 때로는 말로 표현하기 힘든 위로와 희열을 제공하기도 한다. 그것이 박강우 시인의 난해하고 위험한, 병리적인 시가 갖는 매력이다.

3. 동성애와 거세 콤플렉스

인간이 성적인 대상을 선택하는 과정은 유아기에서부터 비롯된다고 볼 수 있다. 구순기, 항문기, 성기기를 거치고, 오이디푸스 콤플렉스를 극복한 후 성인으로 성장하게 된다. 그 과정에서 자연스럽게 성숙하지 못할 경우에 어느 시기에 고착이 발생하여 신경증이나 정신병을 유발하게 된다. 현대 시인들의 시에서는 이러한 각 시기에 고착된 상상력을 전개시키는 경우를 많이 볼 수 있다. 구순기적인 욕망이 제대로 충족되지 않거나, 그 상태에 매몰된 경우도 있고, 항문기에 대한 고착은 동성애자에게서 많이 나타난다. 슈뢰브 판사[8]의 사례에

---

8) 지그문트 프로이트, 『늑대인간』, 김명희 옮김, 열린책들, 2009.

서 볼 수 있듯이 편집증은 동성애적 충동 때문에 발병하는 경우도 있다. 현대의 문화 지형 중에서 퀴어의 대명사로 지칭되는 동성애가 현대시 전면에 부각한 것은 황병승 시인 덕분이다. 그의 첫 시집 제목이기도 한 「여장남자 시코쿠」는 아주 매혹적인 시이다. 동성애 영화인 〈브로크백 마운틴〉이나 〈싱글맨〉에 견줄 수 있을 만큼 서정적 리듬이 아름다운 시편이다.

한국 현대시에서 아직도 서정시가 대세인 상황에서, 자유분방한 성적 사유체계를 드러내어 신선한 충격과 변화를 꾀한 황병승 시인이 있어 다행스럽다. 은유의 문법에 익숙한 서정시의 단아한 틀을 깨고 어디로 튈지 모를 정도로 자신의 욕동을 분출시키는 그의 시 자체가 하나의 아이콘처럼 문단을 붉게 물들였다. 「여장남자 시코쿠」는 사회에서 인정받지 못하는 우울한 사랑과 욕망에 대한 내면의 갈등을 아름다운 이미지와 시적인 리듬을 조합해서 구성한 시이다. 첫 행부터 아주 강렬하게 전개된다. "하늘의 뜨거운 꼭짓점이 불을 뿜는 정오"처럼 강렬하고 열정적인 이미지로 시작하면서 자신을 찢고 또 찢을 수밖에 없는 여장남자 시코쿠의 슬프고도 아름다운 독백이 이어진다. 금기된 사랑을 하는 고통과 거역되고 배제된 삶을 살아가야 하는 도마뱀의 고독하고 황량하면서 열정적인 내면 서사를 들려준다. 이 시를 읽는 독자는 게이인 시코쿠의 은밀한 성적 취향에 호기심을 느끼는 동시에 시를 읽어 내려가는 과정 속에서 자신 안에 있는 또 다른 자아인 시코쿠를 만날 수 있다.

하늘의 뜨거운 꼭짓점이 불을 뿜는 정오

도마뱀은 쓴다
찢고 또 쓴다

(악수하고 싶은데 그댈 만지고 싶은데 내 손은 숲 속에 있어)

　　　(중략)

그대가 욕조에 누워 있다면 그 욕조는 분명 눈부시다
그대가 사과를 먹고 있다면 나는 사과를 질투할 것이며
나는 그대의 찬 손에 쥐어진 칼 기꺼이 그대의 심장을
망칠 것이다.

열두 살, 그때 이미 나는 남성을 찢고 나온 위대한 여성
미래를 점치기 위해 쥐의 습성을 지닌 또래의 사내아이
들에게
날마다 보내던 연애편지들

(다시 꼬리가 자라고 그대의 머리칼을 만질 수 있을 때
까지 나는 약속하지 않으련다 진실을 말하려고 할수록 나
의 거짓은 점점 더 강렬해지고)

어느 날 누군가 내 필통에 빨간 글씨로 똥이라고 썼던
적이 있다

(쥐들은 왜 가만히 달빛을 거닐지 못하는 걸까)

미래를 잊지 않기 위해 나는 골방의 악취를 견딘다

화장을 하고 지우고 치마를 입고 브래지어를 푸는 사이

조금씩 헛배가 부르고 입덧을 하며

도마뱀은 쓴다

—「여장남자 시코쿠」[9] 부분

  황병승의 「여장남자 시코쿠」를 읽으면 내 안에 내다버린 시코쿠가 도마뱀처럼 숲 속에 파르르 꼬리를 잘린 채 떨고 있음을 알게 된다. 욕망의 불꽃이 정오의 태양처럼 타오르지만, 관습의 벽에 막혀버릴 때, 증오와 혐오가 혀끝에서 머리끝까지 올라와도 차마 내뱉지 못한 채, 교양이란 이름으로 우아하게 처신을 강요당할 때, 우리는 여장남자 시코쿠처럼 변방에 내몰리게 된다. 규정지을 수 없고 너무 쉽게 배제되어버리는 존재, 때로는 냉정하리만치 비정하게 기괴하고 이해할 수 없는 이단의 영역으로 타자를 밀어내버리는 내 자신 안에 웅크린 사디즘적인 욕망이 시코쿠를 통해 상기된다. "쥐의 습성을 지닌 또래의 사내아이들에게/날마다 보내던 연애편지들"이란 시구에서는 프로이트가 치료한 쥐인간의 강박증도 엿볼 수 있다. 환자의 강박증적인 공포 속에서 항문을 쥐가 물어뜯는 환상이 작동된다. 프로이트는 쥐인간의 환상을 분석하면서, "쥐가 남자의 성기를 뜻하게 되는 것의 근거는 항문성애이다. 이외에도 쥐는 배설물을 먹고 시궁창에

---

9) 황병승, 『여장남자 시코쿠』, 랜덤하우스 중앙, 2005, 42~45쪽.

사는 더러운 동물이다."[10]라고 설명한다. 쥐인간 역시 강박증에 시달리는 주체로서 거세에 대한 공포를 느낀다. 자신의 성적 쾌락을 저지하는 아버지에 대한 반항이 극단적으로는 아버지의 죽음을 소망하는 무의식으로 발전하며, 동시에 그러한 자신에 대한 죄의식 사이에서 엄청난 억압감을 느끼고 갈등한다. 그리고 이 쥐의 습성은 동성애와 연관되어진다. 항문에 성기를 삽입하고자 하는 무의식을 통해 동성애적 욕망도 엿볼 수 있다. 이 시에서도 쥐는 동성애를 상징하는 측면이 있다. 의식에서 끊임없이 차단하지만 무의식의 틈새로 비집고 들어오는 그 낯선 욕망들이 범람하는 현대인에게 시코쿠는 우울하고 슬프지만 달콤한 음악처럼 스며든다. 황병승의 또 다른 동성애 시편인 「커밍아웃」에서도 정신병리적인 탐색을 할 수 있다.

> 나의 진짜는 뒤통순가 봐요
> 당신은 나의 뒤에서 보다 진실해지죠
> 당신을 더 많이 알고 싶은 나는
> 얼굴을 맨바닥에 갈아버리고
> 뒤로 걸을까 봐요
>
> 나의 또 다른 진짜는 항문이에요
> 그러나 당신은 나의 항문이 도무지 혐오스럽고
> 당신을 더 많이 알고 싶은 나는
> 입술을 뜯어보라고
> 아껴줘요, 하며 뻐끔뻐끔 항문으로 말할까 봐요

---

10) 지그문트 프로이트, 『늑대인간』, 김명희 옮김, 열린책들, 2008, 68쪽.

부끄러워요 저처럼 부끄러운 동물을
호주머니 속에 서랍 깊숙이
당신도 잔뜩 가지고 있지요

　　　　　　　　　　　　— 「커밍아웃」[11] 부분

　이 시는 동성애자임을 사회에 공적으로 밝히는 과정인 커밍아웃에
대한 사유를 담고 있다. 주체를 성적 취향으로 규정하고 명명하는 과
정에서 가해지는 사회적 억압과 심리적 갈등이 복합적으로 얽혀 있
다. 동성애자는 정상적인 성적 체위가 아닌 항문성애를 하는 경우가
많다. 프로이트는 동성애자를 변태자로 분류하면서, 유아기의 항문
기에 고착된 경우로 설명하고, 편집증 환자에게 이런 충동이 있음을
슈뢰브 판사 사례를 통해서 설명한다. 대개의 정상적인 사람들이 오
이디푸스 과정을 극복하여 상징계로 진입하는 것과 달리, 동성애자
들은 자신의 남성성 대신에 여성성을 선택하고, 그것에 끌리는 경향
이 두드러진다. 슈뢰브 판사는 그러한 자신을 심지어 성모마리아와
동일시하는 과대망상을 보이기도 한다. 그는 아이를 낳지 못하는 자
신의 결핍감과 오십대에 접어든 자신의 성적 불능에 대한 콤플렉스
를 신성한 아이를 낳는 숭고한 마리아로의 변신을 통해 해소하고자
한다. 그 이면에는 거세에 대한 공포도 함께 작동한다. 동성애가 생
물학적인 특이성 때문에 발생하기도 하지만, 그 이면에 존재하는 무
의식적 충동과 거세 억압과도 깊이 관련되어 있음을 알 수 있다.

---

11) 황병승, 『여장남자 시코쿠』, 랜덤하우스 중앙, 2005, 18~19쪽.

황병승의 「커밍아웃」에서는 동성애자를 바라보는 사회적 시선에 대해 질문을 던진다. 더럽고 혐오스러워 하는 것의 정체가 과연 무엇인가? 타자인지 아니면 자신 안에 갇힌 또 다른 자아의 시선인지를 묻고 있다. 언어를 쏟아내는 입술이 담을 수 없는 것을, 똥을 배설하는 항문이 말해줄 수 있다는 역설을 드러낸다. 가장 추한 것이 가장 아름다울 수 있다는 존재의 역설을 시적 장치를 통해 보여준다. 의식이 만든 질서정연하고 반듯한 사각의 세계에 뭉클거리면서 비릿하고 역겨운 냄새가 나는 무의식의 실재를 대면케 하는 것이 황병승의 시이다. 그가 구축한 무의식의 시학이 때로는 폭풍처럼 독자를 전율하게 하는 것은, 초자아의 광기와 폭력을 사유하게 만들면서 동시에 한없이 관능적이고 부드러운 내 안의 우울한 타자를 불러오기 때문일 것이다. 퇴폐적인 음악처럼, 순수한 발레리나의 토슈즈처럼 황병승의 시는 내면에 웅크린 무의식의 욕망들을 냉정한 가면을 쓴 마술사처럼 그의 시에서 펼쳐 보인다. 독자는 그 무의식을 스치듯 감지하면서 관능적인 시의 늪에 잠시 빠졌다가 다시 냉혹하게 반듯한 일상 속으로 걸어간다.

녹이 슨 문명과 물화된 주체에 대한 탐색

— 이하석론

현대의 자연은 낭만주의 시대의 자연과는 확연한 차이를 드러낸다. 낭만적 이상과 혁명적 열정에 휩싸인 낭만주의자들에게 자연은 무한한 위로와 영원에 대한 갈망을 불러일으켰지만, 근대 이후에 시적 소재로 등장하는 자연은 병들거나 악마적 적의를 가진 대상으로 전환되어진다. 산업사회의 맹목적인 개발 욕망에 만신창이가 된 자연을 시 속에서 보다 세련된 리듬을 사용하여 팍팍한 현대인의 감성을 적셔주는 시인들도 있지만, 지성적인 성찰이나 비판의식을 가진 시인들의 경우에는 자연의 이미지가 왜곡되거나 굴절되는 경우가 많다.

이하석 시인 역시 대부분의 현대 시인들처럼 생태주의적인 의식을 그의 시에서 담담히 그려내고 있다. 그는 시인인 동시에 신문사의 기자와 논설위원을 지낸 이력을 갖고 있다. 대학에서 문학이 아닌 사회학을 전공했으며, 대구에서 오랫동안 『영남일보』와 『매일신문』 기자와 논설위원의 일을 수행해왔다. 그래서 그의 시에는 서정적인 발상보다는 한국적 정치 상황에 대한 풍자와 문명에 대한 비판적 의식이 짙게 배어 있다. 그의 초기 시집에 해당하는 『투명한 속』(문학과 지성사, 1980)과 『김씨의 옆얼굴』(문학과 지성사, 1984)에 실린 시편들에서는 군사독재의 시대적 상황과 맞물려 우울하게 고뇌하는 시적 시선이 깔려 있다. 그는 1989년에 『우리 낯선 사람들』(세계사, 1989)로 김수영 문학상을 수상하기도 했다. 반면에 1990년대에 출간한 시집들 가운데 『측백나무 울타리』(문학과 지성사, 1992)와 『금요일엔 먼 데를 본다』(문학과 지성사, 1996)에서는 자연에 대한 사유를 드러내는 부드러운 시편들을 쓰기도 한다. 그리고 2000년대에 접어들어 출간한 『녹』(세계사, 2000)과 『것들』(문학과지성사, 2006)에서는 다시 물화된 세계에 대한 반성적 시각을 독특한 시적 기법으로 전개시키고 있다. 삼십 년 동안의 긴 시작을 통해서 그가 추구한 것에 대하여 다양한 논의가 언급되지만, 필자는 문명과 자연에 대한 그의 사유와 물화된 주체에 대하여 그의 여러 시편들을 통해서 살펴보고자 한다.

1. 붉은 녹이 스민 문명에 대한 비판

모더니즘 시에서 두드러진 현대 문명을 비판하는 시적 태도는 21세기에 그 정신을 이어가지만 다른 한편에서는 녹색 산업문화를 가꾸려는 생태주의적인 시각으로 전환되기도 한다. 지구 온난화의 주범인 과도한 탄소 배출량을 줄이려는 시도는 문화 예술뿐만 아니라 정치와 경제의 축으로 전이되는 현상이 두드러진다. 이산화탄소 배출이 가장 많은 두 나라인 미국과 중국의 정치인들 역시 미래의 성장 동력이 녹색산업이라고 목에 힘을 주고 강조하는 것은 다행스러운 일이 아닐 수 없다. 이하석은 저널리스트적인 시선을 놓치지 않은 채, 병들어가는 자연과 부패한 서구 자본에 의존적인 경제 구조에 대해서 시에 언급하는 경우가 많다. 그의 시집에서 등장하는 연작시 중에서 「폐차장」과 「야적」 등의 시에서는 산업사회의 물질적 이미지가 많이 등장한다. 속도와 질주 본능을 자극하는 자동차 문화를 예찬하는 광고에 맞서서 그는 자동차의 시체가 널브러진 폐차장에 더 깊은 시선을 드리운다. 붉게 녹이 슨 쇳조각으로 가득 찬 폐차장은 현대 문명의 이면에 존재하는 비정함을 일깨우기도 한다.

반면에 「야적」 시리즈에서는 수출되기를 기다리며, 부두에 쌓인 수많은 컨테이너들을 담담히 응시하면서 인간 군상의 이미지를 중첩시킨다. 세계 자본이라는 거대한 흐름에 둥둥 떠다닐 수밖에 없는 짐처럼, 컨테이너는 지구 동쪽 끝에서 수출만이 살길이라고 부르짖는 한국 경제의 상황을 암시하는 기표들이다. '못', '쇠', '유리창', '텔레비전' 등의 시어들이 많이 존재하는 그의 시는 매끈한 서정시와 일정 거리를 유지하고 있다. 특히 「못 2」란 시는 이하석 시인의 문명에 대한 사유가 잘 압축되어 있다.

> 그들은 녹슨 몸 속에도 여전히 쇠꼬챙이를 가지고 있다.
> 그들이 깃들인 어느 곳에서든 부스럭거리며

그들은 긁고 찌른다. 흙 속, 헐어버린 건물 안,
이전해버린 공장의 빈터, 폐쇄해버린 술집의
판자 틈, 버려진 구석 어디에서나
그들은 내팽개쳐진 채, 나무든 흙이든 풀이든
바람이든 강철이든 지나가는 쥐의 발목이든 찌른다.

새로 짓는 건물의 벽에서도 떨어져 흙 속에 빠지면서
시멘트 묻은 서까래에 깔리면서 또 하나의 못이
집 밖을 나온다. 하수구를 지나 개울가
자갈밭에 만신창이 몸으로 떠돌다가
그는 침을 숨긴 채 물 밑에 반듯이 눕는다,
흐르는 물을 조금씩 찌르면서,
송어 아가미의 피를 조금씩 긁어내면서,
어느덧 그 자신도 쇠꼬챙이도 조금씩 꼬부라지면서

— 「못 2」 전문(『투명한 속』)

　　위의 시는 1980년에 출판된 시집 『투명한 속』에 수록되어 있다. 못
이란 대상을 세밀하게 관찰하여, 못을 통해 시대적 상처와 패배한 시
민들의 고통을 내면화하고 있다. 나무와 나무를 이어서 건물을 완성
시키는 빛나는 금속 못이 아니라, 헐어버린 건물 안의 못, 공장의 빈
터에 아무렇게나 내팽개쳐진 못이다. 근대화의 이면, 더 나아가 군사
정권의 압제하에서 시퍼렇게 멍든 자유에 대한 의지를 상징하는 것
이 못임을 알 수 있다. 그의 첫 시집에 실린 폐기물의 이미지와 미군
담배 등 때문에 그가 대구 중부 경찰서에 불려가 조사를 받은 일화도
있다고 김용락 시인이 이하석의 연보에서 기록하고 있다. 시에 있어

서 시대적 배경과 상황이 중요한 이유는 아마도 이런 데에서 연유할 것이다. 이 시가 단순히 문명의 개발 뒤에 오는 황폐함을 드러낸다고 주장하면서 생태주의의 시각으로 해석할 수도 있지만 위의 시는 시대적 아픔과 함께 성찰할 때, 그 의미가 더 선연하게 드러난다. 이와 마찬가지로 「부서진 활주로」라는 시도 같은 맥락에서 읽혀진다.

> 방독면 부서져 활주로변 풀덤불 속에
> 누워 있다. 쥐들 그 속 들락거리고
> 개스처럼 이따금 먼지 덮인다. 완강한 철조망에 싸여
> 부서진 총기와 방독면은 부패되어 간다.
> 풀뿌리가 그것들 더듬고 흙 속으로 당기며.
> 타임지와 팔말 담배갑과 은종이들은 바래어
> 바람에 날아가기도 하고, 철조망에 걸려
> 찢어지기도 한다. 구름처럼
> 우울한 얼굴을 한 채.
>
> 타이어 조각들의 구멍 속으로
> 하늘은 노오랗다. 마지막 비행기가 문득
> 끌고 가 버린 하늘.
> ―「부서진 활주로」 부분(『투명한 속』)

기계 비행기 활주로는 기계문명의 총아인 비행기가 빛나는 굉음을 내며 날아갈 수 있도록 시원스레 뻗어 있어야 한다. 시인이 응시하는 활주로는 금속문명의 광휘가 아닌 부서진 활주로의 폐허이다. 이것은 「폐차장」 연작처럼 비극적 인식을 드러내 보이는 시적 소재이자

공간이다. 특이한 것은 이 부서진 활주로에 나뒹구는 방독면과 부서진 총기와 개스가 출현하면서 군대 이미지가 겹쳐진다. 이 시의 이면에는 미국에 대한 암묵적인 비판도 담겨 있다. 미국의 지성을 대변하는 잡지인 '타임지'라는 시적 어휘를 통해서, 미국의 민주주의 정신 뒤에서 고가의 군사 무기를 제3세계 국가에 판매하는 행위에 대한 비판도 배어난다. 비행기가 끌고 가버린 하늘은 척박한 땅의 풀뿌리를 기억하고 있을까? 민주주의의 전파자임을 자부하는 미국이란 거대국가의 양면성을 이 시에서 보여준다. 자신들의 편의에 따라 독재 정권에게 면책권을 부여하기도 하는 국제 질서의 야만적 행태를 직시하는 시인의 안목이 돋보인다.

1980년대 초반에 그가 쓴 문명 비판의 시편들은 한국의 병리적 정치상황과 밀접하게 연관되어 있다. 신문 기사나 텔레비전 뉴스의 내용을 시적 소재로 많이 활용하고 있다. 그 후 1990년대에는 자연으로의 여행과 불교적 세계관을 내포한 부드러운 시들도 발표한다. 그러나 전통적인 서정시의 맥락이라고 볼 수 없고 이하석의 자연에 대한 탐색은 늘 다면적인 시각을 보여준다. 한의 정서나 안식의 자연이라기보다는 왠지 긴장감이 감도는 자연이다. 그가 불교신자로서 만물 속에 현현되는 절대적인 도의 세계를 추구하지만 실재적인 삶이 갖는 모순과 긴장을 암시적으로 표현하는 경우가 많다. 그러나 가장 최근에 발표된 시집인 『것들』에서는 초기 시와는 다른 방식으로 현대 문명에 접근하고 있다. 시집의 제목에서 암시하듯이 사물이 전면에 배치된 듯하다. 사회 정치적인 비판을 직접적으로 드러내기보다는 은유와 상징의 기법을 동원해서 시적 과정을 이어나간다.

바다는 우리의 것들을 밖으로 쓸어낸다
우리 있는 곳을 밖이라 할 수 없어서
생각들이 더 더러워진다 끊임없이
되치운다

우리가 버린 것들을 바다 역시 싫다며 고스란히 꺼내놓는다
널브러진 생각들, 욕망의 추억들, 증오와 폭력들의 잔해가 바랜 채
하얗게 뒤집혀지거나
검은 모래 속에 빠진 채 엎어져 있다

나사가 빠지고 못도 빠져나가 헐겁지만
그것들은 우리 편도 아니다
더욱 제 몸들 부스러뜨릴 파도 덮치길 겁내며
몇 번이나 우리의 다리를 되걸어 넘어뜨린다

여름 홍수에 그런 것들 거세게 바다 파고들지만
바다는 이내 그 모든 것들을 제 바깥으로 쓸어 내놓는다
우리 있는 곳을 밖이라 할 수 없어서
우리 생각들이 더 더러워진다 끊임없이
되치워야 한다

—「것들」 전문(『것들』)

위의 시에서 이하석은 생태주의적 시선을 확연하게 드러낸다. 우
리가 버린 "것들"에 포커스를 맞춘다. 초기 시에서 버려지고 황폐하
게 된 것에 시선을 두는 맥락과 연결되지만 후기의 시에서는 철학적
사유가 많이 느껴진다. 문명의 찌꺼기로 남는 것들을 인간 내면의 욕
망과 함께 탐색한다. 욕망의 내면에는 언제나 결핍이 존재하듯이, 문

명이 발달하면 할수록 그것의 잉여로서 남게 되는 욕망의 찌꺼기와 같은 흔적들이 남는다. "널브리진 생각들, 욕망의 추억들, 증오와 폭력들의/잔해가 바랜 채 하얗게 뒤집혀지거나/검은 모래 속에 빠진 채 엎어져 있다"라는 구절처럼 바다에 버려진 것들은 인간 욕망의 지저분한 흔적들이다. 욕망이 과잉으로 분출되는 현대인의 삶은 자연을 착취하는 데 너무나 익숙해 있으며, 이제는 자연의 앙갚음을 기다려야 할 처지이다. 욕망의 다양한 스펙트럼들이 스쳐가는 동안 자연은 묵묵히 욕망의 대상으로 수용되었지만, 그것이 역전될 것임을 바다를 통해 독자에게 강하게 환기시키고 있다.

2. 물화된 주체들에 대한 탐색

후기 산업사회로 접어들면서 세계화라는 거센 흐름 속에 인간 주체에 대한 탐색이 여러 가지 관점에서 다시 이루어지는 경향이 두드러진다. 파편화되고 분열화된 주체에 대한 인식은 철학자뿐만 아니라 시인들에게도 그 영향이 느껴진다. 이하석 시인이 문명에 대한 예리한 시각을 견지할 때, 그가 끊임없이 관심을 갖는 존재는 권력이나 지배계층의 담론에서 비껴난 소박한 인간이다. 그가 사회 정치적 상황에 관심을 가지면 가질수록 단순하게 자연으로 도피하거나 시적 기교 속으로 매몰되지 않고 미세한 관찰의 시선을 드리우는 것이 바로 인간이다. 그렇지만 시 속에서 등장하는 인물들은 그가 세밀하게 관찰을 하는 대상일 뿐이다. 그는 그 인물들을 통해 내면에 숨은 그의 욕망이나 무의식을 드러내지는 않는다. 항상 일정한 거리를 유지한다. 왜 그럴까? 그의 시를 읽으면 헤밍웨이의 "비정체"(Hard Boiled Style)라 불리는 문학적 기법이 연상된다. 쇠고기 뼈를 곰솥에 넣고 오래 오래 끓였을 때, 마지막에 남게 되는 앙상한 뼈처럼 작가의 직접적인 감정은 철저히 배제되고 냉정하고 객관적인 관찰만으로 소설을 이끌어가는 문체이다. 반면 이하석이 구사하는 언어의 결은 아주 섬세하고 예리하다. 그런 그가 헤밍웨이를 연상하게 만드는 이유는 그의 시적 태도 때문이다. 결코 자신을 적나라하게 드러내는 법이 없다. 항상 대상이나 인물과 객관적 거리를 냉정하게 유지한다. 어떻게 보면 자기 검열이 강한 시인에 속한다고 볼 수 있다. 아마도 두 사람모두 기자라는 직업에서 연유된 글쓰기의 태도가 은연중 그들의 작품에 많은 영향을 미쳤을 것이다.

시적 대상이나 인물에 대해 늘 일정한 거리를 두는 이하석에게 대상과 완전한 합일로써 시적 에너지를 증폭시키는 시적 체험을 기대할 수 없다. 이러한 그의 시작법은 쉽게 감정이입하는 서정시보다는 지적인 사유의 힘을 독자에게 전하지만, 그 이면에는 독자를 그의 시속으로 강하게 흡입시키는 힘이 부족할 수 있다. 그의 장점이기도 하지만 그의 한계일 수도 있다. 시를 읽는 다수의 독자들은 야누스의 강점으로 시를 해독한다. 그들이 시를 읽어내는 능력은 지성적인 힘뿐만 아니라 무의식적 에너지이기도 하다. 가끔씩 시인 자신의 삶을 솔직하게 고백하는 문체이거나, 그의 고통이나 사유를 있는 그대로 솔직하게 드러내는 시가 대중이나 비평가들에게 훨씬 큰 감동을 줄때가 많다. 시는 기교만으로 이루어질 수도 없고, 진지한 성찰이나 비판뿐만 아니라 시인의 모든 것을 내놓으라고 요구하는 악마적 주술사이기 때문이다. 그래서 시의 마력은 다가가면 갈수록 무섭고 두려운 것인지도 모른다.

그가 형상화시키는 시적 인물들이 초기 시와 후기 시에서 차이점을 보이는 것이 흥미롭다. 먼저 초기 시집인 『김씨의 옆얼굴』에 수록된 두 편의 시는 높은 완성도를 보여준다. 「김씨의 옆얼굴」에서는 청소부의 일상을 예리하게 관찰하면서 1980년대의 시대적 상황과 절묘하게 병치시킨다.

청소가 끝날 때쯤, 그의 귀 언저리 털에서
이 거리의 마지막 먼지가 부스스 떨어진다.
중앙로의 오늘 그가 맡은 구간은 은사시나무 길.
비와 바람과 불빛과 사람들이 자주 흐르는
50이 넘어서면서 자꾸 허리가 결리고,
그는 목뼈를 주먹으로 자주 두드린다.
신문에 안 났지만, 레이건이 중공을 방문하기 직전에 그랬을 것처럼,
때로 그는 자, 신나는 일이 있을 거야 하고 중얼거린다.
그걸 위해 그의 눈길이 자식들의 얼굴처럼 생긴
노변의 햇수박 쪽으로도 자주 간다.
은사시나뭇잎 그늘이 거기에도 얼룩져 있다.

육교 밑, 미도 백화점의 셔터가 올라가자
큰 유리창에 이내 김씨의 빈 얼굴이 비친다.
때로 밝게 때로 어둡게 때로 앞모습만
그 숙인 얼굴이 하루종일 유리창에
맑은 유리창 속 아름다운 온갖 상품들 위에
비친다. 밤 11시 철제 셔터가 내려진 후에도

그의 얼굴이 철제 셔터의 위에 완강하게
비친다. 어둡게 또는 새하얗게. 헌 신문지같은,
또는 은사시나뭇잎 같은, 또는 아무 것도 비추지 않는
철제 셔터 같은 얼굴이 거기에 있다.
　　　　　　　　　—「김씨의 옆얼굴」 전문(『김씨의 옆얼굴』)

　위의 시에서 그가 관찰하는 청소부라는 소시민의 힘든 일상을 통해, 그는 희망의 메시지를 전하고 있다. 낮은 임금과 위험한 노동환경에 노출되어 힘들게 하루하루를 영위하지만, 노동의 건강한 의미를 되새기게 하는 힘이 있는 시이다. 시민들이 잠든 시간에 일찍 일어나 도시의 쓰레기와 먼지를 쓸어내는 그는 산소와 같은 존재 쉽게 버려질 수 있는 눈에 보이지 않는 존재이지만, 시인은 그를 세계의 절대 권력으로 부상한 미국의 대통령과 같은 존재임을 보여준다. 미국 보수주의의 대표적 인물로 잘생긴 외모와 세련된 매너로 공산주의의 붕괴에 맞섰던 레이건의 일상과 한국의 청소부를 배치시키는 태도는 진정한 민주주의에 대한 그의 이상이 반영된 것이라고 볼 수 있다. 그렇지만 여전히 시의 마지막 구절처럼 김씨의 옆얼굴은 "어둡게 또는 새하얗게. 헌 신문지 같은,/또는 은사시나뭇잎 같은, 또는 아무 것도 비추지 않는/철제 셔터 같은 얼굴이 거기에 있다."로 묘사된다. 시 속에서 청소부의 삶을 아름답게 그릴지라도 그의 척박한 삶의 조건은 여전히 개선되지 않음을 직시하고 있다. 시적 위로가 미칠 수 있는 한계가 무엇인지를 드러낸다. 시의 위로보다 선행되어야 할 사회체제의 변화나 복지에 대한 그의 비전을 읽을 수 있는 시이다. 김씨가 아무리 행복하다 할지라도 그의 객관적인 삶의 질은 여전히

척박하기 때문이다. 이처럼 그는 아주 구체적인 관찰을 통해 리얼리
티를 충분히 입체화하여 독자에게 전달한다.

한편 그가 수많은 여행을 했음을 그의 여러 시집을 읽으면 대번에
눈치 챌 수 있다. 그가 여행을 하면서 느낀 감성을 쓴 시편들 가운데
「강변 유원지 1」에서는 현대인의 세속적 욕망을 구체적으로 그려내고
있다. 강변 유원지에서 고기를 구워먹는 남녀의 무리와 그들의 애정
행각을 사실적으로 묘사하면서 욕망에 대한 그의 시선을 보여준다.

　　　대여섯 명의 남녀의 웃음이 어우러져
　　　피어오르는 술집. 탁자 밑으로 구두와 하이힐은
　　　부딪치고 여자들의 스타킹은 구겨진다.
　　　소주와 사이다와 콜라 사이를 지글대며
　　　솟아오르는 돼지고기 구이 연기 속으로 마릴린
　　　몬로의 젖은 거대한 입술이 보인다. 낙서로 얼룩진
　　　입술은 찢겨져, 그 구멍 속으로 먼지 낀 유리창 밖
　　　두 남녀가 모래의 아지랑이 속에서 흔들리며
　　　맨발로 만나는 것이 보인다. 그들의 가슴을 지나
　　　싸구려 여인숙이 보이고, 강물의 더러운 깊이 속
　　　어딘가에서 새어나오는 혼곤한 신음소리가
　　　들린다.
　　　　　　　　　　　　　― 「강변 유원지 1」 부분(『김씨의 옆얼굴』)

시인은 사랑이나 그리움에 대한 아름다운 환상이 존재하지 않음을
냉정하게 직시하고 있다. 식욕이나 동물적 성욕처럼 그려져 있는 욕
망의 초상화다. 강변 유원지에 놀러와 먹고 놀고 마시는 평범한 일상

을 미화하지 않고 욕망의 끝이 "강물의 더러운 깊이 속/어딘가에서
새어나오는 혼곤한 신음소리가/들린다."라는 구절과 겹쳐진다. 시적
인물들은 욕망의 대상들이 출현하는 물화된 대상으로 전락하고 있음
을 알 수 있다. 인간 주체의 내면에서 물의 흐름처럼 존재하는 욕망
들이 순간순간 출현하는 그 지점을 그는 낚시꾼처럼 낚아 채 시적 대
상으로 포착한다. 후기의 시집인 『것들』에서, 인간에 대한 관점이 점
점 사물화되어가는 것을 명백하게 느낄 수 있다. 가방이나 쇼핑백이
나 악어 등의 이미지를 통해 인간 주체가 점점 물화되어 간다. 특히
「누런 가방」에서는 쉽게 내면을 열 수 없는 현대인의 은폐된 욕망의
작동을 가방으로 전치시키고 있다.

> 가방들을 두고 침묵의 마을이라 한 화가를 기억한다
> 그의 가방은 잘 열리지 않고
> 늘 구석에 놓여 있었겠지
> 주인의 마음처럼
>
> 지퍼란 지퍼, 멜빵이란 멜빵,
> 끝들은 모두 가지런히 빠짐없이
> 닫혀지고 꼭꼭 매여진 채
> 여행 중인 검은 가방들이 서울역 무궁화호 개찰구 가까운 바닥 여
> 기저기
> 놓여 있다
>
> 인공 쇠가죽의 불빛 덮어쓴 위쪽은 금빛으로 빛나는데
> 그 아래쪽은 불룩하니 캄캄하다
> 가방 주위 어딘가에 있을 주인의 주머니도 가방만 자주 열리지 않아

뭐든 타협이 잘 되지 않을 것이다.

사람들은 모두 어딘가로 갈 데가 있고
집요하게 뭔가를 기다리고 있다
그들이 바쁘게 일어설 때까지,
그들이 사라질 때까지
가방들은 완강하게 입 다물고 자리를 지킨다

안에 든 게 뭐든 제 것이 아닌
가방은 아무도 함부로 열어 볼 수 없다
열어보려는 이도 없이 가방들은 버려진 채 떠도는 늙은이의 어깨들
처럼
위가 짓눌린 채 구겨져 있다

— 「누런 가방」 부분(『것들』)

시인은 누런 가방을 객관적으로 관찰하면서 인간 대상을 물화시킬
뿐 자신의 내면을 온전하게 드러내지는 않는다. 좀처럼 열리지 않는
가방처럼, 그리고 함부로 열어볼 수 없는 타인의 욕망에 대한 담담한
시적 진술처럼 들린다. 현대인의 가슴에 쌓인 단절의 장벽처럼 가방
의 지퍼는 단단하다. 타자에 대한 진정어린 애정이나 관심없이 무언
가를 끊임없이 기다리며 바쁘게 스쳐가는 현대인의 일상을 날카롭게
포착한 빼어난 시이다. 내면에서 들끓는 욕망의 소용돌이를 은폐할
수밖에 없는 갑갑한 삶을 가방이란 시적 대상으로 압축하여 한 시대
의 초상을 그려낸다. 인간 주체는 보이지 않고, 가방이라는 사물만이
더 또렷해진다. 텔레비전의 광고처럼 사물을 극대화하면서, 인간의

흔적을 지워내려는 물질의 욕망이 더 집요해지는 시대의 흐름을 반영한 시이다. 물화된 주체들이 짓눌린 채 구겨지는 현대의 초상이다. 도처에 존재하는 물화된 주체들의 목소리가 너무 커져서 점점 소멸해가는 진정한 주체를 찾으라는 시인의 함성이 가방의 지퍼를 열고 터져 나올 것 같다. 타자에게 결코 스며들 수 없는 단절과 불화의 시대를 가방이란 대상을 통해 드러내면서. 물화된 주체를 뛰어넘어 진정으로 욕망하는 주체가 출현하는 공동체를 그는 갈구하고 있을 것이다.

불안을 훔치는 도둑

— 김유석론

익숙한 말, 익숙한 리듬, 익숙한 이미지에 길들여진 독자에게 김유석은 도둑처럼 낯선 감성을 들이민다. 우아하고 아름다운 세계에 불안하고 가학적인 존재 혹은 황폐한 시적 화자의 내면을 들춰내어 제시한다. 그의 시 「패왕별곡」을 감동적으로 읽은 것은 지난 가을이었다. 영화의 여운이 감돌면서 그의 비장하고 장중한 어조가 전해져 왔다. 이름을 가린 채 읽으면 누구의 시인지 알 수도 없을 정도로 비슷한 서정적 어법이 많은 시단에서 독특한 개성이 있는 목소리여서 신선했다. 시가 때로 거칠고 매끈하지 않더라도 자신만의 목소리를 가진 시인이 진짜가 아닐까? 똑같은 구조의 아파트, 비슷비슷한 자동차, 단정한 슈트, 지나칠 정도로 유행을 좇는 문화에서 이단적인 목소리가 그리운 이유는 무엇일까? 다람쥐 쳇바퀴처럼 돌아가는 팍팍한 일상에서 은근히 탈주를 꿈꾸는 욕망인지도 모른다.

「패왕별곡」 시의 2부는 여인을 사랑하는 남자의 속 깊은 정이 뭉클하게 스며든 매혹적인 시이다. 시대를 가로지르는 이데올로기는 옛날이나 지금이나 뭇 사내들의 심장에 폭풍 같은 바람을 불러일으키지만, 잡초처럼 떠도는 민중들은 혁명이나 개혁이란 거대란 담론보다 몰래 들여다보고 싶은 안을 가진 사랑하는 여인에게서 '무혈혁명'을 읽는다. 그것은 광대 같은 시인의 운명인지도 모른다. 어찌 혁명뿐이겠는가. 절대 권력이나 엄청난 부를 소유하고도 언제나 근원적 결핍을 느끼는 남자의 본능 때문일 것이다.

　— 별희(別姬)

　　내가 꿈꾸지 않아도 세상은 거기 있었지만
　　사랑은 내게 혁명 같은 것이었다.
　　모사도 고요한 전야도 없이 한순간 몰아친
　　무혈혁명, 어지러운 세상 한가운데
　　한 여자가 나를 가두었다.
　　들여다보고 싶은 안이 생겼다.
　　가파른 내 몸속에 배밭을 일군 그녀는
　　늘 배꽃처럼 아팠으나
　　난세(亂世)에 난세(亂歲)에
　　내가 얻은 것 중 나의 것은 오직 그뿐
　　내가 없어도 세상은 거기 있을 것이지만
　　한 번 뿐인 사랑은 옥쇄(玉碎)와 같은 것
　　눈 먼 자여, 읽어라
　　등 뒤에 강물을 둔 그곳에서
　　나의 혁명은 백지유서처럼 끝났다.

　　　　　　　　　　　　　　　— 「패왕별곡」 부분

혁명이란 거대 담론의 배후에 깔린 정치적 욕망을 예리하게 비판하고 있음을 알 수 있다. 그 어느 시대이건 계급적 갈등이 존재하게 마련이다. 공산주의가 서구에서 몰락했지만, 민주주의를 표방한 국가의 내부에서 마르크시즘의 순수한 정신이 더 그립지 않은가? 최상위 계층에게만 쏠리는 부의 위력 앞에 나약하게 흔들리는 중산층의 번민은 깊어만 간다. 경제적이건 정치적이건 간에 욕망의 표출 이면에는 개인의 권력에 대한 의지도 들어 있게 마련이다. 그런데 김유석은 낭만적인 시인답게 "사랑은 내게 혁명 같은 것이었다"라고 단언한다. 이토록 열렬한 연애편지를 그가 다시 쓸 수 있을까? 피 한 톨흘리지 않는 무혈혁명이지만, 영혼과 몸을 송두리째 빼앗아가는 사랑의 열정을 역설적으로 표현한다. "들여다보고 싶은 안이 생겼다."라는 시어는 자신의 내면의 열정인 동시에 여성의 몸에 대한 관음적 시선도 읽혀진다. 남성이 갖는 시각 욕동에 대한 강한 충동을 읽어낼 수 있다. 그러나 그 치명적인 사랑 또한 백지유서처럼 허무한 끝에 이른다는 시적 화자의 고백이 커다란 울림을 준다. 거대 서사에 몰두한 혁명보다도 어쩌면 개인의 사소한 사랑이 삶을 더 크게 출렁거려 변화시키지만, 그것 역시 백지유서처럼 흔적 없이 사라진다. 성적 욕망과 죽음의 욕망이 둘이 아닐 수 있음을 넌지시 암시한다.

김유석은 사물을 관찰하고 그것들을 시적 대상으로 선택할 때, 사물의 배후에 깔린 어둠과 냉소적 기운을 전달하는 마력을 지닌다. 저음의 무게감을 지닌 남성적 어조를 묵직하게 전해준다. 「물꽃」에서는 흰 나비와 소의 이미지를 중첩적으로 교차시켜 나비의 가벼움과 소의 무거움을 대비시킨다. 나비처럼 가벼운 리듬과 수레를 끄는 지친 소의 무거움이 동시에 공존한다. 봄바람에 목마른 흰나비가 마시는 물은 소 발자국에 고인 더러운 물이다. 번뇌가 질척거리는 진창 같은 물을 삼켜야 하는 삶의 이중적 모습이다. 날개를 달고 봄빛 하늘을 찬란하고 자유롭게 날고픈 의지와 두 발을 땅에 붙이고 견뎌야 하는 무거운 의무의 세계에서 어쩔 줄 모르는 시적 화자의 내면이 담겨있다.

> 봄바람에 목마른 흰나비
> 소 발자국에 고인 물을 빨아먹는다.
>
> 무거운 길을 끌고 간
> 소의 생각을 알기나 한다는 듯
>
> 소가 걸어간 쪽으로
> 팔랑거리다
>
> 다시 내려앉아
> 구정물에 비친 제 모습을 빨아먹는다.
>
> ─「물꽃」전문

현대 사회에서 시인은 어쩌면 가장 자학적인 존재인지도 모른다. 자본과 물질의 가치가 중심에 놓인 시대에 나비처럼 팔랑팔랑 날아다니면서 현실에 깊은 뿌리를 내리지 못한 채 비틀거린다. 마치 낚싯줄에 끌려오는 하얀 은빛의 갈치처럼. 시인은 영혼을 훔치는 도둑을 꿈꾼다. 자신이 창조한 언어의 집이 그 누군가의 가슴속에서 생존하기를 꿈꾸는 은근한 욕망이 팽배한 이상한 도둑들이다. 그 낯선 세계를 향한 마약처럼 집요한 글쓰기의 욕망에 사로잡혀 자신의 살을 물어뜯는지도 모르고, 심지어 동족의 살조차 잔혹하게 물어뜯는 괴물일 수 있음을 포착한 냉철한 시각이 「갈치의 편린」에서 돋보인다.

> 줄줄이 낚시에 끌려 오르는 갈치들, 집어등에 비치는 은백의 빛깔은 가히 환상적이라 할 만한데
>
> 족히 사지(四指)는 됨직한 몸뚱이를 비틀어 제 몸 칠 때가 있다.
>
> 미늘에 꿰인 고통인 듯 싶지만 하찮은 밑밥에 홀린 자신에 대한 채질인 것, 실은 그 순간의 빛깔이 가장 아름답다 한다.
>
> 약한 모습을 보이는 동족을 물어뜯을 만큼 가학적인 갈치가 갈치의 꼬리를 물고 끌리는 경우도 있는데
>
> 속설에 의하면 갈치낚시의 미끼로는 그 무엇보다 갈치의 생살이 제격이라 한다.
>
> 실은, 갈치는 비늘이 없다.
>
> ——「갈치의 편린」 전문

시인에게 시를 쓰게 하는 욕망은 어디에서 오는 걸까? 그 누구도 길들일 수 없는 자유에의 의지 때문인지도 모른다. 아무도 가보지 않은 길에 진입하는 나만의 언어를 갖고 싶은 욕망이다. 그래서 시인은 언제나 불안하다. 혁명처럼 뜨거운 여인과 시대를 관통하는 이념조

차도 시의 그물에 사로잡힌 미끼이다. 자본과 물질이 팽배한 현대 사회에서 시인은 자학적일 정도로 자신의 운명을 저 바깥의 세계로 밀어낸다. 순수한 서정의 세계에 몰두한 시인조차도 사디즘적인 면모를 보여준다. 고통 자체를 즐기면서 성적 쾌락을 향유하는 마조히스트처럼 글쓰기의 욕망에 사로잡힌 시인의 이상한 욕망 구조이다. 시속에서는 아름다운 사랑의 언어가 난무하지만, 삶의 뜰 안에서는 황폐하고 척박한 경우가 많다. 반면 거친 내면을 토로한 시인은 시와 반대로 삶이 오히려 따스하고 배려가 넘치는 경우도 있다. 이상한 모순이다. 독자는 척박하게 내동댕이쳐진 시인의 삶에 열광한다. 시인의 패배가 그들에게는 위로와 희망이 되는 잔인한 관음충동이 아닐까? 시가 아름다워 만나본 시인이 오히려 더 차갑고 냉랭해서 당황스러운 경우가 가끔 있다. "갈치낚시의 미끼로는 그 무엇보다 갈치의 생살이 제격이라 한다."라는 구절에서, 자학적인 욕망과 마조히즘적 욕동을 스스로 관찰하고 통제하면서, 고통과 상처를 예술로 승화시키는 면모를 볼 수 있다.

한편 그는 사디스트적인 욕망이 팽배한 현대 사회의 단면을 투계의 이미지를 통해 보여준다. 끝없는 경쟁을 강요하는 후기 자본주의 사회에서 살아가는 대중의 욕망 구조를 「모호한 독백」이란 시에서 압축하고 있다. 다섯 마리의 투계를 관찰하면서, 삶의 곳곳에 잠재된 경쟁과 권력의 구조에서 희생당한 자와 살아남은 자의 울음을 신랄하게 전해준다. 온 지구가 인터넷을 통해 서로 연결되어, 얽히고 설킨 실타래처럼 생존을 위해 투쟁해야만 하는 극한상황은 투계들의 싸움판이다. 작은 조직의 갈등이 사무실 밖을 나서면 더 큰 조직의 갈등과 닿아 있고, 더 나아가 국가적 이해 갈등의 소용돌이 속에 내팽개쳐져 있다. 자본과 권력이 교묘히 얽혀 있어 그 어디에서도 그것의 속박에서 자유로울 수 없다. 속세를 떠난 수도자조차 자본의 굴레에서 완전히 자유로울 수 없는 시대이다. 사디스트가 욕망의 대상을 공격하고 학대하는 데서 쾌락을 얻는 것처럼, 생존을 위해 타자를 물어뜯어 굴복시켜야만 하는 삶의 조건에 대한 성찰이 돋보인다.

> 다섯 마리의 투계(鬪鷄)를 한 우리에 넣는다.
> 모두가 적인,
> 제각각 4대1이 되어 싸워야 하는 다자간의 투쟁
>
> 맞장에 길들여진 것들은 잠시 어리둥절하다.
> 선택이란 그들 몫이 아니었으므로
>
> 먹이가 던져지고
> 맨 먼저 배고픔을 떠올리는 녀석의 발톱이 허공을 할퀼 때쯤
> 학습된 싸움의 맹목적성 속에서
> 공중을 버리고 지상으로 내려온 본능들이 뛰쳐나온다.
>
> 하나의 먹이를 두고 여럿이 벌이는 사투
> 싸움의 진수는
> 피아 구별 없는 난장에 몰입하는 것,
> 끝까지 살아남을 한 마리를 가리기 위해
> 모두의 상처를 지켜보는 동안
>
> 힘 센 놈보다 잔꾀부릴 줄 아는 놈, 그 놈보다
> 오래 굶주려 본 적 있는 녀석이 살아남았을 때

생은 도박이 되었다는 걸 아는지. 하여

강한 자가 살아남는 게 아니라 살아남은 자가 강한 것이다*는
피투성이 울음 속에는 .
쓰러진 네 마리의 울음도 함께 들어 있는 것이다.

* 칭기즈칸의 어록

—「모호한 독백」전문

  김유석의 시가 빚어내는 독특한 빛깔은 낚시꾼과 사냥꾼을 닮은
기질에서 연유하는 것 같다. 말랑말랑하거나 유순하지 않은 거친 남
성의 시선과 체취가 시에 묻어난다. 구멍에 대한 매혹, 그것은 성적
인 것뿐만 아니라 존재의 틈에 대한 포착이다. 상징적 언어 질서에
포섭될 수 없는 실재의 세계를 잠시 환기시킨다. 우아한 상상의 세
계에서 포용할 수도 없는 그 너머의 세계, 경계선에서 화자를 매혹
시키고 달아나는 틈과 얼룩을 「조금 열려 있는」시에서 날렵하게 잡
아챈다.

  비긋이 방문을 밀어 놓고 집을 비우던 아버지

밖으로 채워진 자물쇠를 볼 때마다 나는 기어이 열고 싶다.
엿보고 싶은 은밀함을 단호하게 차단한 그 안은 이미 관심 밖
모름지기 열쇠만 따놓고 싶어진다.
지켜야 할 것들에 골몰하는 이들은 이미 잃어버린 자
큰 도둑은
불안만을 훔친다.

사랑이 뭐 대단한 위세라고

안으로 닫아걸고 들어앉은 당신 맘 참, 대책 없다.

—「조금 열려 있는」 부분

　생존을 위한 끊임없는 경쟁에 내몰린 현대인의 상황을 은유적으로 보여주는 이면에 그가 제시하는 또 하나의 여백은 틈의 세계이다. 조금 열려 있는 그 틈새로 혁명 같은 연인이 쳐들어오기도 하고, 집을 비우는 방랑자 같은 아버지도 찾아들고, 불안을 훔치는 도둑도 담장을 넘는다. 사람과 사람 사이의 틈, 소리와 의미 사이의 미끄러지는 흔적을 낚아채는 낚시꾼의 손맛에서 전율을 느끼듯 시를 낚아챈다. 낚싯줄에 낚여 올라오는 갈치가 하얀 빛의 맨살을 드러내듯 언어의 맨몸을 포착하고픈 그의 욕망은 강렬하다. 혁명처럼 붉은 울음이기도 하고, 흰나비의 허무한 몸짓이기도 하다. 무엇보다도 오랜 굶주림 속에서 살아남고픈 배고픈 울음처럼, 불안을 훔치는 도둑처럼 누군가의 마음을 몰래 훔치려 한다. 하얀 종이 위에서, 야릇하고 매혹적인 틈새에서, 치명적인 시로 독자의 불안을 훔치려는 욕망이 집요하다. 그 욕망을 훔쳐보는 나의 심장에 폭풍이 잠시 일렁인다. 곧 뜨거운 여름의 태양이 들이닥칠 것이다.

아버지의 부재

— 신진, 유희경의 시

---

1. 잃어버린 장닭 — 신진의 「장닭」

전남 광양 석사리에 있는 시댁에 가면 새벽마다 장닭이 우는 소리
가 들린다. 옆집에서 기르거나 시댁의 작은 닭장 안에서 기르는 수탉
들의 장쾌한 목청에 잠을 깨곤 한다. 도시에서는 듣지 못하는 수탉의
울음소리에 아이는 신기해한다. 특히 암탉을 여럿 거느린 장닭이 우
렁차게 고함을 지르면 주홍빛 하늘이 갈라지는 듯하다. 용감한 수탉
의 목소리와는 달리, 고운 색시처럼 마음결이 고운 시아버지는 언제
나 수줍으시다. 식사를 마친 후 슬며시 부엌으로 들어와 고양이밥과
개밥을 챙기신다. 추석이 다가오면 서울로 떠나버린 동네 사람들의
묘지를 손수 돌보아주시고, 마을 사람들이 귀찮게 여기는 일을 소리
없이 감당하신다. 언젠가 새끼 고양이가 죽었을 때 대문가에 혼자 앉

아 눈물을 비치시는 모습을 훔쳐본 기억이 스친다.

작년 봄에 시아버지는 폐렴 증세가 있어 순천 병원에 입원을 하셨다. 버스를 타고 면회를 갔더니 은근히 기뻐하면서도 좋아하는 티를 내지 않으셨다. 어머니가 계시지 않는 병실에서 머쓱하셨던지 얼른 돌아가라 하시고 병실 문 앞에서 배웅해주실 때의 눈빛을 잊을 수 없다. 결혼이라는 제도를 통해 형성된 가족이지만 애잔하게 정을 전하는 그 시선이 한동안 심장 깊은 곳을 아리게 했다. 서서히 등도 굽어가고 이마에 주름도 깊이 파인 시아버지를 뵐 때마다 가부장제의 권력을 향유하는 아버지의 모습을 찾을 수 없다. 고목처럼 자식에게 그늘을 드리우면서 자신은 검고 딱딱한 껍질로 서서히 굳어가는 사랑을 보게 된다.

최근에 신진 시인의 『풍경에서 순간으로』에 수록된 「장닭」이란 시를 읽으며 시아버지를 비롯한 이 땅의 수컷인 중년 혹은 늙은 남자들을 떠올린다. 주인이 던져주는 맛있는 고기조차 함부로 먹지 못하고 암컷들에게 양보하는 장닭의 모습을 통해 자상한 아버지와 넉넉한 정을 품은 한국 남자들의 내면을 읽는다.

> 박 선생님 가족이랑 평상에서 삼겹살 구워 먹는데 장닭이 알고 암탉들을 불러 모은다. 귀한 고기이니 지가 먹겠지 하고 여나믄 점 던져주었는데 장닭은 한 조각 예외 없이 암컷들에게 양보한다. 암탉이 먹을 동안 자랑스럽게 갈기를 흔들면서 루우 루우 유성음의 노래마저 보탠다. 암탉들은 낼름낼름 받아먹기만 한다. 장닭은 땅에 부리를 박고 원을 그리며 러시아 민속춤을 덤으로 선사한다. 암탉들을

가두고 장닭만 불러 몇 점 따로 주었더니 이번에는 한 점
한 점 물고 가서 던져주고 달려온다.

　　저 바보, 저 바보!

　　아내는 수탉이 바보라서 그런다 한다. 내가 귀한 음식
먹지 않고 저를 줄까 지레 겁을 내는 것이리라.

　　그래도 뒤통수 털이 다 빠져버린 암탉을 보면 마냥 주
고 싶은 것이 해묵은 수컷의 심사가 아닐까 한다.

　　　　　　　— 신진, 「장닭」 전문(『풍경에서 순간으로』, 118쪽)

　젊은 때의 열정과 야망이 식어버린 해묵은 수컷의 넉넉한 정감과
배려가 돋보이는 시이다. 가족을 부양하려 전쟁 같은 삶의 현장에서
투쟁하듯 살면서 늙어버린 남자가 나약한 아내를 안쓰럽게 바라보는
시선이 정겹고, 그러한 남편의 마음을 읽고 '바보'라고 은근히 놀리
면서 그의 식성을 염려하는 아내의 은근한 정이 담겨 있다. "뒤통수
털이 다 빠져버린 암탉을 보면 마냥 주고 싶은 것이 해묵은 수컷의
심사가 아닐까 한다."라는 구절처럼 누군가에게 아무런 욕심 없이
그냥 주고 싶은 마음, 그것이 삶을 숭고하게 만드는 것이 아닐까? 그
냥 저 여자가 좋아서, 그냥 저 남자와 함께 있고 싶어 무언가를 베풀
고 나누고 싶은 마음이 우리를 신비로운 행복으로 이끈다. 다정하게
손을 잡고 때론 안아주고픈 마음이 각박한 현실을 이겨낼 따스한 울
타리를 만들어준다.

　후기 자본주의 시대에 접어든 한국에도 자본의 집중이 거세어져,
이토록 다정스런 장닭들이 목소리를 낼 공간이 줄어간다. 이른 아침
에 문을 열고 저녁 늦게까지 동네를 밝히던 동네 슈퍼가게 아저씨의

어눌한 말투가 그립다. 아파트 입구의 느릿느릿한 서점 주인과 통닭집 아저씨의 기름때 묻은 바지, 푸른 과일가게의 총각들이 그립다. 그들의 가게는 사라지고 과일 트럭에 실려 거리를 유랑하듯 쓸려 다닌다. 거대한 대형 마트에 잠식당한 수탉들의 비애가 안쓰럽다. 기계적이고 대량 생산공급체제만이 살아남는 기형의 시대에 우리는 톱니바퀴처럼 돌아간다. 작고 소박한 장닭들의 자신감 넘치는 울음이 아니라, 기계부품처럼 종속되고 자본의 거대한 흐름에 굴복하게 만들어 버리는 삶의 부조리가 우리를 슬프게 한다. 주식이 오르고 나라 전체의 경제지표는 올라가지만 여전히 중산층은 불안하게 흔들리는 풀잎이다. 작고 낮은 수탉들이 뒤뚱거리며 걸을지라도 행복한 목청으로 새벽하늘을 찢을 듯 신나게 고함치기를 희망한다.

2. 아버지의 부재와 생활의 무늬, 그리고 슬픈 지도
─유희경의 「지워지는 地圖」

　새벽 3시 눈을 뜬다. 커다란 방에는 크림색 벨벳 커튼이 드리워져 있다. 북쪽 창에서 불어오는 겨울바람이 유난히 차다. 난방 온도를 올려도 가벼운 기침은 끊이지 않는다. 이불을 뒤집어쓰고 꺼억꺼억 운다. 지도를 그리려 했지만, 지도는 매몰차게 거부하듯 아주 깊은 골방으로 나를 추방시킨다. 때로는 죽음의 바다가 더 아늑할 것 같다. 더 이상 바닥이 없을 것 같은 순간들, 그 순간에 우리는 지워지는 지도 위에서 위태롭게 서 있지도 주저앉지도 못한 채 흔들린다.

　유희경의 시집 『오늘 아침 단어』를 읽은 지 일주일이 넘었다. 읽다가 덮어두고, 읽다가 덮어두다 해설까지 읽고 마침표를 찍는다. 아주 평범한 듯한 언어에서 물큰하게 전해지는 이 슬픔의 정체는 무엇일까? 회색빛 슬픔이 잔잔하게 스며나는 독특한 감성의 시집이다. 서정시를 읽을 때면 마음에 잔잔한 감동을 느끼지만 때로 너무 할 말이 없어지기도 한다. 시가 그런 것 아닌가? 할 말이 없어지는 그 무엇, 그러다가 그래도 할 말이 있어야 하는 것 아닌가? 의문이 들기도 한다. 문득 시의 지도라는 것은 현실과 환상 그리고 지성의 그 어떤 미묘한 틈새에 존재하는 신기루처럼 여겨진다. 그래서 생활의 무늬에서는 철저하게 버림받는 존재, 그래서 슬퍼하는 시인이라는 자화상이 그려진다.

저녁이 되면 스스로 사막이 되는 방법을 연구한다 더
빨리 늙기 위해 천천히 걷고 뒤로 걷다, 갑자기 돌아서
서 잊으려 했던 사람을 떠올리는, 조금 시큰한

지도는 조금씩 자라는 동물 같은 것이다 봉투를 뜯는
내 건조한 경력을 생각한다 아버지란 기호에선 캐치볼
이 떠오르지만,

어느새 나와 아버지 사이 넓게 자리 잡은 이만 헥타르
쯤의 운동장 이따금, 몰래 알약 반 개 같은 씨앗을 심
지만 자라는 것은, 없다

방금 불어온 바람을 등지고 어리고 슬픈 내가 공을 주
우러 뛰어간다 당신은 누구인가 이 글러브는 누구의
가죽이고 날아가는 것을 보면 왜 소리를 지르고 싶어

지는가

계집애가, 오빠를 쫓다 터뜨리는 울음을 빙그르르 돌
리는 저녁이다 더는 돌릴 수 없을 때까지 숨을 참는,
어쩌면 생활의 무늬란 그런 것이지 꼭 다문 입술의 주
름 같은 것

그러나 죽은 사람은 아무것도 날리지 않는다 단단하게
여물어 열리지 않는 길의 가슴을 열기 위해 새빨간 태
양이 넘어간다 잡기 위해 전력 질주하는 법따위는 지
운 지 오래
— 유희경, 「지워지는 地圖」 전문(『오늘 아침 단어』)

　「지워지는 地圖」에서는 아버지를 영원히 상실한 소년의 내면 풍경
이 회색빛 유화처럼 그려져 있다. 여성 시인에게 아버지라는 대상은
가부장적 존재이거나 엘렉트라 콤플렉스의 잔영이 투영되기도 한다.
소년에게 아버지는 동일시의 존재이지만, 어느 순간 아버지를 극복
하고 아버지를 부정해야 성인으로 진화하게 된다. 아직 성인으로 나
아가지 못한 단계에서 겪게 되는 갑작스러운 아버지의 부재가 남기
는 상흔이 이 시에 짙게 배어 있다. 아버지의 이미지는 함께 놀아주
던 추억 속의 아버지, 캐치볼이라는 공의 이미지에서 황혼 무렵의 새
빨간 태양의 이미지로 변주되면서 소년의 심리적 그물망에 존재한
다. "단단하게 여물어 열리지 않는 길의 가슴을 열기 위해 새빨간 태
양이 넘어 간다 잡기 위해 전력 질주하는 법 따위는 지운 지 오래"라
는 결구에는 죽음이라는 건널 수 없는 장벽을 삶의 조건으로 수용하

는 성숙한 소년의 시선이 느껴진다. 그런데 전체적으로 흐르는 시의 분위기는 애잔한 슬픔이 가득하다.

삶이라는 것! 희망에 부푼 꿈을 꾸며 찬란한 무지개 색깔 지도를 그려보지만, 결국엔 허무한 죽음으로 걸어가는 것임을 소년은 너무 일찍 깨닫는다. 질주하면 할수록 멀리 달아나는 무지개처럼, 삶의 역설을 이 애잔한 서정시가 말해주고 있다. 소년의 시선이지만 삶의 애환을 위무하는 저 주름진 입술과 생활의 일그러진 무늬를 아름답게 채색한다. 그래서 유희경의 시집은 최근 젊은 시인들의 발랄하게 폭풍 같은 내면을 토로하는 랩의 화법과 차이가 난다. 젊은 시인들의 시에서 색다른 언어의 살결을 맛보는 것은 신선하고 행복한 경험이다. 그런데 가끔은 시를 읽는 것이 지루한 반복이 되기도 한다. 문학 잡지가 배달되어 와도 시집이 부쳐져 와도 읽지 않기도 한다. 차곡차곡 책상에 쌓아두거나 봉투를 채 뜯어보지 못하기도 한다. 왜 시를 쓰는가? 문득 의문이 든다. 시의 이면에는 현대인의 소외되고 변방으로 버림받은 무수한 상처들이 각인되어 있다. 그 상처가 때로는 너무 아프다. 자본주의라는 거대한 체제의 환영 아래 권력과 지위를 가진 소수를 위해 질식당하는 다수의 숨죽인 신음소리가 가득하다. 시인의 예민한 촉수가 소년의 시선으로 그것을 감지해 전달한다. 아버지의 어깨를 감당할 만큼 키가 채 자라지도 않았는데 밀려드는 수많은 짐들에 억눌린 것은 소년뿐만 아니라 어른이 된 존재에게도 마찬가지이다. 어른이 되어도 아이처럼 울고 싶어지는 현실의 팍팍함과 경쟁 시스템이 우리 모두의 사슬이기 때문이다. 패배와 상실이 훨씬 더 많은 것이 삶의 조건임에도 불구하고, 성공과 승리의 신화만이 진리인 듯 휘몰아치는 광기의 사회이다. 최소한의 인간적 배려와 따스함이 효율이라는 잣대 아래 무시되는 현대에서 시인의 입지는 너무나 좁다. 고대 인도처럼 시인과 성직자가 사회 구조의 최상부에 존재해야 하는 이유가 새삼 신선하게 와 닿는다. 여린 꽃잎이 가장 높은 곳에서 피어나듯, 가장 여린 자가 가장 높은 곳에 있어야 한다. 그곳에서 시인은 회색빛 슬픔을 딛고 흔들리며 웃을 것이다. 찬란한 봄이 오기를!

미친 예언자의 고백

― 로버트 로월의 시적 화자 분석

1. 서론

미국의 청교도들이 메이플라워호를 타고 미국 땅을 밟았을 때, 그들은 새로운 대지에 거룩한 하느님의 나라를 건설하려는 종교적 열망과 의지가 충만했었다. 그러나 현대의 미국 사회는 초기 청교도들이 꿈꾸었던 영광스러운 하느님의 천년왕국이 아니다. 에덴동산처럼 순수와 평화의 땅이 아닌, 테러와 폭력의 두려움에 노출된 거대한 세계 최강국이 되고 말았다. 거룩한 하느님의 섭리조차 냉혹한 경쟁으로 점철된 자본주의의 도도한 흐름 앞에서 더 이상 설득력을 얻지 못한다.

오늘날 미국의 상황을 로버트 로월(Robert Lowell)은 이미 예견이라도 한 것일까? 그의 첫 시집 『하느님을 닮지 않은 땅(*Land Of*

Unlikeness)』(1944)에서 미국의 미래를 투시하는 로월의 역사적 통찰력을 살필 수 있다. 그가 케년 대학을 떠난 후 앨런 테이트(Allen Tate)와 함께 지냈던 1년 동안 쓴 29편의 시들로 제2차 세계대전의 전쟁 상황을 시적 상상력을 통해 재구성하고 있다. 연합군의 비기독교적인 행위와 미국을 세운 선조들의 종교적 위선을 서로 연관시킨다 (Ehrenpreis, 77).

로월은 가톨릭의 주된 상징체계들을 시 속으로 끌어들여 오면서, 시의 정형적인 형식미를 강조한다. 동시에 현실 비판의 의도를 드러내어 모더니스트로서의 면모도 보여준다. 앨런 테이트는 그의 시에 대하여 서문에서 "그는 가톨릭 시인으로서의 자의식을 지니고 시를 쓰고, 문체와 시 형식 사이에 긴밀한 상관관계가 존재한다"라고 말한다(37). 즉 테이트는 신비평적인 시각에서 로월이 잘 빚은 항아리처럼 시를 정교하고 치밀하게 운율과 리듬을 조화시켰다고 본다. 『하느님을 닮지 않은 땅』이란 제목에 대하여 휴 스태플즈는, 하느님으로부터 버림받은 인간 영혼의 소외를 깊이 형상화한 것이라고 설명하면서 다음과 같이 언급한다.

로월의 이 시집 제목은 버나드(St. Bernard)로부터 취한 제목이지만 궁극적으로는 아우구스티누스 성인의 은유 즉 "다른 땅"("regio dissimilitudinis")으로부터 유래했다고 볼 수 있다. 이것은 세상에 사로잡힌 인간의 고뇌에 대한 은유이지만 또한 그것은 물질세계의 암흑과 낯설음 그리고 죽을 수밖에 없는 인간 존재의 허구성을 충분히 인식하는 하느님으로부터 멀어진 인간을 상징하는 것이다. 『노래 중의 노래』에 관한 버나드 성인의 설교 "영혼이 하느님과 유사성을 상실하면 더 이상 그 본질과 비슷할 수 없다"("Inde anima dissimilis deo dissimilis ist et sibi")[1]에서 취해온 것이며, 이 구절은 이 시집의 제사(epigraph)이다. 엘리어트의 『황무지』(*The Waste Land*)처럼 현대 문명의 악몽을 묘사하면서 제2차 세계대전의 홀로코스트를 생생하게 묘사하고, 혼돈과 무질서, 그리고 파괴의 시대에 종교적 안정을 갈망하는 기독교인의 추구를 형상화한 것이다. (Staples, 58)

스태플즈는 로월의 『하느님을 닮지 않은 땅』은 방탕과 타락의 늪에서 자신의 죄를 고백함으로써 새로운 자아 인식의 장을 넓힌 아우구스티누스의 『고백론』의 전통에 놓여 있고, 엘리엇의 『황무지(*The Waste Land*)』의 이미지와도 연결된다고 설명한다. 아우구스티누스 역시 신 앞에 자신의 타락한 모습을 완전히 노출하고 회개함으로써 영적인 승화를 꾀하고 있듯이 로월 역시 그러한 의도로 자신의 무의식과 숨겨진 욕망 등을 적나라하게 드러낸다.

로월이 전개하는 시적 비전은 현대 사회를 살아가는 기독교인의 경험세계를 시로 형상화한 것으로 낭만주의의 초월적 비전이나 19세기 미국 시에서 보여지는 신을 찬양하는 시들과는 판이하게 차이가 난다. 시적 자아의 설정부터가 전통적인 자아와는 상반된다. 낭만주의 시인들이 예언자나 혁명의 화살처럼 시대를 관통하는 정신을 지향한 반면, 현대의 시인들에게 있어 시적 화자는 엘리엇(T. S. Eliot)을 위시하여 아주 왜소화되고 소외된 실존의 모습으로 변모된다. 그런 현대시의 맥락을 이어받은 로월은 신과 악마의 중간 존재로서의

---

1) When the soul has lost its likeness to God it is no longer like itself(Staples, 22).

인간을 더 추락시켜, 자신의 이미지를 악마나 지옥에서 살아가는 존재로 비하시킨다. 본 논문에서는 로월의 시적 화자를 '악마의 독백'과 '미친 예언자'의 관점에서 고찰하면서, 하느님을 닮지 않는 현대 미국에 대한 그의 비판정신 등을 통찰하고자 한다.

2. 나/악마의 독백

로월은 20세기 미국 시인들 가운데 특히 고백파 시의 대가로 일컬어진다. 고백파의 가장 큰 특징은 개인의 사적인 삶을 외부 세계의 공적인 세계와 결합하여 적나라하게 시인의 내면과 삶을 폭로하는 것이다. 문학에서 고백은 화자의 주인공이 자신의 내면을 독자에게 드러내는 방식이다. 고백을 하는 방식이나 정도의 차이에 따라 문학적 양식이 달라진다. 현대문학으로 올수록 고백을 하는 내용이나 방식이 파격적이고 적나라해지는 경향이 두드러진다. 소설이나 드라마에 비해 시는 고백을 하는 데 있어서 한계점이 많은 편이었다.

그러나, 고백파 시인들이 등장하면서 내면의식을 폭로하는 양상이 크게 달라진다. 즉 그들은 개인의 독백을 사회적 언술로 변화시켜 세상의 모순과 위선을 적나라하게 드러내어 삶에 대한 전복적인 에너지를 창출하려는 의도를 갖고 있다. 그래서 그들이 등장시키는 인물들은 정신병을 앓거나 감옥에 갇힌 자들이거나 가정생활이 원만하지 못한 경우가 많다. 현실사회에서 소외될 뿐더러 적응마저 쉽지 않아 자살을 감행하기도 한다. 가톨릭 교리에서는 자살한 영혼은 결코 천국에 들어갈 수 없다고 주장한다. 생명을 끊는 것 자체가 너무나 큰

죄라고 보기 때문이다. 그런데 고백파 시인들에게 자살은 하나의 시적 책략이어서, 플래스나 섹스턴 같은 경우는 실제의 삶에서 실행에 옮기기까지 한다.

그러한 자살을 부추기는 동기는 시인 저마다의 생활에 따라 차이가 나겠지만, 정신병적 징후도 존재한다는 것을 부인할 수가 없다. 시인에게 있어 광기는 새로운 예술 창작의 동기가 되는 긍정적인 측면도 있지만 한편으로는 시인의 삶을 파괴시키는 극단으로 이끌어간다. 로월 역시 정신병을 앓아 우울증에 시달려 자살을 시도하기도 하였다. 로월의 파란만장한 삶의 이력에는 언제나 우울의 그림자가 깔려 있다. 그 우울은 현대 사회가 그 원인을 제공하기도 한다. 그가 두 발을 딛고 있는 현실은 신의 이상적 비전과는 전혀 상관이 없는 황폐하고 고독하고 척박한 문명의 벼랑 끝과도 같다. 『하느님을 닮지 않은 땅』에서는 완연한 고백체 시 양식이 확연하게 드러난 것은 아니지만 그가 그러한 새로운 시적 경향으로 갈 수밖에 없었을 것이라는 것을 충분히 예측할 수 있다.

그가 『위어리경의 성(*Lord Weary's Castle*)』을 거쳐 『인생연구(*Life Studies*)』에 이르기까지 일관되게 보여주는 자아관은 서로 연관되어 있다. 혼란스럽고 폭력으로 점철된 문명의 틈바구니에서 시적 화자는 자신의 고백을 악마의 독백으로 치환해 버린다. 그의 시 「악마의 독백("Satan's Confession")」은 시적 화자의 시점을 악마로 설정하여, 삶을 거부하고 죽음을 갈망하는 목소리로 등장한다. 이 악마의 목소리는 『인생연구(*Life Studies*)』의 「스컹크 시간("Skunk Hour")」에서 "지옥에 있는 자아"("I myself am hell")로 되풀이된다. 「악마의 독백」은 아주 정교하게 운율과 리듬이 통제되고, 산문체가 아닌 운문 스타일로 3부분으로 나뉘어져 있고, 맨 마지막에 결구가 붙어 있다. 인간에 대한 근원적인 신뢰감이나 천국에 대한 희망이 상실되어 있다.

위선자는 아담의 온갖 망상으로
지옥의 불길을 타오르게 하리라
생명과 라임나무가
그들의 주인을 버린다
인간은 매독균이다!

오라, 훌륭한 의사여
네 몸을 지옥에 버려라
천국은 너무나 멀다
오, 죽어가는 흡혈귀
너 자신의 피로
부패를 창궐하도록 하라

— I. 「정원, 악마의 독백」(25~36)

The Hypocrite will plaster
Brimstone of the Abyss
On Adam's every Whim:
And life and lime

Abjure their Master:
Man is a syphilis!

Come, Good Physician, Let

your body out to Hell,

The sky is out of reach

O dying Leech;

Your own Blood/let

Has made Corruption well!

　　　　　　— I. "The Garden, Satan's Confession" (25~36)

　로월은 위의 시에서 자신뿐만 아니라 현대의 인간은 악마의 본성에 도취해 있다고 본다. 그래서 인간은 매독균과 같고, 아담의 후손들은 흡혈귀처럼 서로 살생을 저지른다. 지상은 지옥이나 다름없고 온갖 살육과 비리와 부조리로 가득하다. 그는 언어의 축을 견고하게 쌓아 일관된 어조로 그의 내면 풍경을 현대의 문명과 일치시키면서, 부패에 찌든 현대인의 모순된 상황을 과장되게 극화시킨다. 로월의 수사가 갖는 장점은 감정을 극한까지 끌어내려 강한 충격과 전율을 독자에게 전해주는 데 있다. 마치 광야에서 소리치는 세례자 요한이 당대의 사람들에게 "독사의 자식들"이라고 독설을 퍼붓는 것과 흡사하다.

　헨리 하트(Henry Hart)는 가톨릭의 성인과 프로테스탄트의 광신자적 열정을 로월 시의 출발점이라고 설명한다(111). 그의 시가 갖는 에너지는 악마의 언어와 천사의 언어가 종교적 열정으로 결합한 데에서 발생한다. 악마의 세계를 꾸짖은 입장에서는 천사의 관점이지만 자신의 화자를 악마로 설정함으로서 더 강렬한 시적 효과를 창출한다.

　로월의 이러한 시적 전략은 결함이 있는 거친 언어로서 "불완전한 세계를 반영하려는 의도"(Clark, 53)에서 비롯되었다고 볼 수 있다. 그로테스크한 풍자의 기법을 차용하면서 이중적인 시선을 보여준다. 악마적 화자를 내세우면서 정작 그 자신은 천사의 마음을 지향하는 욕망을 함께 갖고 있기 때문이다. 「악마의 독백」 후기에서 그러한 양상이 확연하게 드러난다.

> 나는 삼위일체의 하느님을 찬양하네
> 죽음으로부터 독수리 세 마리가 날아가네
> 아버지, 아들 그리고 성령
> 눈 먼 세계가 인사를 하네
>
> — IV. 「후기, 악마의 독백」(101~106)

> I praise the Trinity
> From Death three Eagles fly;
> Sire, son and paraclete,
> A blind world greet
>
> — IV. "Envoy, Satan's Confession"(101~106)

로월의 초기 시에서 시적 자아는 한없이 추락한 가운데에서도 신에 대한 신념을 놓치지 않는다. 중기 시에서는 신에 대한 신뢰도 무너져 버리는 모습을 보이는 것과는 대조적이다. 썩은 시체의 먹이를 먹는 독수리가 허공을 날아다녀도, 로월의 화자는 신의 자비에 자신을 내맡긴다. 특히 마지막 결구에서는 악마의 독백을 할지라도 신의 자비가 그 악을 다스릴 수 있음을 넌지시 암시한다. 초기 시의 이러한 인식은 스스로 한계를 설정하고 있는 것으로 보인다. 악에 대한 객관적 투사만이 존재하기 때문에 이분법적인 인식 안에 갇혀 있다.

프리드리히 니체가 "신은 죽었다"라고 외쳤던 그 부름은 인간정신의 또 다른 해방으로 새로운 인식의 전환을 유도했다. 종교적 상징이 아닌 보다 생생하게 살아있는 자유로운 인간의식의 완성을 지향한 니체의 반항이 로월의 초기 시에는 보이지 않는다. 현대 사회의 부조리하고 부패된 상황을 객관화하여 비판하고 있을 따름이다. 즉 절망적이고 비극적인 어조가 주조를 이루는 시적 화자의 시선은 아주 냉소적이다. 그러나 그러한 것을 표현하는 기법에 있어서는 아주 감각적이고 구체적인 시어를 사용한다. "흡혈귀", "죽은 시체를 먹는 독수리", "매독 균"과 같은 시어를 통해 감각을 생동감 있게 구체화시킨다.

블랙머(R. P. Blackmur)는 로월의 시가 갖는 긴장은 단테가 『지옥』을 쓸 때 사용한 시적 수사와 차이가 있다고 말한다. 단테는 아름다운 플로렌스에서 살면서 플로렌스의 모습을 지옥의 이미지로 형상화할 때, 아주 아름다운 운율(meter)을 사용했지만 로월은 보스턴의 풍경을 갈등과 폭력의 언어로 표현하고 있다고 주장한다(38). 그래서 로월의 시에는 비전과 논리가 시적 열정으로 치닫고 있는 양상을 보여준다. 그의 「자살의 악몽」에서도 자살을 시도하려는, 시적 자아의 파괴적 본능이 여러 상징들과 결합된다. 인간의 본능 가운데 자기 보존본능과 가장 대치되는 본능이 자기 파괴인 자살에의 충동이다. 때로는 극단적인 자기 보호가 자기 파괴로 이어지는 부정적인 방법을 취하기도 한다. 자살의 악몽에 시달리는 시적 화자는 아무도 없는 골방에서 세상으로부터 버려진 자의 내면을 투사하고 있다.

프로이트는 『쾌락원칙을 넘어서』에서 인간의 감정이 사랑과 증오의 다리를 서로 넘나들고 있으며, 성적 본능과 죽음 본능 사이에서 근본적인 구분을 지으려는 의도가 무의미하다고 말한다(134~135). 자기 보존의 본능과 파괴의 본능, 그리고 유희의 본능은 서로 뒤엉켜 있으면서 주체의 심리적 상황이나 주변의 여건에 따라 다양하게 반응하는 것으로 볼 수 있다. 우울증에 시달렸던 로월에게 있어서 불안과 억압의 징후는 프로이트의 말처럼 무의식과 연결되어 있으며, 그러한 것들은 하나의 시적 장치로서 활용되어진다.

> 오늘밤 당신의 정글에/침대에 웅크리고 앉아 있네
> 오 무기력한 호랑이의 심장, 너는 보았네
> 불구자 남자가 가방을 메고 웅크려 있는 모습을
> 도와줄 사람은 아무도 없다. 고양이 너는 붉은 눈을
> 보았다. 이글거리는 스핑크스 같은 것을, 너는 예언했다
> 카인의 아홉 개의 버려진 삶이 가방 속에 있다고
>
> — 「자살의 악몽」(1~6)

> Tonight and crouching in your jungle/bed,
> O tiger of the gutless heart, you spied
> The maimed man stooping with his bag;
> And there was none to help. Cat, you saw red,
> And like a grinning sphinx, you prophesied
> Cain's nine and outcast lives are in the bag.
>
> — "A Suicidal Nightmare" (1~6)

숲 속에서 지존의 권위와 무서운 울음소리를 내질러야 할 호랑이가 무기력하게 침대에 웅크리고 있다. 블레이크 시에 등장하는 호랑이처럼 세상의 악을 상징하거나 악에 대한 분노로 볼 수 있는 그 강렬한 이미지와는 대조적이다. 가방 안으로 숨어드는 초라한 모습이다. 스핑크스 역시 사막의 행인들 앞에서 무시무시하게 나타났던 거대한 괴물이지만 이 시에서는 숨소리조차 낼 수 없다. 그러나 시적 자아를 설정하는 로월의 시적 기법의 한 패턴은 여기서도 반복되고 있다. 인간 존재를 짐승이나 괴물 같은 존재로 비하시킨다. 그것은 자신에 대한 고해성사이면서 자신에 대한 객관적 투사이다. 소외되고 밀폐된 상황에 노출된 자아와 황량한 문명이 어우러져 시인 내면의 붕괴와 외적 사회의 파괴가 함께 진행된다

3. 부패한 낙원/미친 예언자

거룩한 하느님의 땅을 찾아온 초기 미국인들은 낙원의 꿀물이 흐르길 꿈꾸었지만, 로월의 잃어버린 낙원에서는 황폐한 물질문명의 도시가 권태롭게 서 있을 따름이다. 특히 1944년에 출판된 『하느님을 닮지 않은 땅』의 배경은 제2차 세계대전의 화염 속에 휩싸여 더 이상 희망이 존재하지 않는 주검의 땅이다. 「공원 거리의 묘지」와 「아더 윈슬로우의 추억」에는 죽음의 이미지가 가득하다. 무엇보다도 전쟁의 공포와 비정함을 통렬히 풍자하려는 시인의 의도가 두드러진다.

로월은 아이러니컬하게도 삼위일체이신 하느님의 성령을 전쟁의

화염과 동일시한다. 인간이 창조한 무기가 신의 권능보다 더 권위 있는 힘으로 인간에게 작동한다. 그는 가톨릭의 교리에 충실한 자세를 취하며 현실 비판의 의도로서 폭격기를 성령으로 패러디하고 있다. 이 시적 전략은 폭격기와 성령을 동격으로 설정하여 상반된 가치를 동시에 보여주는 모순어법(Oxymoron)의 활용으로 볼 수 있다.

> 하느님을 닮은 폭격기
> 너는 구름 냄새를 맡고
> 벌레가 있는 잔디밭에 전쟁을 일으킨다
> 너의 번개벼락은 빛처럼 빠르다
> 장막의 물결을 기습 공격한다.
> 오 신성한 폭격기여,
> 떨어져 내리는 수십 톤의 폭포수가
> 성령을 위해 불경한 훈족(독일군)에게
> 세례를 베풀었네
>
> ― 「폭격기」(29~37)

> Bomber like a god
> You nosed about the clouds
> And warred on the wormy sod;
> And your thunderbolt fast as light
> Blitzed a wake of shrouds.
> Godly Bomber, and most
> A God when cascading tons
> Baptized the infidel Huns
> For the Holy Ghost,
>
> ― "the Bomber"(29~37)

전쟁 때에는 폭력과 광기가 하느님보다 더 권위를 지닌다. 신의 저주라기보다는 그러한 삶을 초래한 인간의 판단과 감정들이 문제를 안고 있는 것이다. 그는 현대인의 종교적 심상에서 신은 어디에 존재하는지를 되묻는다. 유럽 대륙이 산업화의 물결 아래 번성과 자유의 기치를 드높일 때, 그들의 제국주의적 야심은 식민지 통치를 통해 그 물질적 풍요를 누렸다. 식민지 국가들은 거지처럼 헐벗었고 그들만이 배불리 먹고 마셨다. 위선적인 권력의 배후에 불어닥친 2차 세계대전의 폭염에서 어느 정도 거리를 둔 미국에 거주한 시인이 체험한 전쟁은 그 절박함이 조금은 덜했을지라도 전쟁이 갖는 잔인성과 광기는 동일하게 반복된다. 중세 때 훈족에게 점령당했던 서구인들이 갖는 공포심은 다시 독일군 병사들을 통해 망령처럼 되살아난다.

로월은 미국의 역사에 대한 해석을 하면서 선조들의 광신적인 종교적 열정을 비웃는 듯한 태도를 취한다. 미국이라는 커다란 하느님의 방주가 바다에 추락하면 바다 괴물인 리바이어던마저 미국을 뱉어버릴 것이라고 표현한다. 미국이 표상한 민주주의와 자유의 이념들이 현실에서 어떻게 굴곡되어 있는지를 예리한 시선으로 주시한다. 미국인 스스로 자신들을 '빛의 아이들'임을 자부하지만 과연 그러한가? "우리의 아버지는 그들의 빵을 주식과 돌멩이로부터 비틀어 만든다/그들의 정원을 얼굴이 붉은 인디언이 뼈로 울타리를 쳤다"(「빛의 아이들」 1~2연) 시구에서처럼 더 이상 이 지상에 빛의 아이는 존재하지 않고, 물질에 찌든 후손들이 존재한다. 그는 미국의 선조들 역시 인디언을 학살하고, 인디언의 뼈로 울타리를 쳐서 배를 불린 잔학한 조상으로 묘사한다. 하느님의 빛을 몰래 훔쳐 하느님을 삼킨 자들이기에 바다의 괴물조차 미국을 토해버린다고 주장한다. 그는 보스턴이 상징하는 미국 동부의 시대, 미국의 선조들이 이룩한 역사에 대하여 정면으로 도전하고 반역하는 시인의 자세를 취한다.

> 아이야, 너의 주먹을 펼쳐라
> 자유와 민주주의를 위해 손바닥을 쳐라
> 왕족의 방주가 바다의 명부에
> 기록되어도 아이에게는 아무 문제가 없다
> 곧 리바이어던(바다괴물)이
> 미국을 내뱉을 것이다.
>
> ─「보스턴 출신」(25~30)

> So, child, unclasp your fists,
> And clap for Freedom and Democracy;
> No matter, child if Ark Royal lists
> Into the sea;
> Soon the leviathan
> Will spout American.
>
> ─ "The Boston Nativity"(25~30)

그의 전복적인 상상력은 권력을 가진 자를 냉엄하게 꾸짖고 동시에 일상의 삶에 매몰된 대중에게 시적 충격을 주려는 의도에서 비롯된다. 그리고 사람을 낚는 어부를 상징하는 베드로 역시 술 취한 어부의 이미지로 패러디된다. 그는 성자로 추앙되는 성서 속의 인물들과 현대인의 동질성을 초점을 두고 접근한다. 갈릴리 호수에서 고기

나 잡던 평범한 인물이 위대한 스승인 예수를 만나 새롭게 승화되고,
나중에는 천국의 열쇠까지 물려받는 가톨릭의 상징체계가 갖는 허위
를 꼬집고 있다.

> 피범벅이 된 돼지우리에서 뒹굴며
> 나는 내 눈에 기쁨을 주는 고기에게 낚시를 던진다
> (진실로, 여호와의 활은 허공에 매달려 있고
> 황금빛 통발은 낚시 끝의 무게를 재지 못한다)
> 입 안 가득 피가 고인 무지개빛 송어만이
> 덥석 올라와 미끼를 문다. 그들은
> 통발 안에서 이리저리 뒹군다. 나방이
> 그 아슬아슬한 천을 더럽힐 때까지
>
> — 「술 취한 어부」(1~8)

> Wallowing in this bloody sty,
> I cast for fish that pleased my eye
> (Truly, Jehovah's bow suspends
> No pots of gold to weight its end);
> Only the blood/mouthed rainbow trout
> Rose to my bait. They flopped about
> My canvas creel until the moth
> corrupted its unstable cloth.
>
> — "The drunken Fisherman"(1~8)

현대에는 더 이상 위대한 성인도 존재하지 않고, 하느님의 활과 성
령의 화살도 허공에 한낱 낚싯줄처럼 매달려 있을 뿐이다. 무지갯빛

희망에 들뜬 송어처럼 무참하게 신의 화살에 걸려들어 죽음에 이르고 만 열망과는 달리, 그들의 후예는 술에 찌들어 나뒹굴면서 낚시나 일삼는다. 어부는 더 이상 사람을 낚는 영적인 지도자의 역할을 수행하지 못하고, 순진한 송어처럼 신의 후예들이라 자부하는 인간들 역시 죽음의 덫에 놓여 있을 따름이다. 허공에 매달린 하느님의 활이 곧 고기처럼 살아가는 인간들에게 죽음의 낚싯줄이 되는 아이러니를 잘 보여준다.

로월의 시에 등장하는 시적 화자와 여러 사람들의 이미지는 19세기의 에머슨을 비롯한 초절주의 시인들에게서 볼 수 있었던 '완전한 자아' 이미지와는 다르다. 내면에 빛의 에너지를 가득 담고, 자연과의 합일을 성취하고자 했던 진취적이고 자주적인 가치가 얼마나 허무하게 무너져 내리고 있는지를 단적으로 보여준다. 에머슨은 「자기 확신」이란 글에서 다음과 같이 말하고 있다.

> 너 자신을 믿어라. 모든 심장이 그 심장의 줄을 따라 진동한다. 너를 위해 발견된 신성한 섭리의 장소와 현대 사회, 그러한 사건과의 연관성을 수용하라. 위대한 인간들은 언제나 그렇게 해왔으며, 그들 스스로를 그 시대의 천재로 믿어왔다. 그들의 심장에 자리를 잡고 그들의 손을 통해 일하고, 그들 존재의 모든 것을 지배해온 절대적인 가치들에 대한 인식을 배반했다. (Emerson, 33)

에머슨의 반역은 로월에게도 이어지지만, 차이점은 자아에 대한 인식이다. 에머슨은 자아에 대한 절대적 확신을 통해 프로테스탄트 교리에 얽매인 미국인들에게 자유의 깃발을 건네준 반면, 로월은 하느님 그 자체의 모호성과 폭력성을 상기시킨다. 선조가 가졌던 신앙에의 헌신과 자부심이 얼마나 위선적이고 모순된 것인가를 적나라하게 들춰내어, 자아의 저 깊은 암흑이 타자 혹은 신이나 자연에 있는 것이 아니라 바로 우리 내면에 존재함을 일깨운다.

스콜(Diane Gabrelisen Scholl)은 역사의 장에서 소외되고 위협당하는 개인의 삶에 기계적인 시스템으로 복합적으로 작용하는 힘에 대항하여, 로월이 작은 미국 정부를 지향하는 것이라고 설명한다. 그리고 그는 인간의 타락한 본성이 맹목적인 믿음을 불가능하게 하고, 현명하게 자신을 통제할 능력을 결여시킨다고 말한다(11). 로월이 지향하는 정치적 체제가 작은 정부라는 의견에 공감하지만, 뒤의 주장은 로월의 시적 전략을 고려하지 않은 판단이다. 그의 시에서 추구하는 타락한 인간의 본성이 반드시 부정적인 면만 갖는 것은 아니기 때문이다. 타락한 본성의 밑바닥에서 되살아나는 칼칼한 생존의 본능이 이성적인 사유보다 더 활기찬 생의 의미를 획득하기도 한다. 로월은 에머슨의 반역을 물려받은 후배답게 하느님의 상징마저 처참하게 무너뜨리기도 한다. 그의 내적 의지는 신을 찬양하고 부패된 삶을 근원으로 회귀시키기를 갈구하는 예언자적 태도를 취하지만, 시적 장치들은 독자적인 의미망을 획득하기 시작한다.

니체는 기독교를 신랄하게 비판하면서 기독교 교리의 근본인 원죄의식을 꼬집는다. 니체에 의하면 죄악과 과오는 인간 현존 그 자체에 속하는 현상이 아니라, 단지 그것들이 의미하는 것뿐이다. 죄악과 과오 자체는 죄의식과 죄책감 가운데 존재한다. 그것들의 존재는 의식상태이고, 따라서 존재에 대한 이해이다. 이것은 진실일 수도 있고 착각일 수도 있다(카알 뢰비트, 423). 니체의 이런 혁신적인 선언은 근대의 벽을 뛰어넘게 한다. 가톨릭의 기본 교리이자 관념이었던 원죄의식은 로월의 시에서도 끊임없이 반복된다. 도덕률을 떠나서 인간 존재에 대한 이해의 관점에서 보면, 기독교의 논리가 모순을 내포하고 있음을 지적한 니체의 견해는 설득력을 가진다.

첨단 과학으로 무장한 물질문명 속에서 더 이상 관념 속에만 존재하는 하느님의 존재는 현대인의 관심을 크게 끌 수가 없다. 니체의 대담무쌍하고 활달한 수사는 여기서 그치지 않는다. 그는 기독교적 신의 등장이 인류에게 최대한의 죄책감을 지상에 출현시켰다고 주장한다(카알 뢰비트, 423). 기독교의 시간과 공간 개념을 공격한 언술이다. 지나치게 원죄를 강조하고 지상에서의 삶 자체를 미래의 천국으로 가는 중간지점의 삶이라는 명제로 직선적인 시간관만을 고수한 문명의 허위를 꼬집은 표현이다. 이미 천국은 지상에 와 있을 수 있고, 예수가 말한 신의 존재는 인간과 분리된 것이 아닌 일체의 존재이기 때문이다. 그 때문에 예수가 십자가에 매달려 죽었던 것이다. 거룩하신 신이 저 세상, 혹은 저 하늘나라에 존재하리라는 사유의 전통 때문에, 예수는 그 종교 자체의 모순 때문에 죽음에 이른 것이다. 니체가 꿰뚫고 있는 것은 그러한 진정한 인간 존재의 본질인 것이며, 신에게 지나치게 예속된 자아관을 전복하는 것이다.

그러나 로월의 시적 상상력은 니체적 발상과는 차이가 있다. 그는 거룩하고 신성한 예수의 몸이 이제는 썩은 고깃덩어리에 불과하다면서 독설을 퍼붓는다. 그는 종교적 신념이 정치적 권력과 결탁하면서 자행되어온 서구 중심의 문명사에 대한 통찰을 촉구한다. 그의 시에서 순교라는 거룩한 희생의 제의로 미화된 그리스도의 수난마저 희화화된다. 니체는 죄의식의 굴레를 뒤집어 쓴 채 이천 년을 살아온 서구인들에게 무죄의 자유를 선사해주는 셈이다. 그러나 로월은 무죄의 혜택을 받은 시인이 아니다. 여전히 그는 혼돈과 무질서의 구렁 속에서 고뇌하면서 자신의 숭고한 이상을 정당화하려는 자세를 취한다. 돼지우리에서 뒹굴더라도 하느님의 땅으로 돌아가고픈 욕망을 소유하고 있는 것이 차이가 난다. 니체는 돼지의 소굴과 천국의 궁전을 완전히 뒤엎었지만 로월의 초기 시에서는 아직 이분법적인 경계 안에서 사유한 흔적이 보인다. 그러나 그가 사용한 이미지들은 그러한 시적 의도를 넘어서는 경향이 있다. 하느님을 짓밟는 상징적인 이미지들을 통해, 하느님에 대한 인간의 관념이 얼마나 허구적일 수 있는지를 통렬하게 보여주게 된다.

> 아름다운 사람들이 우리에게 진흙을 바를지라도
> 우리 주님의 난도질당한 입술로 우리에게 키스하게 하라
> 혈관의 개, 네 코는 피로 막혀버렸다
> 여인들은 갈망한다, 이것에 귀 기울이게 하라
> 점심을 먹는 이들이 그리스도의 눈에 침 뱉으려 멈추었다
> 오 하느님의 양, 빈둥거리는 썩은 고기는 죽을 것이다.
> ― 「판매를 위한 그리스도」(13~18)

> Us still our Savior's mangled mouth may kiss
> Although beauticians plaster us with mud;
> Dog of the veins, your nose is stopped with blood;
> Women are thirsty, let them lap up this:

The lunchers stop to spit Christ's eye.

O Lamb of God, your loitering carrion will die.

— "Christ For Sale" (13~18)

아마 로월이 중세시대에 태어난 시인으로 이런 시를 썼다면 아마 화형에 처해졌을 것이다. 물질이 신적인 위치를 점유하는 현대의 소비문화에서 신에 대한 풍자와 야유가 하나의 시적 전략으로 받아들여지는 것은 다행스러운 일이다. 니체는 근대의 첨단에서 진정한 인간의 완성과 성취를 열정적으로 호소하였고, 로월은 광기의 예언자처럼 자아를 저 밑바닥 야수의 본성으로까지 끌고 내려간다. 자비와 평화의 상징인 그리스도는 이제 소유의 대상이며, 물질적 교환가치일 따름이다. 포스트모던 사회에서 다양하게 떠도는 기표 조각들처럼 신조차도 하나의 기호일 따름이다. 위의 시에서 이러한 현 사회의 모습들이 극명하게 부각된다. 로월은 부패가 창궐한 땅에서 세례자 요한처럼 신적인 아우라도 보장받지 못한 채, 미친 예언자처럼 광기의 세계를 향해 울부짖는 것이다. 그래서 그의 시에서는 아름다운 리듬과 토운을 발견하기 어렵다. 광기에 젖은 분노, 폭력적 본능, 그리고 억압이 다양한 층위로 교차되면서 현대인의 삶의 조건들을 건축하고 있다.

4. 결론

로월의 『하느님을 닮지 않은 땅』은 보스턴의 황량한 풍경과 제2차 세계대전의 이미지가 폭력적이고 광폭한 시적 어조로 쓰여졌다. 그는 신비평적인 관점에서 형식미에 충실을 기하면서 현대 문명의 부조리와 잔혹성을 통렬하게 비판하는 데 시적 시선을 맞춘다. 그가 풍자하고 패러디하는 하느님의 대지는 묵시록적 분위기로 가득하고 그로테스크한 상상력이 깔려 있다. 로월은 시의 효과를 극대화시키기 위해 시적 화자의 목소리를 악마의 독백으로 설정하고 거룩한 하느님의 땅을 몰락한 바빌론 왕국으로 묘사한다.

초기 시는 중기 시에 비해 다소 완성도가 떨어지지만, 전통적인 시형식의 틀 안에서 시적인 미학을 추구하면서 현대 문명을 비판함으로써 모더니즘의 전통에 충실한 글쓰기를 지향한다. 『인생 연구』의 밑바탕이 초기 시에 내재해 있었음을 알 수 있다. 후기 시로 갈수록 시의 어조와 시적 긴장감이 느슨해지는 경향이 있긴 하지만 초기 시의 팽팽한 긴장감과 역설, 아이러니가 활달하게 살아 있다. 그가 구체화시킨 수사(rhetoric)의 힘찬 에너지는 시의 묵시록적 이미지와 부합되어 아주 강렬한 시적 효과를 발휘한다.

로월은 자아를 탐색하고 고찰하는 방법론에서 시적 화자를 악마적 존재로 설정한다. 이 악마적 존재는 인간적인 면모를 갖춘 자아로서 신의 대지를 갈구하는 자로 등장한다. 신의 섭리를 통해 새로운 세계에 대한 원대한 비전으로 건설된 미국의 전망이 얼마나 왜곡되었는지, 세계를 지배하고자 하는 권력의 욕망이 때로 얼마나 잔혹하게 삶을 파괴하는지를 이 악마적 존재를 통해 들추어낸다. 19세기 초절주의 시인들의 영웅적인 모험의 정신을 계승하면서도 그들의 세계관이나 시적 비전과는 차별성을 보인다. 에머슨이 기독교의 유일신 개념을 반박하면서 인간 내면에 존재하는 신성한 빛에 초점을 둔 반면,

로월은 인간의 내면에 잠재한 악한 본성에 대한 통찰을 보여준다. 악마적 본성이 신의 분노와도 연결되어 있으며, 그것은 신의 저주가 아닌 인간 스스로 선택한 삶의 방식일 수도 있음을 보여준다.

로월의 시에 드러나는 악마적 비전은 부정적인 의도만을 지니는 것이 아니다. 악마의 독백 속에는 지극히 인간적인 목소리가 깔려 있고, 저 깊은 내면에는 신의 순수한 근원으로 회귀하고픈 너무나 강한 열망이 숨어 있다. 그래서 미친 예언자의 독백은 이중적인 목소리를 지니고, 수사의 측면에서 시적 긴장을 유발시키면서 독자에게 신의 본성에 대한 새로운 성찰을 유도하게끔 한다. 성서의 루시퍼는 신의 권능에 대적하고 도전하는 자, 자만심으로 가득한 자이지만 로월의 시에서 악마는 오히려 신의 자비를 간절히 갈구하며 울부짖는 미친 예언자처럼 보여진다. 이러한 시적 의도는 이상적인 기독교 가치관의 허구성을 꿰뚫어 진정한 자아 탐색의 의지를 내포한다. 현대인의 삶이 얼마나 억압적이고 파괴적인가를 적나라하게 보여주기 위해 하느님을 조롱하는 듯한 어조를 취하지만 그 이면에는 진정으로 하느님을 닮은 대지를 꿈꾸고 있다.

로버트 로월 시에 대한 정신분석학적 접근

1.

현대 미국 시인들에게 있어서 시적 자아는 확고한 주체로서 자리하기보다는 유동적이고 파편적인 실체로 부각되는 경우가 많다. 코기토로서 대변되던 '생각하는 이성적 주체'는 정신분석학의 영향으로 더 세분화되어 설명되어진다. 프로이트(Sigmund Freud)가 정신분석 이론에서 설정한 의식의 세 영역, 즉 의식과 전의식 그리고 무의식은 포스트모더니즘 이후의 문학에서 다양한 측면에서 새롭게 조명되고 있다. 특히 자크 라캉(Jacques Lacan)의 섬세한 정신분석 이론은 욕망의 색깔이 다양한 현대 미국 시인들의 시를 해석하는 데 유용한 틀을 제공하고 있다.

무엇보다도 자아를 새롭게 읽어내는 독법을 선구적으로 제시한 이

는 프로이트일 것이다. 그가 주장한 의식의 세 영역을 자세하게 검토
해볼 필요가 있다. 그는 무의식이 인간의 의식 구조에서 10분의 9에
해당한다고 주장했다. 무의식은 충동과 억압된 사고와 감정이며, 본
능(instinct)과 충동(drive)이라는 집합체와 밀접하게 연관되어 있다. 무
의식에 있는 내용이 의식에 도달하려면, 아주 강렬한 정신에너지를
받아야 한다. 그리고 무의식에서는 일차 사고과정이 이루어진다(Vol
V. 601). 일차 사고과정에서는 현실과 환상의 구별이 모호하고 비언
어적, 비논리적, 비체계적인 사고를 한다. 시간과 공간의 관계가 무
시되고 생각과 행동이 하나로 취급된다. 무의식은 불편한 감정을 경
감시켜줄 대상이나 상황에 대해, 쾌락을 얻기 위해 인간이 정신적 이
미지를 형성하기도 한다.

인간이 무의식의 내용인 욕구나 충동을 의식하지는 못하지만, 이
것들은 끊임없이 밖으로 표출되고 충족되고자 하는 힘이 있다. 그래
서 무의식은 인간의 행동과 생각, 정서를 지배하고 결정하는 힘으로
발휘되어진다. 무의식은 종종 꿈, 실언, 농담, 최면요법이나 어떤 약
물에 의해 떠오르기도 한다. 프로이트는 무의식이란 인간이 태어난
이후 초기 5~6년 동안의 모든 경험이 억압된 기억에 담겨져 있는 것
으로 간주한다. 이 개념을 보다 확대해보면, 많은 기억이 비록 억압
되어 있을지라도 이것은 지속적으로 모든 행위에 영향을 주는 요인
이 된다.

이차 사고과정은 의식이나 전의식의 단계에서 행해지는 사고이다
(Vol V. 603). 프로이트는 의식의 전단계에서 발생하는 전의식
(Preconsciousness)을 잠재의식으로 간주한다. 주의를 집중하는 강렬한

정신에너지가 투입되면, 접근할 수 있는 기억과 재료가 저장된 곳인 전의식에 다다르게 된다. 전의식의 내용은 개인의 경험, 사고, 감정 혹은 욕망이다. 이러한 것들이 의식으로 떠오르기 위해서는 우선 무의식이 단어로 연결되어야 하고, 그 후에 그것이 전의식으로 나타나며, 전의식에 있는 내용에 강렬한 정신에너지가 집중되면 이것이 의식으로 떠오르게 된다. 프로이트는 전의식을 빙산의 수면 바로 밑에 위치한 부분으로 비유한다. 개념적으로 볼 때, 전의식은 의식이나 무의식 영역에 쉽게 접근할 수 있다(Vol XII. 262). 그리고 이것은 자주 사용하지 않고 필요하지도 않은 많은 사건들이 의식에 남아 부담이 가는 것을 방지한다. 수용할 수 없는 혼란한 무의식적 기억이 의식으로 표출되려고 할 때, 이를 의식에 도달하지 못하도록 도와주는 기능을 하며 자아와 초자아로 구성되어 있다(이경순, 201~202).

프로이트가 인간의 의식을 한 개인이 태어나서 죽을 때까지의 과정을 염두에 두고 설명한 반면에, 불교에서 언급하는 인간의 의식은 한 생애에서만 형성되는 것이 아니고 윤회를 염두에 두고 여러 생에서 축적된 경험과 의식 등이 무한히 축적된 것으로 보는 차이점이 있다. 프로이트가 정신분석이라는 새로운 학문 영역을 개척한 이후에 그를 추종하는 서구의 정신분석학자들이 자아심리학에 많은 관심을 기울일 때, 프랑스의 정신분석학자인 자크 라캉은 『에크리(*Ecrits*)』에서 "프로이트의 무의식에로 다시 돌아가자"(54)라는 주장을 펼치면서 정신분석학이 의식보다는 무의식에 더 깊은 의미를 두어야 한다고 강조한다. 프로이트의 정신분석학이 생물학적인 리비도의 개념에 강조점을 둔 것에 반하여, 그는 정신분석에 언어학적 철학적 사유의

제 1 부　분열된 주체와 무의식

틀을 제시함으로써 정신분석의 영역을 보다 확장시키고 있다.

본 논문에서는 프로이트, 라캉 그리고 슬라보예 지젝(Slavoj Žižek)의 정신분석 이론을 통해 미국의 대표적인 고백파 시인인 로버트 로월(Robert Lowell)의 시를 분석하면서 주체의 욕망 구조와 무의식적인 측면들을 검토하고자 한다.

2.

미국 고백파 시의 창시자로 알려진 로버트 로월의 시는 정신분석의 관점으로 접근할 여지를 많이 제공한다. 그가 자신의 내면을 있는 그대로 토로하려는 시적 입장을 취하였기 때문이다. 그가 주창한 고백파 시의 주된 특징은 개인의 사적인 삶을 적나라하게 드러내면서 공적인 사회적 삶과의 연관성을 동시에 표출하는 것이다. 로젠탈(Rosenthal)은 로월이 그의 시를 통해서 자신의 가면을 벗음으로써, 자신을 뚜렷하게 드러내는 동시에 미국 청교도의 억압과 자본주의의 어두운 이면을 드러낸다고 주장한다(114). 로월은 모더니즘적 특성과 포스트모더니즘적 특성이 공존하는 시세계를 추구함으로써, 그의 시 전반에 존재하는 시적 주체는 분열되어 있다. 그래서 그의 시는 프로이트가 주창한 의식의 세 영역인 이드, 자아, 초자아의 특성들이 투영되어 있을 뿐만 아니라 라캉이 논의한 상징계와 실재 사이를 교란하는 심리적 이미지나 화법 등이 과감하게 등장한다. 특히 그의 대표적인 시집인 『인생연구(*Life Studies*)』와 『죽은 미합중국의 병사들을 위하여(*For the Union Dead*)』에서는 그러한 면들이 잘 부각된다.

라캉의 정신분석 이론은 로월의 시를 해석하는 데에 있어서 다양한 의식의 내면을 읽어내는 방법론을 제공해준다. 라캉의 주된 개념들인 상상계, 상징계, 실재와 팔루스(Phallus), 대상(Objet a), 쥬이상스(Jouissance), 결여 등은 로월의 시에서도 쉽게 적용된다. 김상환은 라캉의 개념 가운데 주요 범주에 해당하는 세 영역인 상상계, 상징계, 그리고 실재를 아래와 같이 설명하고 있다.

> 라캉의 이론 작업에서 가장 중요한 초석은 상상계, 상징계, 실재의 구분이다. 상상계는 언어로 편입되거나 매개되기 이전의 주관적 착각과 오인의 질서이고, 상징계는 객관적 언어 혹은 법칙의 질서이며, 실재는 언어적 기록 뒤에 남은 잉여이다. 1930년대의 라캉이 거울단계로 지칭되는 상상계의 발견자라면, 1950~60년대의 라캉에게는 상징계가, 1970년의 라캉에게는 실재가 이론 구성의 중심을 이룬다. (김상환 508)

시가 무의식의 대변일 수 있지만, 시는 나름대로의 독자적인 구조와 논리성을 지닌다. 기법상의 특징에 따라 무의식의 흐름을 의도적으로 보여주기도 한다. 그래서 시 속에는 상상계와 상징계와 실재가 혼재할 수 있다. 시 창작에 있어서 시적 자아가 발현되는 과정은 무의식에 에너지가 집중되어, 의식으로 떠오르기 전에 전의식의 검열을 거쳐, 의식으로 형상화되는 과정이라고 볼 수 있다. 한편의 완성된 시에는 의식의 영역만 존재하기보다는 꿈과 몽상과 같은 무의식의 영역도 내재하게 된다. 시적 자아를 구성하는 것도 결국은 언어라고 말할 수 있다.

라캉은 『정신분석의 네 가지 개념(*The Four Fundamental Concepts of Psychoanalysis*)』에서 의식의 구조가 언어에 토대를 두듯이 "무의식도 하나의 언어처럼 구조를 갖추고 있다"("*the unconscious is structured like a language*")라고 주장한다(Lacan 20). 그는 무의식의 구조가 언어처럼 은유와 환유의 구조로 되어 있다고 본다. 프로이트는 꿈이 시각적 이미지가 압축과 전치를 통해 구성된다고 주장한다. 꿈에서는 음성적 영역은 거의 드러나지 않고 주로 시각적 영상이 압도적으로 우세하지만, 시 창작에서는 시각적 영역인 이미지와 동시에 시적인 리듬도 중요하게 작동한다. 프로이트는 꿈의 구성에서 압축과 전치과정을 설명했고, 라캉은 언어학의 방법론을 동원해서 환유와 은유가 서로 결합하는 것으로 설명한다. 환유는 통사적 결합인 반면, 은유는 개열적 개념이다. 즉 환유는 끊임없이 무엇인가를 바꾸어가면서 요구하는 욕망의 구조이다. 반면에 은유는 시에서의 대상과의 동일시를 추구하지만, 정신분석 입장에서는 환자에게 나타나는 증상이다. 무의식의 에너지가 의식으로 들어오지 못한 채 활동성을 가질 때, 그것이 히스테리 환자의 경우에는 증상으로 나타난다. 의식의 영역으로 구체화되지 못하면서도 자아의 내면에서 강렬한 에너지로 존재하는 것이 증상으로 나타난다.

로버트 로월의 경우에 있어서는 그가 개인사적으로 우울증을 비롯한 정신병을 앓은 병력을 가지고 있다. 로월 개인의 병리적 자아가 시 속에 투영된 흔적도 존재하지만, 시가 표상하는 상징의 틈새로 그의 복잡한 무의식이 읽혀지고 있다. 로월은 자아에 대한 확신을 갖기보다는 부정하고 반항하는 부정의 정신에 기대고 있다. 미국 청교도의 완고한 전통에 대한 반기를 드러내는 냉철한 비판정신을 드러낼 때에는 초자아의 영역이 강하게 작동되는 반면에 자신의 가족사를 드러낼 때의 시편들에서는 혼란과 좌절을 경험하는 자아의 병리적 상황이 암시된다. 라캉이 논의하는 빗금친 주체 즉, 결여를 내포한 주체에 대한 인식이 로월의 시 「스컹크 시간("Skunk Hour")」에서 나타난다. 주체의 분열은 이 시에서 시선의 관점에서 드러난다. 시적 화자는 어두운 밤에 자동차를 몰면서 언덕을 올라가는데, 그곳은 교회의 묘지이다. 마치 골고다 언덕을 연상시키기도 한다. 시적 화자는 팝송을 크게 틀어놓고 차 안에서 섹스에 몰두하는 연인을 훔쳐본다. 여기서 시적 화자 안에서 그들을 훔쳐보는 하나의 시선과 그러한 자신의 처지를 한탄하는 또 하나의 시선이 존재한다. 그리고 차 안에서 사랑을 나누는 그 장면 자체가 하나의 응시가 된다. 두 연인은 시적 화자의 억압된 병리적 주체를 불러내고, 시적 화자는 상징계를 벗어나고자 몸부림친다. 적나라한 섹스를 하는 연인은 시적 화자의 욕망을 대변하는 '대상 a(objet petit a)'이다. 시적 화자는 무의식에 감추어진 성적 욕동을 대상 a라는 환상을 통해 욕망을 충족시킨다.

> 어둔 밤
> 내 튜더 포드차는 언덕의 두개골을 올랐다.
> 차 안에서 섹스를 하는 남녀를 훔쳐보았다. 라이트의 불을 끄고
> 그들은 서로 끌어안고 있었다.
> 묘지가 도시의 번화가를 깔고 누운 곳에 …
> 내 정신이 이상하다.

자동차 라디오가 울린다

'사랑, 오 무모한 사랑 … ' 나는 듣는다

내 병든 영혼이 핏속 세포에서 흐느끼는 소리를

내 손이 목을 움켜쥐듯이

내 자신이 지옥이다

여기에 아무도 없다 —

One dark night,

my Tudor ford climbed the hill's skull,

I watched for love-cars, Lights turned down,

they lay together, hull to hull,

where the graveyard shelves on the town …

My mind's not right.

A car radio bleats,

'Love, O careless Love…' I hear

my ill-spirit sob in each blood cell,

as if my hand were at its throat …

I myself am hell,

nobody's here — (90)

　　한편 상징계의 지배를 받는 자아는 "나 자신이 지옥이다/여기에
아무도 없다 —"("I myself am hell,/nobody's here —")라고 흐느낀다. 관
음증에 빠진 자신을 검열하는 상징계의 법을 의식하는 주체이다. 이
시의 제목이 암시하는 스컹크 역시 은유적 기표로써 현대 자본주의
사회의 무책임한 성욕이나 식욕과 같은 동물성을 암시한다. 자아는
사라지고 스컹크만이 도시의 쓰레기통을 뒤지면서 새끼를 당당히 거

느린다. 자신의 쾌락만을 추구하는 이드에 대한 이미지가 스컹크에 투사되어 있다. 죽음 본능보다는 삶에의 욕망에 충실한 이드의 에너지를 가진 스컹크를 시적 화자는 긍정적 관점에서 바라보고 있다. 이 시 속에서 자아와 이드의 갈등에 개입하는 초자아 역시 계몽적이고 윤리적인 입장을 견지하지 않는다. 오히려 혼재되고 분열된 자아의 벌거벗은 내면을 드러낼 뿐이다. "내 정신이 이상하다"("My mind's not right.")란 구절이 암시하듯이 자본주의적 탐욕에 매몰된 자아의 분열된 모습에 대한 불길한 징후를 담고 있다.

라캉이 후기에 세부적으로 섬세하게 다듬은 실재는 두 개의 개념으로 나누어진다. 첫째, 대상으로서의 실재 개념과 둘째는 논리적 모순으로서의 실재 개념으로 나누어진다. 실재는 존재하지만 파악될 수 없는, 모순적으로 파악될 수 있는 것이다. 실재는 순수기표(the Pure Signifier)를 은폐함으로써 상징계로 하여금 조화로운 전체가 되도록 하는 역할만을 하는 것이 아니라 동시에 상징계를 파괴하는 역할을 한다. 현상으로서의 현실을 위태롭게 만드는 낯선 현실로서의 실재, 즉 현실로 구성될 수 없는 잉여로서의 실재 개념을 염두에 둔다면, 실재는 상징화되기를 거부한다는 라캉의 표현을 잘 이해할 수 있다(홍준기 72~73). 실재란 인간의 사유가 상징계를 매개로 현실을 구성한 후에도 항상 자투리로 남아, 구성된 그 현실을 위태롭게 만드는 낯선 현실이고, 대상 a는 이 실재를 직접적으로 체현하는 요소이다.

이러한 실재의 영역이 로버트 로월의 시에서도 드러난다. 「뮤니히에 감금된 미친 흑인병사("A Mad Negro Soldier Confined at Munich")」

에서 '대상 a'에 대한 의미에 접근할 수 있다. 미친 흑인 병사에게 상징계의 틈을 메우는 대상 a는 매음굴의 창녀이다. 독일어를 말하는 그녀는 '대상 a'로서의 역할을 수행하면서 환상을 구성하는 하나의 지점이기도 하다. 현실에 존재하는 애인이지만, 그녀는 미친 병사에게는 상상계의 영역이 되기도 한다. "내 여자 친구를 제외하고, 누가 이 도시에 불을 낼 것인가?"(Who, but my girl−friend set the town on fire?)라는 이 구절에서 불은 성적 열망을 상징한다. 자신의 애인이 가장 매혹적인 대상이라고 착각하는 심리는 상상계의 기본틀인 오인의 구조를 드러낸다. 아이가 거울에 비친 자신의 표상을 보고 자기 자신이라고 착각하는 경향과 흡사하다. 거울에서는 상이 반대로 맺히게 되는데, 아이는 그것을 인지하지 못한다.

> 뮤니크 동물원에 깔린 자갈은 고양이 냄새를 피운다.
> 공기총을 든 말괄량이들이 쾌닉스프랏츠를 배회하며
> 겨자색 첨탑에 앉은 비둘기들을 분홍빛으로 물들인다.
> 내 여자 친구를 제외하고 누가 이 도시를 붉게 물들일 것인가?
>
> 매음굴의 창녀들은 간수에게 딱딱하게 말을 한다.
> 흑인 수용소의 검은 숲에서 나들이 셔츠를 짜는
> 내 애인 플로라인을 보았다 ―
> 그녀의 치마 안에서 병아리처럼 짹짹거리는 중위들
>
> 그녀의 독일어는 내 동맥을 굳어버리게 하였다 ―
> 나는 급료를 날려버려서 연금도 없다.
> 알루미늄 카누를 세 내어

영국정원에서 그녀와 여섯 번 섹스를 했다.

오, 으음, 으음, 접촉하여 불꽃을
튕기는 시내 전차의 막대처럼, 전기를 일으키는 그녀의 충격 —
발전소! … 의사가 부른다 —
칼도 안돼, 포크도 안돼, 우리는 시계 앞에 줄은 선다.

습관의 노예, 멋진 연준모치들이 산소가 조절되는
어항 안에서 별빛처럼 돌진한다.
급식시간이다. 정신박약자 구두닦이의
검은 심장이 눈꼽 만큼 주는 배식에 요동치고 있다.

In Munich the zoo's rubble fumes with cats;
hoydens with air—guns prowl the Koenigsplatz,
and pink the pigeons on the mustard spire.
Who, but my girl—friend set the town on fire?

Cat—houses talk cold turkey to my guards;
I found my *Fraulein* stitching outing shirts
in the black forest of the colored wards —
lieutenants squawked like chickens in her skirts.

Her German language made my arteries harden —
I've no annuity from the pay we blew.
I chartered an aluminum canoe,
I had her six times in the English Garden.

Oh mama, mama, like a trolley—pole

sparking at contact, her electric shock —
the power-house! ··· The doctor calls our roll —
no knives, no forks. We file before the clock,

and fancy minnows, slaves of habit, shoot
like starlight through their air-conditioned bowl.
It's time for feeding. Each subnormal boot-
black heart is pulsing to its ant-egg dole. (8)

미친 흑인 병사 역시 자신만의 사유 속에 감금된 듯 하다. 자유가
제한된 감옥에서 해방구의 이미지로 떠오른 애인을 미친 흑인 병사
가 유아기 때의 어머니와 동일시하면서 퇴행하는 심리이다. 이 시에
서 감옥이 상징하는 상징계가 그 틈을 뒤흔드는 실재인 매음굴 창녀
에 의해 뒤흔들리게 되는 것을 엿볼 수 있다. 그녀가 감옥의 간수들
에게 쌀쌀맞게 군다는 화자의 독백을 통해서, 시적 화자가 상징계의
법과 이데올로기를 비웃고 있음을 감지할 수 있다. 합리적 이성과 법
을 토대로 한 상징계가 외설적인 대상의 출현이라는 환상을 통해서
전복되어질 수도 있음을 암시한다.

　라캉이 읽어내는 환유는 욕망의 구조이다. 끊임없이 미끄러지는
욕망의 순환을 통해서, 시 속에서 작동되는 환유와 비슷한 점을 발견
할 수 있다. 라캉은 주체의 내면에서 타자의 욕망을 읽어내는 예리한
시각을 보여준다. 즉 인간의 욕망은 타자의 욕망이며, 그것은 타자의
욕망에 대한 주체의 응답으로 발생하기도 한다. 헌신적인 어머니의
보살핌을 받은 아이가 그 어머니의 소망을 실현시키려 할 때 주체의

욕망보다는 타자인 어머니의 욕망이 더 강하게 그를 지배한다. 그런 관점에서 주체는 소외되어 있다고 볼 수 있다. 하지만 그 이면에 소외된 주체는 욕망의 탈출구를 무의식의 환상을 통해서 형성하는 측면이 있다. 이 왜곡된 환상으로부터 주체를 어떻게 회복해야 될지에 대하여 라캉은 윤리적 주체를 언급한다. 라캉의 윤리적 주체에 대하여 홍준기는 다음과 같이 설명한다.

> 피분석자는 정신분석을 통해서 소외로부터 해방될 수도 있고 해방되어야 한다. 이것이 정신분석학에서 말하는 주체의 의무다. 정신분석학은 기억조차 할 수 없는 나의 무의식의 결단에 책임질 것을 요구하는 윤리적 주체 이론이다. "이드가 있던 곳에 내가 도달하는 것이 나의 의무이다." 라캉은 이를 '환상 가로지르기(traversée du fantasme)'라고 표현한다. '환상 가로지르기'나 '돌파'를 통해 소외된 주체는 진정으로 욕망하는 주체와 향유의 주체로 다시 태어날 수 있다. 환상 가로지르기는 타자의 욕망과 향유에 의해 빼앗긴 나의 고유한 욕망과 향유를 되찾는 것을 의미한다. 라캉의 정신분석의 목표는 환상을 가로질러 자신의 환상에 대한 증상을 치유할 뿐만 아니라 새로운 주체로 탄생하는 것이 분석 작업의 진정한 목표이며, 이러한 진정한 주체화 작업이 이루어졌을 때 분석은 종료된다. (홍준기 79~80)

그런데 로버트 로월의 시에서는 환상을 가로질러 자신의 진정한 주체를 발견하는 경험에 이르지 못한 시적 화자들이 등장한다. 「결혼 생활의 비애에 대하여("To speak of the Woe that is in Marriage")」에서는 주체와 욕망의 관점에서 성적 갈등을 탐색할 수 있다. 이 시는 부부 싸움을 한 후에 남편이 길거리로 창녀를 찾아나가 술에 만취해 돌아오는 풍경을 있는 그대로 사실적으로 묘사한다. "그의 욕정의 비열한 단조로움이여"("the monotonous meanness of his lust…")라는 구절은 이 시의 주제를 함축하고 있다. 육체의 욕망은 향유를 끊임없이 갈구하지만 단조로운 부부간의 성관계에서 충족되지 않기 때문에 갈등하는 가족의 이야기는 독자들에게 호기심을 야기한다. 라캉의 관점에서 욕망은 결여로서 상징계에 속하고, 향유는 충동을 가진 인간이 육체에서 체험하는 말로 표현하기 어려운 정서적인 면을 강조하는 개념이다. 향유를 추구하는 남편과 그것을 절제시키기 위해서, 억지로 남편을 자신의 몸에 접근하도록 유도하려 애쓰는 아내의 비애가 형상화되어 있다.

> "무더운 여름밤은 우리의 침실 창문을 열게 만든다.
> 목련 꽃이 핀다. 삶이 발생하기 시작한다.
> 화가 나 펄쩍 뛰던 남편은 부부 싸움을 중단하고
> 거리로 나가 창녀를 찾아 배회한다.
> 면도칼날처럼 위태로운 계약 결혼
> 이 괴짜는 아내를 죽이려 들다가, 금주 선언을 한다.
> 오 그의 욕정의 비열한 단조로움이여…
> 이것은 부당한 짓이야… 그는 정말 틀렸어 ─
> 새벽 다섯 시, 술에 곤드레만드레 취해 허풍을 떨어대는
> 내가 할 수 있는 유일한 생각은 '어떻게 살아남을까' 이다.
> 무슨 힘으로 저러는 걸까? 이젠 매일 밤에
> 십 달러 지폐와 자동차 열쇠를 내 허벅지에 묶는다 …
> 그의 절박한 욕망 때문에
> 그는 코끼리처럼 내 위에 누워 버둥거린다."

"The hot night makes us keep out our bedroom windows,

our magnolia blossoms. Life begins to happen.

My hopped up husband drops his home disputes,

and hits the streets to cruise for prostitutes,

free—lancing out along the razor's edge.

This screwball might kill his wife, then take the pledge.

Oh the monotonous meanness of his lust …

It's the injustice … he is so unjust —

whisky—blind, swaggering home at five.

My only thought is how to keep above.

What makes him tick? Each night now I tie

ten dollars and his car key to my thigh …

Gored by the climacteric on his want,

he stalls above me like an elephant." (88)

『앙코르(*Encore*)』에서 라캉의 주요 관심사 중 하나는 여성의 희열 (jouissance)에 대한 문제이다. 희열은 라캉에게 특히 다의적인 용어이 다. 이것은 권리나 특권 또는 속성의 소유―향유(possesion―enjoyment) 와 쾌락을 줄 수 있는 대상의 소유―향유를 모두 뜻한다. 대중적인 등록소에서는 이것은 '사정하다(to come)'에 상응하는 누리다(Jouir)에 의해, '오르가즘'을 뜻한다. 그러나 Jouir는 의식의 일시적 상실의 원 인이 되는 통렬한 고통을 어의역어(어떤 단어를 그 정상적인 의미의 정반대를 의미하기 위해 사용함)적으로 지칭하게 될 수도 있다. 이것 은 또한 공포의 요소, 쾌락 원칙을 훨씬 넘어서는, 고도로 에로틱한 죽음 충동을 포괄할 수도 있다.(사럽 192) 그러면서 라캉은 여성의 쥬이상스를 신비주의자인 성녀 데레사가 체험하는 희열과 연관을 지어 설명한다. 역사상 신비주의는 남성보다는 여성에게 더 많이 나타나며, 텅 빈 주체의 상태에서 정신적, 육체적으로 동시에 체험하게 되는 특이한 향유의 일종이다. 아무것도 알지 못한다는 말로써 그 상태를 표현할 수밖에 없는 이것은 남근을 넘어서는 희열이다.(Lacan 76) 반면에 라캉은 희열을 논의하면서 남녀관계에서 '성관계는 없다'라는 놀랄 만한 말을 한다. 이것은 남녀 간에 육체적으로 나누는 성관계가 없다는 말이 아니라 인간의 욕망이 대타자와의 욕망을 지향함을 말하는 것이다.

> 사랑은 상호적인 것이지만 불능이다. 왜냐하면 그것은 단지 하나가
> 되고자 하는 욕망이라는 것을 인식하지 못하기 때문이다. 그것은 그들
> 사이에서 관계를 설정하지 못하는 것으로 이끈다. 그 둘 사이란 남녀
> 사이에서 '성관계가 없다'라는 것이다. (Lacan 6)

라캉의 이 말에는 주체의 욕망이 결여되어 있기에 남녀 간의 성관계에 있어서도 완전한 합일은 하나의 환상일 뿐, 현실적으로 충족되지 않는 것임을 설명한다. 육체적으로 즐기는 만족과는 다른 욕망의 관점에서 남녀의 관계를 파악하는 것이다. 로월의 시에서 여성 주체는 쥬이상스를 누리기보다는 생존의 문제에 허덕이면서 집안에 덩그러니 내던져져 있다. 쥬이상스는 여성이 느끼는 오르가즘과 같은 쾌락뿐만 아니라 에로틱한 죽음 충동까지 내포한 개념으로 볼 수 있다. 이 시에서 남편은 술에 만취해 아내를 살해하려고 위협할 정도로 정상 상태가 아니다. 남편은 사디시트적인 충동을 보이는 동시에 아내

의 배려를 갈구하는 퇴행적인 모습을 보여준다. 여성의 쥬이상스도 억압되어 있고, 남성 주체가 추구하는 자극적인 향유도 낯선 거리의 여자에게서 취득될 뿐이다. 상품 가치로 전락한 성적인 욕망에 대한 비판적 사유를 읽게 되는 시이다.

한편 희열을 포기한 아내의 황폐화된 심리는 어떻게 분석해야 하는가? 그녀는 가부장적 이데올로기에서 아버지의 법에 순응하는 자아 이상(Ego Ideal)의 태도가 아닌, 일탈과 탈주를 시도하는 남편을 모성적으로 수용하는 태도를 보여준다. 그의 욕정을 향한 추구를 저지하는 수단으로 돈과 자동차 열쇠를 허벅지에 묶는 여성 주체는 알콜중독에 빠진 남편보다 상징계를 더 견고하게 떠받치는 모습을 보여준다. 결혼이라는 합법적 제도에서 벗어나 계약결혼이라는 새로운 모색을 시도하면서 상징계를 이탈하려는 남성 주체와 남편의 탈선을 극복하려는 여성 주체의 고통이 우울한 얼룩처럼 비쳐진다. 상징계에서 살아가야만 하는 정상적인 삶의 틈바구니에 끊임없이 구멍을 내고 들어오는 실재의 출현이 존재함을 보여주는 시이다. 이 시를 통해서, 상징계의 법이 얼마나 쉽게 실재와 부딪치면서 깨어지는지 알수 있고, 주체의 텅 빈 허공에 존재하는 무의식의 그림자를 감지할수 있다. 대상 a가 실재를 은폐시키면서 작동되는 동안 상징적 질서는 훌륭히 구축되지만, 대상 a가 실재를 체현하고 있는 모순적 대상임이 밝혀지면 지금까지 완전한 것으로 믿어왔던 상징적 질서는 크게 동요되고 심지어 와해될 수도 있다. 실재는 상징화되기를 절대적으로 거부하며 상징계에 동화될 수 없다. 그래서 위의 시는 이러한 상징계의 틈과 균열을 형상화하고 있다. 고백시에서 분열된 주체들의 욕망은 공적인 사회로 확장되기도 한다. 공적인 담론이나 이데올로기에서 주체의 욕망이 어떻게 왜곡되는지를 다음 장에서 검토해보자.

3.

라캉의 정신분석은 아주 섬세한 살결과 파장을 지닌 이론으로 후기 구조주의 철학을 비롯한 현대의 문화비평에도 큰 영향을 미쳤다. 라캉을 해석하는 현대 이론가들의 개성적인 목소리가 덧붙여져서 새로운 비평의 출구를 제시하고 있다. 그중에서 특히 지젝은 이데올로기를 비롯한 사회 문화적 담론을 정신분석적 방법론을 통해 흥미로운 화법으로 자신의 논의를 전개시킨다. 그는 "코기토와 성적 차이"란 글에서 미와 숭고(sublime)를 논하고 버크와 칸트의 개념을 해석하면서 정신분석과 연관지어 설명한다. 칸트에게 있어서 미는 도덕적으로 선한 것의 상징, 자연스러운 것, 도덕과 미덕의 판단기준 그리고 대상의 형식에 관련된다. 반면에 숭고는 부자연스럽고 난폭하고 거친 것, 판단의 경계가 모호하고 형식이 없는 대상과 관련된다(Crowther 9). 즉 미는 오성(Understanding) 개념의 현시이지만, 숭고는 인간의 지성을 초월하는 이성(Reason)의 현시로 본다. 그리고 숭고는 '수학적 숭고'와 '역학적 숭고'로 나누어 설명된다. 이러한 칸트의 숭고 개념에서 지젝이 강조점을 두는 것은 '우주 속의 균열'이다. 이 것은 현대 물리학의 용어로 표현하면 특이성(singularity)의 지점을 함축한다. 이 특이성은 궁극적으로 칸트적 주체 그 자신, 즉 초월적 통각이라는 텅 빈 주체이다.(지젝 142) 이 칸트적 주체는 라캉적 주체와 연관성을 가진다. 분열된 주체, 결여를 내포한 주체의 의미와 닿아 있다고 지젝은 주장한다. 지젝은 미(Beauty)와 숭고(Sublime)가 윤리의 영역에서 어떻게 서로 다르게 관계되는지를 설명하면서 미는 자아 이상(Ego Ideal)으로 숭고는 초자아(Super Ego)로 설명한다.

> 미는 선의 상징이다. 즉 미는 우리의 이기주의를 제어하고 조화로운 사회적 공존을 가능하게 하는, 진정시키는 작인으로서 도덕 법칙의 상징이다. 반면에 역학적 숭고(화산 폭발, 폭풍의 바다, 산악의 절벽 등)는 초감성적 도덕 법칙을 상징화(상징적으로 재현)하는 데서의 바로 그 실패를 통해 초자아의 차원을 불러낸다. 미가 선의 상징이라면, 숭고는? 여기서 이미 상동성은 곤경에 빠진다. 숭고한 대상(보다 정확히는 우리에게서 숭고의 감정을 불러일으키는 대상)에 있어서, 문제는 그것이 상징으로서 실패한다는 것이다. 상징적 재현에 실패함으로써 그 너머의 것을 불러낸다. 그것은 비정념적인, 윤리적인, 초감성적인 자세이다. 그런데 그것이 선의 영역을 피해가는 한에서는 근본악, 윤리적 태도로서의 근본악이다. (지젝 145)

지젝이 역학적 숭고에서 감지한 초자아적 차원은 그로테스크한 문학 양식 속에서 발견되어진다. 특히 괴물로 형상화되는 인물이나 이미지를 통해서 시에서 구현되기도 한다. 로버트 로월의 시 「플로렌스−메리 맥카시를 위하여("Florence−For Mary McCarthy")」에 등장하는 군주 살해자와 같은 이미지는 역학적 숭고를 상기시킨다. 초자아의 영역에 위치해 있으면서 상징계의 법을 엄청난 위력으로 위협하는 존재이다.

로월은 왜 "괴물을 동정하라!"("Pity the monster!")고 외치는가? 이 시에 등장하는 괴물들은 체제 전복적인 시도를 한 신화 속의 주인공들이다. 골리앗을 돌멩이로 쳐서 죽인 다윗, 천막 안에서 사랑을 나누는 홀로페르네스의 목을 자른 유디트, 그레곤의 목을 자른 페르세우스 등은 초자아의 영역에 자리 잡은 무의식이다. 합리적인 이성을 추구하는 상징계에서 합법성의 빈틈을 교란시키는 저돌적이고 위협적인 힘이다. 시적 화자는 이러한 군주 살해자와 자신을 동일시함으로써 자신의 소외를 정당화하려고 시도한다. 이 괴물 이미지는 시 속에서 대상 a로서의 역할을 하는 측면도 있다. 리차드 틸링해스트(Richard Tillinghast)는 로월이 성적으로 매력적인 여성을 그의 남성성을 질식시키는 파괴자로 본다고 주장한다.(Tillinghast 107) 그레곤의 뱀처럼 굽은 머리카락은 프로이트의 남근적 상징으로 보여진다. 그레곤의 위협을 곧 시적 화자에 대한 거세의 위협으로 간주한다. 로월은 자신을 괴물과 동일시할 때에는 상징계의 틈을 위협하는 주체이면서도, 그 반면에 상징계로 편입하고 싶은 열망을 갖고 있다. 그레곤 같은 여성적 존재에 의해 그것이 좌절될 것을 두려워하는 양가적 감정을 내포하고 있다. 거세할 것 같은 위협하는 어머니로서의 형상인 그레곤은 그로테스크하고 에로틱한 괴물로서 숭고를 나타낸다. 매혹적이면서도 그에 상응하는 어두운 힘을 가진 무서운 괴물로서, 이 존재는 재현이 불가능한 초자아의 영역을 암시하는 것이다.

오 플로렌스, 플로렌스,
사랑스러운 군주살해자를 후원하는 당신들!
오래된 궁전의 첨탑이

피부에 주입된 주사바늘처럼

하늘을 찌르는 곳에서

페르세우스, 다윗, 그리고 유디트,

성스러운 피의 군주와 부인들,

십자가에 달린 그리스의 반신반인들

면도를 하지 않고 형체를 알 수 없는

참수된 괴물들의 머리와

그 패거리들을 위해 억울하게 죽은

몸의 내장을 담은 통 위로

칼을 들고 일어서라

괴물을 동정하라!

괴물을 동정하라!

아마도, 한 사람은 언제나 잘못된 길을 선택했었다 ―

아―너무나 많은 다윗과 유디트를 알았고 사랑해왔다!

내 심장은 괴물을 위해 검은 피를 흘린다.

나는 그레곤을 보았다.

무기력한 그녀의 풍만한 몸매에서

풍겨나는 에로틱한 공포가

맛없는 음식처럼 누워있다.

부릅뜬 눈으로

폭군을 노려보아 돌로 만드는

그녀의 절단된 머리가 흔들린다

승리자의 손 안에 든 등불처럼.

Oh Florence, Florence, patroness

of the lovely tyrannicides!

where the tower of the Old Palace

pierces the sky

like a hypodermic needle,

Perseus, David and Judith,lords and ladies of the Blood,

Greek demi−gods of the Cross.

Rise sword in hand

above the unshaven,

formless decapitation

of the monsters, tubs of guts,mortifying chunks of the pack.

Pity the monsters!

Pity the monsters!

Perhaps, one always took the wrong side —

Ah, to have known, to have loved

too many Davids and Judiths!

My heart bleeds black blood for the monster.

I have seen the Gorgon.

The erotic terror

of her helpless, big bosomed body

lay like slop.

Wall−eyed, staring the despot to stone,

her severed head swung

like a lantern in the victor's hand. (13)

로월이 역사나 신화 속의 괴물 같은 인물을 통해 자신의 초자아를 드러내는 경향은 「카리귤라("Caligula")」에서도 이어진다. 로마시대의 잔혹한 폭군으로 이름 높은 카리귤라를 언급한 시에서도 그러한 맥을 이어간다. 카리귤라는 시적 화자가 어두운 심연에서 직면하게 되는 황폐한 자화상이다. 아이가 오이디푸스 콤플렉스를 통해 언어로 구축되는 아버지의 법의 세계로 들어가지만, 그 세계 안에서 주체성을 갖지 못하고 이드의 세계에 집착하는 퇴행을 보여주는 존재가 카리귤라이다. 어머니와 자신을 동일시하는 단계를 거쳐, 거울을 보고 오인이지만 자신에 대한 이미지를 갖고, 마침내 상징계에 진입하지만, 카리귤라는 제대로 된 상징계를 구축하지 못하고 공포스런 괴물이 된다. 상징계로 포섭되지 않는 무의식적인 이드의 충동에 내몰린 독재자의 전형이다.

그리고 로월은 상징계로의 진입에 실패한 카리귤라를 통해 온전한 미국적 자아의 상징이었던 '아메리칸 아담'의 이면을 해체시켰다고 볼 수 있다. 그 자신 스스로 개신교에서 가톨릭으로 개종하고, 제2차 세계대전에 반대하는 운동을 하면서 오이디푸스적 갈등을 겪은 사적인 체험이 「웨스트 스트리트와 렙키에 대한 추억("Memories of West Street and Lepke")」에 나타나 있다. 로월은 1940년에서 1943까지의 기간 동안에 청교도에서 가톨릭으로 개종했다. 보스턴의 청교도 명문가 출신인 그가 가톨릭으로 개종한 것은 그 자신과 집안의 전통에 대한 반항이었다. 아우스턴펠드(Austenfeld)는 그를 '의식적인 반항아'라고 부른다. 로월은 2차 세계대전 중에 루즈벨트 대통령에게 보낸 편지에서 참전거부에 대한 의사를 밝혀 감옥 생활을 해야만 했었다. 루즈벨트와 처칠이 독일 시민에 대한 무차별 폭탄 공격을 내린 것에 대해서도 반대하는 항의의 편지를 보냈다. 그리고 애인이었던 앤 딕(Anne Dick)과 결혼하기 위해 아버지를 방문했다가 아버지와의 의견 대립으로 아버지를 때려 눕혔던 일 때문이다.(106) 이러한 로월의 삶은 아버지의 법을 거부하고 저항하는 삶을 선택했다. 「웨스트 스트

■

리트와 렙키에 대한 추억」 시에서 로월은 감방에서의 체험을 토대로 이단아 같은 반항과 저항에 대한 욕망을 보여주면서, 황폐한 내면의 좌절감을 있는 그대로 묘사하고 있다.

"당신은 반전주의자요?" 동료 죄수에게 물었다
"아뇨" 그가 대답했다. "여호와의 증인입니다"
그는 '응급 주머니' 만드는 법을 가르쳐 주었고
티셔츠를 입은 〈살인청부회사〉의 황제인
렙키의 등을 손가락으로 가리켰다.
선반에 쌓아두거나
보통의 죄수들에게는 금지된 물건인
휴대용 라디오, 옷장, 부활절 종려나무 리본으로
묶은 두 개의 장난감 성조기 등으로 가득 찬
그의 작은 독방으로 어슬렁거리며 걸어갔다.
풀이 죽은 대머리로 관엽 절제수술을 받은 그는
한 마리 양처럼 조용히 표류하고 있었다.
고통스러운 재검사에도
－갈 길을 잃은 공간에
  오아시스처럼 매달려－
전기의자에 집중된 그의 마음을 흩트리지 않았다.

"Are you a C.O.?" I asked a fellow jailbird.
"No," he answered, "I'm a J.W."
He taught me the "hospital tuck,"
and pointed out the T－shirted back
of Murder Incorporated's Czar Lepke,
there piling towels on a rack,

or drawdling off to his little segregated cell full
of things forbidden the common man:
a portable radio, a dresser, two toy American
flags tied together with a ribbon of Easter palm.
Flabby, bald, lobotomized,
he drifted in a sheepish calm,
where no agonizing reappraisal
jarred his concentration on the electric chair —
hanging like an oasis in his air
of lost connections…. (86)

로월은 이 시에서 체제에 저항하거나 법을 위반하여 감옥에 갇힌 인물들을 자세하게 묘사한다. 아버지의 법이나 국가의 이데올로기에 부응하지 못한 채 감방에 갇힌 죄수들을 시의 주인공으로 부각시킨다. 특히 렙키의 경우는 살인주식회사의 보스인데 전두엽 절제수술을 받고 더 이상 악의 화신으로서의 공포와 위협적 힘도 발휘하지 못하는 거세된 자이다. 오이디푸스 콤플렉스를 통과하지 못한 채, 법의 검열에 걸린 인물의 외상을 형상화한 것이다. 흑인, 여호와의 증인, 조직폭력배, 반체제 인물 등은 상징계의 법에서 소외된 존재들이다. 상징계의 견고한 울타리를 부수고 싶은 내면의 또 다른 목소리는 초자아의 목소리이면서 이드의 충동일 수 있다. 자신 안에서도 소외되고, 국가 혹은 종교라는 울타리에서도 소외되는 주체의 흔들림이 있을 뿐이다. 감옥이라는 공간은 상징계를 견고하게 떠받쳐주는 법과 제도의 환상이 될 수 있다. 배제시킬 수 있는 합법적 근거와 법의 위반에 대한 징벌을 떠올려주는 장치가 감방이다. 그 감방 안에서도 죄수들 간에 위계질서가 구축되고 그 안에서 자행되는 권력의 특권과 공포가 위력을 발휘하지만, 국가적 권력에 의해서 렙키처럼 치명적인 외상을 입을 수도 있다. 상징계의 합법적인 질서의 한계와 무의식적인 욕망의 배치를 통해서, 인간 의식의 층위들이 서로 침투하고 충돌할 수 있음을 보여준다.

4.

라캉의 정신분석은 프로이트가 발견한 무의식의 영역을 보다 섬세한 시각으로 풀어내는 매력이 있다. 무의식이 언어와 같은 구조로 구성되어 있다는 그의 주장은 시의 해석에도 많은 영향을 미친다. 시라는 압축된 형식 속에서 시적 화자는 시인이라는 주체의 무의식을 담아내는 존재이다. 현대의 주체는 데카르트의 코기토처럼 생각하는 이성적 주체가 아닌 생각하지 않는 곳에 존재하는 텅 빈 주체이기도 하다. 그 텅 빈 주체의 집은 여러 개의 무늬들이 혼재한 공간이기도 하다. 로버트 로월의 고백시는 정신분석적 방법론으로 읽었을 때, 새로운 해석을 발견할 수 있는 적절한 텍스트이다. 그의 시가 인간 내면의 억압되거나 금기시되었던 소재들을 과감하게 시 속에서 털어놓았기 때문이다.

로월의 시에서 욕망은 환유의 구조를 보여준다. 끝없이 비껴나는 기표와 기의의 관계처럼 욕망은 로월의 시에서 충족되지 않는 결핍과 소외를 드러내준다. 헨리 하트(Henry Hart)는 로월이 아버지를 공격하고, 숭고한 것을 주시는 어머니를 추구하는 것이 그의 삶과 예술에서의 하나의 전략이었다고 설명한다.(100) 그가 어머니에게 추구하는 것은 그의 아내에게도 연결되어지는 경향이 있다. 아버지의 이름으로 대변되는 상징계로의 진입에서 저항과 전복을 시도한 반면에 어머니에게서는 숭고한 사랑을 요구하면서 유아적 태도를 보이는 모순적인 삶이 그의 시에 형상화되어 있다.

　로월의 시에서 주체는 부부 사이의 관계, 아버지의 관계 등에서 환상을 가로질러 새로운 윤리적 주체로 탄생되는 모습을 보여주지 못한다. 오이디푸스 콤플렉스를 승화시키지 못한 채 상상계로 퇴행하거나 초자아의 악을 대변하는 그로테스크한 인물들을 통해 숭고를 드러낸다. 특히 렙키라는 시 속의 인물을 통해서 외부 세계를 지배하는 상징계의 위력이 너무 거대해서 주체가 분열되거나 와해될 수 있음을 보여준다. 그리고 시적 화자로 등장하는 주체와 타자의 욕망을 읽어내는 또 다른 시선의 주체가 있음을 로월은 보여주고 있다. 즉 주체는 분열되어 있으며, 주체의 욕망 역시 끊임없이 또 다른 대상 a를 추구하는 경향을 보인다. 욕망을 드러내는 하나의 주체와 그 욕망을 읽고 비판하는 또 하나의 주체가 겹치면서 전개되는 그의 시는 다의적인 독서를 가능케 한다. 정신분석가가 피분석자를 분석하면서 어쩌면 분석가는 자신의 욕망을 다시 재발견하는 것이 아닐까? 로월의 시는 분석되는 대상인 동시에 독자를 읽으려는 욕망을 가진 듯하다. 그것이 로월 시의 거부할 수 없는 매력이다.

제2부
폭력과 유머

폭력과 유머의 미학

— 서효인론

보수와 진보의 현란한 정치적 언술이 난무하는 가운데, 2012년 4월 총선이 치루어지는 중간 중간에 문인들의 투표 인증샷이 페이스북에 올라왔다. 1980년대의 암울한 군사독재의 분위기 속에서 문학은 정치적 목소리에 경도되어 있었는데, 새로운 세기임에도 불구하고 시인들의 뇌리에 정치 담론이 서서히 영토를 점유해가고 있다. 민중시인들이 한국의 억압된 상황과 독재에 저항하는 논리를 전개한 데 반하여 현대의 정치적 지평은 디지털 시대의 흐름을 통해 전지구적으로 확장된다. 국가 간의 분쟁이나 인종 갈등, 혹은 정치적 혁명 같은 사건들이 마치 하나의 거대한 스펙트럼처럼 거의 동시에 생방송되듯이 전개된다. 특히 중동의 이슬람권에서 번진 재스민 혁명의 기운은 전 세계에 진한 혁명의 향기를 전해주었다. 후기 자본주의 시대의 심각한 질병처럼, 거대 자본이 선진국과 상위 1%의 특권층에게 집중되어 빈부격차가 더 벌어지는 심각한 모순에 직면하기도 하였다. 이러한 세계적 상황에 대해 민감한 촉수를 드러내는 서효인 시인은 젊고 발랄한 어법으로 그의 독특한 정치적 감수성을 전개한다. 게릴라 소년이 좌충우돌하는 모험담 같은 첫 시집인 『소년 파르티잔 행동 지침』과 제30회 김수영 문학상을 수상한 시집 『백 년 동안의 세계대전』에서 현대의 정치적 상황과 폭력의 풍경을 다큐멘터리 필름처럼 연속적으로 보여주고 있다.

지난 겨울 『시와 사상』의 '동료들이 뽑은 올해의 젊은 시인' 시상식이 끝난 뒤풀이 장소에서 서효인 시인을 처음 만났다. 덩치가 크고 농담도 건네는 듬직한 청년이었다. 그의 출생지는 광주이며 출생년도 1981년이다. 그가 태어났을 무렵의 광주는 전두환 군사정권의 철권통치의 상흔이 남은 우울한 도시였다. '1980년 5월 18일에 발생한 광주사태의 잔혹한 흔적을 간직한 광주의 무거운 공기를 아이가 무의식적으로 받아들인 것은 아닐까?' 문득 이런 생각이 잠시 스친다. 장소가 주는 묘한 감수성 때문인지도 모른다. 그의 시 면면에서 정치, 사회적 이슈에 대한 예민한 촉수가 감지되고 저항의 담론도 읽혀지기 때문이다. 그를 두 번째 만난 것은 김수영 문학상 시상식 뒷풀이 장소였다. 그는 양복을 말쑥하게 차려입었는데 발랄한 느낌이 드는 나비넥타이를 매고 있었다. 뜻밖이었다. 젊은 시인들로 가득 찬 맥주 집에는 무겁고 칙칙한 정치적 그림자보다는 상쾌하고 경쾌한 분위기가 넘쳤다. 그러한 경향이 어쩌면 최근 젊은 시인들의 의식세계의 한 단면인 듯했다. 정치를 얘기할 지라도 그것을 발화하는 방식은 가볍게, 타인과 다른 차이의 언어를 찾아가는 경향이 두드러진다.

존재의 무거움과 가벼움을 동시에 발성하고픈 그의 의지가 첫 시집인 『소년 파르티잔 행동 지침』과 『백 년 동안의 세계대전』에서 다양한 시적 장치들을 통해 구축되고 있다.

1. 신화적 폭력과 신적 폭력

아랍의 재스민 혁명은 전 세계의 대중에게 민주주의 정신과 독점 거대 자본에 대한 분노와 폭력을 동시에 보여주었다. 폭력의 기원은 아마 인간의 사회화 과정이 시작된 원시 시대로까지 거슬러 올라갈 것이다. 동물세계의 폭력과 인간의 폭력과는 동질의 성격도 있지만 구분될 필요도 있다. 적어도 동물은 식량을 대량으로 비축해두기 위해 전략적이고 지능적인 폭력을 인간처럼 행사하지는 않는다. 폭력이란 어휘에서 풍기는 문명과 교양의 반대되는 대척점에서의 뉘앙스에 대해서 사유해볼 필요가 있다. 폭력에 대한 사유를 전개할 때, 폭력의 양상, 즉 폭력이 행사되는 방식에 대한 섬세한 논의가 필요하다. 최성희는 『폭력과 초월-타자에 대한 폭력과 타자성의 폭력』에서 폭력의 기원과 타자와의 관련성에 대하여 섬세한 사유를 다음과 같이 전개시킨다.

> '폭력이란 무엇인가?'라는 질문은 이 '무엇'이라는 말이 지칭하는 명사적 대상에 한정되지 않고, '폭력은 왜, 어떻게 발생하는가?'라는 발생론적 사유로 확장된다. 아니, 폭력의 기원에 대한 질문이 더 생산적인 것이 되기 위해서도 발생론적 질문으로의 전환이 필요하다. 이러한 전환은 폭력의 기원을 상호적인 관계성 속에서 찾는 것을 의미한

다. 이는 곧 '모든 폭력은 관계 속의 폭력이다'는 의미이다. 여기서 관계는 개인 대 개인의 관계, 개인 대 집단의 관계, 집단 대 집단의 관계일 뿐만 아니라 한 인간과 그/그녀가 속해 살고 있는 체계와의 관계를 모두 아우른다. 또한 '관계 속의 폭력'이란 말은 폭력이 결국은 나 혹은 집단의 동일성과 타자의 문제이며, 따라서 폭력의 기원이 타자성에 대한 태도와 밀접한 관계를 가진 문제란 사실을 지시해줄 것이다.[1]

위의 글에서처럼 폭력이 타자와 맺는 관계성 속에서 유발된다는 것은 너무 당연히 받아들여져 왔지만 새로운 의식의 환기를 요구한다. 폭력이 유발되는 방식에 대하여, 폭력 역시 미시적 관점과 거시적 관점에서 다층적으로 탐색되어야 함을 알 수 있다. 나라는 동일자가 너라는 타자에게 가하는 폭력 가운데 가장 첨예하게 부각되는 것은 우선 육체에 가하는 물리적 힘의 행사이다. 즉 구타한다는 것 혹은 성폭력은 신체적 학대이면서 동시에 그 이면의 정신에 상흔을 남기는 이중의 박해이다. 나와 타자가 같지 않음에서 오는 배제와 분리의 의식이 무의식적으로 작동하는 것이다. 육체에 가해지는 물리적 힘의 폭력과는 다른 지점에서 언어적 폭력이나 심리적 폭력도 존재한다. 폭력을 행사하는 데 있어서 방어막이 되어줄 법 자체에 대해서도 고찰해볼 필요가 있다. 사회의 근본 토대를 구축한 이데올로기나 도덕적 규범 가치 자체가 폭력이 되는 경우도 있기 때문이다.

서효인의 연작시인 「거리의 싸움꾼 – 분노 조절법 초급반」, 「분노

---

1) 최성희, 『폭력과 초월 – 타자에 대한 폭력과 타자성의 폭력』, 부산대 박사학위 논문, 2011, 18~19쪽.

의 시절-분노 조절법 중급반」, 「밀레니엄 송가-분노 조절법 고급
반」에서 그는 아동이 소년기를 거쳐 사춘기에 이르는 과정에서 발생
한 분노와 폭력의 생태를 풍자적이고 리듬감 있는 어조로 묘사한다.
분노의 조절법 초급반에 등장하는 동네 형은 꼬마로부터 동전을 빼
앗아 오락실에서 동전을 넣고 파이터(Street Fighter) 게임을 한다. "진
짜 거리를 알고 싶냐? 좀 노는 동네 형이 하는 소리를 알아먹지 못했
다 주머니 속에서 작은 손이 동전을 매만졌다 일용할 양식처럼 순하
고 고운 마지막 코인"으로 시작한 서두에서 아주 작은 일상의 골목
에서 끈질기게 생존하는 폭력의 한 양상을 전개한다. 그 폭력의 시작
이 경제의 가장 작은 단위인 동전에서 비롯됨을 암시한다. 자본과 폭
력의 연결고리에 무방비하게 노출된 소년의 일그러진 모습을 사실적
으로 그린다. 오락기의 화면에서 가상의 인물들이 펼치는 기계적인
싸움을 묘사하면서 폭력이 소년의 어린 마음에 자연스럽게 각인되는
상태를 엿볼 수 있다. "앞과 뒤로만 움직일 수 있는 정당한 싸움에
대한 경배, 일종의 태도, 즐기는 자의 주먹질을 버텨낼 자는 없다"
하는 문구가 암시하는 것은 인간 내면에 잠재한 공격성을 꿰뚫고 있
다. 가상의 인물이 벌이는 싸움에서 대리만족과 쾌감을 느끼는 가학
성을 엿볼 수 있고, 그것이 아동기의 소년들에게 쾌감을 주는 놀이문
화이다. 동전이란 교환의 가치를 통해 공격적 본능을 대리만족하는
메커니즘에 소년들이 길들여진다. 타자에게 가해지는 물리적 폭력이
기계로 대치된 상황이어서 상대적으로 안전한 게임이다. 피가 터지
고 멍이 드는 것이 아닌 유희의 방법이지만, 무의식중에 각인되는 공
격성이 은밀하게 만연함을 알 수 있다. 기계 속의 파이터는 동전이

제
2
부
폭
력
과
유
머

121

지닌 경제적 가치만큼만 생존하고 패배하고 나면 아이들은 오락실에서 쫓겨난다. 자본과 폭력과 유희의 주름이 겹쳐지는 풍경이다.

반면에 「분노의 시절―분노 조절법 중급반」에서는 학교라는 사회 체계가 강요하는 이데올로기의 폭력과 가치 규범의 균열을 절묘하게 다룬다. 벤야민은 폭력을 신화적 폭력과 신적 폭력으로 나누어 폭력의 다른 특징들을 설명한다. 신화적 폭력은 신화적 법을 존속하기 위해 법을 위반한 자를 징벌하는 성격이지만, 신적 폭력은 "죄의 유죄성을 정화하는 것이 아니라 법의 유죄성을 정화하는 폭력"으로 구분한다.[2] 벤야민은 법보존적 폭력과 법의 부당성과 정당성을 심판할 수 있는 신적 폭력을 날카롭게 통찰한다. 예를 들어 계엄령과 같은 예외 상태에서 태동한 법이 무효임을 선포하고 무효화시킬 수 있는 힘이 신적 폭력이다. 대개의 경우 신화적 폭력과 법의 결탁이 더 만연한 경우가 많다. 법 자체의 폭력성에 덜 주목하는 현대의 상황에 대한 성찰이 요구된다. 한 국가나 사회의 관습과 금기의 기준에 합당한 신화적 법을 제정해놓고, 그 법에 위반할 경우에 가해지는 폭력에 대해서는 상대적으로 관대한 문화의 이면을 서효인 시인은 놓치지 않는다. 특히 교육기관과 같은 공적인 공간에서 교육과 훈육을 위한 과정에서 발생하는 폭력에 대한 양상을 서효인은 발랄하게 풍자하고 있다. 서효인의 화법은 무거운 폭력의 주제를 다루면서도 매끈매끈한 말놀이의 유희를 즐김으로서 새로운 탈주를 시도한다. 폭력의 강

---

2) 최성희, 『폭력과 초월―타자에 대한 폭력과 타자성의 폭력』, 부산대 박사학위 논문, 2011, 71쪽.

도가 세면 셀수록 그가 발화하는 언어의 유희는 더 리듬감이 살아난다. 그래서 그의 시는 무거우면서도 침울하지 않고 밝아지는 희망의 서사에 닿아 있다. 학대받으면서 희열을 느끼는 마조히즘이 아니라 폭력이 자행되는 공간을 바라보는 시선에서 객관적 시야를 확보한 데에서 오는 도덕적 우위감이라고도 볼 수 있다. 마치 순수한 소년의 시선이 무감각한 어른의 내면을 심각하지만 유쾌하게 뒤흔드는 장난처럼 비쳐진다.

선생은 실컷 때렸다 엉덩이에 담뱃불이 붙을 때까지, 그리고 날 선 숨을 기다란 코털 사이로 들이켜며 꺼지라 했다 그들은 교실의 모서리로 깊이 꺼졌다 여름이었다 친구는 지나간 열대야에 당신의 집 앞에서 선생의 멱살을 잡았다 그는 겨우 귓방망이 한 대 날린 후 날이 밝자 아킬레스건이 잘렸다 어머니는 가운뎃손가락을 봉투에 담아 선생에게 건넸다 그는 다시 걸을 수 있었으나 걸음마다 싱싱한 분노가 절뚝거리며 따라왔다 선생은 그들을 향해 벌레 같은 놈들아 기어라 기어, 했지만 그들은 좀 더 섬세하고 세련된 은유를 거친 날벌레였다 천장에 매달리고 기둥을 오르고 더러운 창에 머릴 박았다 날벌레의 배후를 밝혀내느라 선생의 오후는 퇴근까지 절멸했다 그들의 배후는 선생의 소갈머리에서 주변머리로 민족대이동을 하는 이가 보내는 상처의 텔레파시였다 선생은 음파를 읽을 수 없었다 우리의 분노는 상큼했다 여름이었다 선생은 낮잠에서 깨어나 자신이 구불구불한 조직의 거대한 음모 속에 자리한 한 마리 가여운 사면발니라는 것을 깨달았다 선생은 실컷 우울했다 지나간 열대야에서 그들은 모두 우주의 음모에 자리한 파란 숙주를 파먹고 사는 아리따운 유충, 선생이 무차별로 구타하던 엉덩이와 허벅지 사이 3인치의 틈에서 하이얀 도포 같은 날개가 돋아났다 이제 검은 우주의 날렵한 품 안을 날 수 있는 것이다 선생은 거룩한 음모

속 파리지옥에서 고독한 날들을 보낸다 분노를 되씹으며 한국 놈들은 맞아야 정신 차린다고 이를 부드득 갈며 이를 잡아 죽이며 이글이글한 분노의 원심력을 당구 큐대나 야구방방이나 담양대뿌리 등에 부착해 허공에 휘두른다 그렇게 지나간 시절에 입술을 내민다 날벌레들은 도대체 한 번을 맞지 않고, 우주를 날아다닌다 분노의 시절이 가고 있다.

— 「분노의 시절—분노 조절법 중급반」 전문[3]

　　교사가 학생에게 가르치는 이데올로기는 성실하게 공부하라는 것과 교칙을 위반하지 말라는 것이다. 그것이 사회적 통념이지만 그 가치를 벗어나 탈주하는 아이들에게 가해지는 교육을 위한 체벌의 부당성을 풍자하면서, 학벌위주의 사회통념을 유쾌하게 비틀고 있다. 엉덩이가 벌겋게 달아오르도록 몽둥이를 휘둘러도 전혀 주눅 들지 않고 새로운 탈주를 꿈꾸는 아이들의 유쾌한 반란이 흥미롭지만 폭력에 함몰된 교사의 왜곡된 심리적 상흔도 당구 큐대나 야구방망이를 통해 전달된다. 하지만 결구의 '한 번도 맞지 않고, 우주를 날아다니는' 날벌레와의 병치는 사회 구조가 조장한 이데올로기가 거대한 우주 공간과 비교했을 때, 얼마나 허망한 것인지를 통찰하게 한다. 사회가 규정한 신화적 법체계 자체가 하나의 우화가 아닌지를 사유하게 하는 시이다. 이러한 폭력과 쉽게 결탁하는 법의 허구성을 직시하는 신적 폭력에 보다 가깝게 다가가는 존재가 아마도 시인일 것이다. 인간을 억압하고 규제하고 배제하는 법의 허울을 벗기고 맨 얼굴의 신성한 법을 직시하라는 주문이다.

---

3) 서효인, 『소년 파르티잔 행동 지침』, 민음사, 2010, 22~23쪽.

2. 호모 사케르와 가면들

이슬람 과격 테러리스트들이 2001년 11월 9일에 미국 뉴욕의 중심부에 있었던 세계무역센터 건물을 공격한 사건은 새로운 전쟁에 대한 공포를 안겨주는 대사건이었다. 지구상에서 가장 강한 나라가 너무나 쉽게 공격의 대상이 되는 아이러니는 큰 충격이었다. 1, 2차 세계대전이라는 어마어마한 전쟁을 경험한 20세기와는 달리 21세기에 전개될 새로운 전쟁의 양태는 달라진 것이다. 핵무기와 첨단 전자장치가 장착된 신무기도 위력적이지만 군인이 아닌 민간인도 언제 어디서나 공격의 대상이 되는 새로운 게릴라전의 양상이 테러리스트에 의해 감행된다는 점이다. 테러와의 전쟁은 현대 사회의 보이지 않는 전쟁이다. 그 대상은 바로 이웃에 있는 남자 혹은 여자 혹은 어린아이일 수도 있다. 그가 테러리스트일 수도 있고 나 자신이 그럴 수도 있다. 주체와 타자의 확실한 선긋기도 무효화시키는 복선적 구조에서 불안과 공포를 느끼는 분열증적인 타자들이 출현하는 지점이 테러의 공간이다. 그 공포와 전율에서 무수한 가면들이 등장하는 공간이 서효인의 『백 년 동안의 세계대전』이다. 시집의 전반부에 등장하는 지구 곳곳의 분쟁지역에서 벌어지는 갈등과 폭력의 양상은 낯설고 이질적인 느낌을 준다. 말쑥하고 단정한 화법을 선호하는 한국 시단에 게릴라처럼 의식에 교란과 이질감을 전파하는 듯하다. 소년 파르티잔이 유쾌한 게릴라전을 펼치는 어조에서 발전하여 세계의 전쟁을 탐색하면서 성찰하는 남자의 선 굵은 목소리를 들려준다.

미국의 부시 행정부가 테러와의 전쟁을 선포하면서 감행한 이라크 전쟁은 많은 불안과 비판을 야기해왔다. 쥬디스 버틀러를 비롯한 세계의 여러 지성인들은 그 전쟁의 명분과 가치체계에 대한 질문과 비판을 던진다. 버틀러는 불확실성에 노출되어 상처받는 타자에 대한 배려와 진정한 애도가 무엇인지를 설득력 있게 주장한다. 그 가운데 이탈리아 출신의 조르조 아감벤의 출현은 지성사에 새로운 로마의 향수를 자극한 듯하다. 왜냐하면 고대 민주주의의 정치 철학에 바탕을 두고 현대의 모순을 날카롭게 지적한 명료함 때문이다. 인간이 정치적 존재이면서도 정치의 이면에서 끊임없이 배제되고 버림받을 수 있음을 '호모 사케르'라는 매혹적인 개념을 통해 제시한다.

> 이 책의 주인공은 벌거벗은 생명이다. 그것은 호모 사케르의 생명이다. "누군가에게 살해당할 수 있지만 희생제물로서는 바칠 수 없는 생명이다." 이것은 우리가 주장하는 현대 정치학에서 본질적인 역할을 하고 있다. 고대 로마법의 모호한 한 형태로서, 그 속에는 인간의 생명이 유일하게 배제의 형태로서(즉 살해당할 가능성이 있는) 사법적 질서 속에 포함되어 있고, 그래서 주권의 신성한 텍스트로서 뿐만 아니라 주권의 신비를 풀 수 있는 정치권력의 코드들에 대한 열쇠를 제공해왔다.[4]

아감벤의 호모 사케르 개념은 정치적 권리와 보호막을 박탈당한 벌거벗은 존재를 생명정치의 관점에서 드러낸다. 호모 사케르는 정치적 질서 속으로 편입될 수도 없고, 누군가가 그를 살해할지라도 죄

---

4) Giorgio Agamben. *Homo Sacer - Sovereign Power and Bare Life*. Daniel - Rpazen. Trans. Stanford, California, Stanford University Press, 1998, p.8.

를 묻지 않는 존재이면서, 동시에 그렇다고 신성한 희생제물도 될 수 없는 가장 비천한 존재이다. 이 개념이 적용되는 대상자들로 가장 극명하게 거론되는 존재들이 나치수용소에 감금된 유대인과 현대의 관타나모 수용소에 수감된 포로일 것이다. 전혀 법적인 보호를 받을 수 없는 비천한 존재들의 인권에 대한 호소인 것이다. 서효인의 시 「관타나모 포르노」에서 현대의 호모 사케르를 엿볼 수 있다.

구멍에 손을 집어넣는 것으로 시작하자 가장 깊게 들어간 손마디에 씻을 수 없는 냄새가 밴다 여기는 섬이고 축축한 바람이고 떨리는 동굴이다 제임스 일병이 석양을 등진 국기에 거수경례한다 씻을 수 없는 것은 씻지 않은 채로 둬야 한다고 장엄한 연주는 가르쳐 준다 구멍에 손을 넣었다 빼고 다시 넣는 것으로 시작하자 글로리 랜드, 글로리 랜드 빠르게 되뇌자 제임스는 상병이 되는 날을 손꼽아 기다린다 알몸으로 비누나 음모를 줍는 일, 부탄이나 네팔사람들과 마시는 위스키, 마늘이나 향신료 속에서의 고문을 상상해 본다 이 땅은 영광으로 가득하고 제임스는 귀옆을 동아시아의 샤먼처럼 파르라니 정리했다 바람의 눅눅함이 머리의 맨살을 스치고 지난다 구멍에 혀를 마주하는 것부터 다시 시작하자 이 구린내가 구멍의 것인지, 손의 것인지, 섬의 것인지 제임스는 알 수 없는 일에 대해서는 그냥, 킁킁거리기로 한다
— 「관타나모 포르노」 전문[5]

이슬람 무장테러 집단에 대한 응징과 처벌로써 수감시킨 관타나모 수용소의 이미지는 거대한 감옥의 은유이다. 주권이라는 권력이 가

---

5) 서효인, 『백 년 동안의 세계대전』, 민음사, 2012, 31쪽.

■

127

진 신성한 권력이 과연 신성한 것인지를 의문시하는 아감벤의 시선은 거대 제국의 무차별한 폭력에 대하여 일침을 가하고 있다. 법의 신성함 자체를 의문시하는 것이며, 그 법을 시행하는 법의 효력 가운데 정치권력의 정당성도 의문시되어야 한다는 것이다. 그리고 호모 사케르의 개념이 적용될 여지가 알게 모르게 현대 사회에 너무나 많이 산재해 있다는 것이다. 시민의 합의로 제정된 법의 미세한 그물 사이로 작동되는 자본가와 서민의 틈, 혹은 강대국과 약소국 사이의 커다란 틈에서 전해지는 불길한 음파를 감지하기를 촉구하는 것이다. 쿵쿵 냄새를 맡은 행위, 구멍에 손을 내미는 행위는 상징체계의 구멍을 뚫고 들어오는 실재의 흔적을 더듬는 것이다. 법이라는 재현된 언어의 폭력에 시인이 대처하는 방식은 벌거벗은 몸, 구멍에서 스며나오는 냄새를 만지는 촉각의 감수성이다.

서효인의 「마스크」 연작시도 호모 사케르에 대한 사유가 읽혀진다. 주체의 설정을 '마스크 X'로 호명한다. 민주주의의 가치를 지닌 독립적이고 개별적인 주체가 아님을 상징적으로 드러낸다. 「마스크 1」에서는 격투기 장면을 연상시킨다. 마스크를 쓴 X는 인기 있는 슈퍼스타 헐크호건을 상대하는 배역을 맡고 있다.

> 나는 마스크 X, 이마에 땀띠가 나도록 경기에 열중하는 프로페셔널, 오늘의 상대는 멀쩡한 옷을 잡아 뜯기로 소문난 분노의 헐크호건이다 그는 아름다운 금발이지만 소갈머리는 공허하다 그는 반인반수의 신화적 기술과 근성을 갖고 있다 하나는 헐크요 하나는 호건이다 기술이든 근성이든 신화에 불과하므로 그와 나 사이에 사인은 사뭇 중요하다 헐크와 호건으로 이루어진 이분법적 체계 안에서 그의 연기는

반칙처럼 확고하다. 그는 슈퍼스타, 나로 말할 것 같으면 말할 것이 별
로 없는 X, 소개도 필요 없는 마스크 X, 반칙왕 마스크 X.

— 「마스크 1」 부분

마스크 X는 이름이 부여되지 않으면서 격투기 링 위에서 괴물 같
은 파괴력을 가진 헐크호건의 상대역일 따름이다. 링 위에서의 규칙
은 법에 대한 은유일 수 있으며, 폭력에 무방비로 노출된 마스크 X는
호모 사케르의 전형처럼 그려진다. 동일시의 폭력에서 비롯되는 타
자에의 폭력을 격투기의 난삽한 장면 속에 압축해놓았다. 그런데 링
위에서의 마스크 X의 존재는 우리 사회의 그늘에서 알게 모르게 배
제되는 타자들임을 알 수 있다. 다방아가씨, 환자, 사업실패자, 난민
들, 종교적 편견 등으로 억압받는 존재들이다. 수많은 호모 사케르의
양산을 조장하는 신자유주의 가치가 부당함을 시인은 유머스럽게 풍
자하고 있다. 이러한 사회제도 속에서 은밀하게 양산되는 폭력이 그
한계치에 다다르게 되면 과연 무슨 일이 벌어질까? 폭동이나 혁명이
나 거창한 변화도 예측되지만 한 개인에게 치명적으로 작동하는 순
간에는 예기치 않는 광기의 출현도 가능하다. 연작시인 「마스크 2」
에서 전개되는 시의 돌출적인 발상이 흥미롭다.

> 그는 그때 집세가 밀린 채로
> 여자한테 차이고 팬티에 물이 차고 TV를 보았다
> 아이의 욕심처럼 끝없이 이어지는 곤경
> 귀두를 문 앞니처럼 사내의 얼굴을 삼켰다

마스크 X를 쓰면 그는 마스크 X
반칙과 이빨에 대한 충성으로 아이들은 얼굴을 감추었다
인형 안은 컴컴하고 그의 얼굴은 점점 없어지고 숨이
카운트를 셌다 원, 투, 쓰리 반칙처럼 일정치 않았다
늘 한꺼번에 움직이는 동심이 그를 밀친다
비열하게 비틀거리며 볼품없이 쓰러지며
인형 탈의 눈구멍 속 사각의 세계
이중의 가면을 쓴 명랑한 얼굴들이 묻는다

— 「마스크 2」 부분[6]

이 시의 주에는 다음과 같이 적혀 있다. "가정의 달에 벌어진 특집
경기에서 악역을 맡은 마스크 X는 미친개처럼 헐크호건의 주요한 부
위를 물어뜯었다. 그것은 인간 이하이거나 이상의 행위였으며 그는
헐크호건을 능가하는 스타가 되었다. 아이들은 외쳤다. 헐—." 자신
을 가면 속에 감춘 X는 이름도 없고 얼굴도 없는 벌거벗은 맨몸으로
거대한 링 위의 괴물과 싸우다가 어느 순간 아이들의 야유에 헐크호
건의 성기를 물고 만다. 약속된 규칙하에서 자행되는 폭력일지라도,
그 에너지의 강도가 한계치를 넘을 때 발생하는 광기의 출현이다. 왜
역사는 광기가 발산된 이후에야 겨우 성찰하게 되는 것일까? 그것이
국가의 가치이든지 개인의 사적 생활 공간이든지, 광기가 출현하는
것은 주체가 상징 질서의 일그러진 구멍에서 실재를 직면하는 것이
다. 미치지 않고는 살 수 없을 것 같은 '분노'가 법과 질서를 압도하

6) 서효인, 『소년 파르티잔 행동 지침』, 민음사, 2010, 106~107쪽

는 상황이다. 방관자인 아이들이 그제서야 뱉어내는 '헐−'이란 의성어는 서효인이 구사하는 독특한 시적 화법의 매력이다. 천진난만한 아이들의 공격성이 유희의 순간에 직면해서 어느 순간 도덕성을 감지하는 순간을 날카롭지만 유머스럽게 포착하는 감각이다. 1980년대의 정치시에서 일관되게 드러난 군사정치 집단에 대한 적대감과는 다른 뉘앙스를 풍긴다. 폭력을 희화화하는 세대의 감각이 형상화된 것이다. 신체에 대한 직접적 폭력도 문제이지만, 인터넷이나 게임 같은 매체를 통해 전달되는 폭력에 더 가깝게 노출된 삶의 양태에서 비롯된 것일 수도 있다. 다분히 객관적 시선도 확보한 젊은 세대들의 감수성이 이전의 민중시인들과 차이가 난다. 매체의 폭력에 무방비로 노출됨과 동시에 무의식중에 감염이 된 상태이지만, 타자의 폭력에 대한 비판적 감수성도 체득한 면모가 느껴진다. 서효인 시인이 자각하는 윤리의 지점도 아마 여기서 발생할 것이다.

서효인이 호모 사케르처럼 고통받는 타자에 대한 연민과 타자의 고통에 심리적으로 연대를 추구하는 태도는 현대의 정치상황에서 의미 있어 보인다. 승자 독식의 사회 구조와 신자유주의의 무한경쟁 시스템이 야기하는 보이지 않는 폭력이 더 위협적인 사회에서 시인은 무엇을 할 것인가? 시인이 고뇌하는 지점은 여기에 있다. 송경동 시인처럼 희망버스를 조직할 것인가? 아니면 유신시대의 김지하처럼 저항 담론의 시를 쓸 것인가? 시의 사회적 역할에 대한 고민인 동시에 폭력에 대항하는 또 하나의 차이 나는 방식은 무엇인지를 고뇌하는 인간적인 모습이 투영된 시가 「마그마」이다.

아이티에서 진흙 쿠키를 먹는 아이를 보면서 밥을 굶지 말자, 진흙 같은 마음을 구웠다. 내전이 빈번한 나라처럼 부글부글 끓는다. 라면 같은 그것을 날마다 먹어야 한다. 스스로를 아끼자, 스프 같은 마음을 삼켰다. 한 장의 휴지를 아끼기 위하여 코를 마셨다. 자위를 삼갔다. 물로 닦았다. 성병 걸린 르완다 여자애를 떠올리며 성호를 그었다. 이 마에서 배로 손가락을 옮길 때 손을 잘 씻어야지, 불현듯 다짐했다. 지진을 대비한 건물처럼 잘 휘어지는 마음. 변덕을 견디며 체위는 다양해져 갔다. 깨끗한 사람이 되기 위해 거품을 일으켰다. 부글부글 빨리 익었다. 모스크바에서 황산을 뒤집어쓴 베트남 유학생 얘기를 들으며 편식하지 말아야지, 생각했다. 뭐든 차별은 나쁜 일. 풀과 나뭇잎의 색을 사랑하기로 마음먹었다. 쌀국수를 먹을 때는 꼭꼭 씹는 게 중요합니다, 의사는 말했다. 할례 의식 중인 꼬마를 보며 의사의 말을 되씹었다. 꼭꼭 씹어 삼킨 다음엔 양치질을 오래 하리라, 삐친 사람의 입처럼 벌어지지 않던 꼬마의 그곳이 벌어지자 치약이 목구멍으로 넘어간다. 마그마처럼 헛구역질을 하며 괴상한 소리를 내 본다. 무거운 다짐들이 피부를 뚫고 폭발한다. 바로 이곳에 서 있다. 들끓는 마음을 가진, 괴물.

―「마그마」 전문[7]

현대의 분열된 주체의 일그러지면서도 불안한 내면이 리얼하게 떠올려지는 시적 자화상이 흥미롭다. 자연의 부드러운 이미지에 내면을 동일화하는 은유적 태도가 아닌데도 이 시는 감동적이다. 지나치게 매끈매끈한 교양이 때로는 거친 입담보다 덜 정감적으로 와 닿듯, 이 시는 일상에서의 사소한 실천적 의지를 가진 주체의 내면이 왠지 정겹다. 서정시인들이 도덕주의적 관점에서 연약한 여성적 자아의

7) 서효인, 『백 년 동안의 세계대전』, 민음사, 2012, 13쪽.

목소리 속으로 숨는 것과 달리 남자의 냄새가 나는 시이다. 폭력에 노출된 육체의 이미지 대신, 세계의 폭력에 맞서려는 소시민의 살가운 의지가 살아나 파릇한 기운이 전해진다. 주체가 자신의 다층적인 욕망의 구조를 들여다보면서 문득 내뱉는 "들끓는 마음을 가진, 괴물"은 맨 얼굴을 드러내는 존재이다. 타자를 일방적으로 주시하는 억압적 시선도 아니고, 무조건 회피하지도 않는 피부를 지녔다. 레비나스가 시선보다는 타자의 얼굴을 대면하기를 촉구하는 것과 같은 맥락에 닿아 있다. 서효인 시인이 그의 시 속에서 드러내는 폭력의 얼굴은 억압의 단면들을 심층적으로 제시하면서도 그 시야가 한국적 상황에만 한정되지 않는다. 세계 곳곳의 신음소리에 촉각을 드리우면서 자신의 내면을 직시하는 정직한 괴물이다. 폭력의 희생자이면서 폭력의 창조자가 되기도 하는 현대적 주체의 괴물성과 윤리를 첨예하게 대비시킨다. 하지만 그의 시적 발성법은 현란한 몸짓으로 랩을 쏟아내는 아이돌처럼 경쾌하고 끊이지 않는 리듬이 재미있다. 그것은 폭력과 유머의 절묘한 경계를 넘나드는 서효인의 시가 갖는 독특한 매력이자 강력한 힘이다. 주체가 내면의 고뇌에만 함몰되지 않고 사회적 연대의 가능성을 새롭게 탐색하는 신선한 목소리가 현대시에 싱싱한 푸른 피를 수혈할 것이다.

황하의 순례자

— 이재훈론

1. 기원을 향한 아득한 향수

원시 부족사회는 그 집단을 다스리는 위대한 아버지가 있었고, 그의 아들들은 아버지의 법과 심판을 수용해야 하는 윤리적 구속과 그 속박을 끊고 감히 아버지의 자리를 차지하고픈 욕망도 함께 가졌을 것이다. 아버지의 법을 지키는 것과 아버지의 법을 위반하고 새로운 사회를 건설하려는 시도는 종교든 세속의 정치권력이든 언제나 의식의 틈새를 비집고 출현하는 사건이다. 가장 작은 집단인 가족 안에서 아버지가 차지했던 권력은 어린 아들에게 전지전능한 아버지의 환상을 품게 할 수 있다. 가족이라는 공동체뿐만 아니라 원시 사회의 추장이나 고대 국가의 왕이 소유한 절대 권력이 갖는 아우라가 어쩌면 자연스럽게 전지전능한 그 어떤 절대적 존재에 대한 종교적 사유를 가능하게 했을 것이다. 고대 국가의 왕이 소유한 신성함은 종교적 의미를 가질 뿐만 아니라 왕의 집권체제를 유지하기 위한 금기와 터부 역시 내포하고 있다. 그 절대적인 아버지가 현대에서는 여러 번 살해되었고 끊임없이 전복되고 있다. 기원으로서의 아버지를 해체한 현대 문명 속에서 고독한 개인들은 현상의 물질적 가치 혹은 생존을 위한 가혹한 경쟁체제에 매몰되어 황하에 익사될 위험에 처하기도 한다.

이재훈의 시세계는 기독교적인 사유를 바탕으로 하여, 존재의 기원에 대한 상상과 별을 노래하는 시인의 깊고 푸른 여정을 담고 있다. 그래서 그의 시적 공간은 광활하고 존재의 깊은 심연에 대한 탐색을 추구한다. 첫 시집인 『내 최초의 말이 사는 부족에 관한 보고서』에서는 "말"이라는 상징적 동물과 언어라는 의미가 중첩되어 있다. 시적 화자는 상상 속의 말을 타고 아득한 존재의 기원을 찾아 중세의 기사처럼 순례를 떠난다.

> 1
>
> 그곳을 찾았을 때
> 모든 시간은 무너지고
> 가없는 기억의 언덕도 무너지고
> 또닥또닥,
> 희미한 발굽 소리만 들렸는데
>
> 2
>
> 잠든 말, 묵상도 없는 말들이 벽에 붙어 있다 너의 소리를

들으려고 널 만진다 그제야 너는 벽화가 된다 널 만지면 황소
가 되었다가 사슴이 되었다가 초원을 가로지는 말이 되고
나는 말 위에 올라타 노래를 부르는 추장이 된다
　　　　　　 —「내 최초의 말이 사는 부족에 관한 보고서」 부분[1]

　　세계의 근원을 기독교에서는 로고스 즉 "말씀"에 의해 창조되었다
고 주장한다. 거룩한 신의 말씀으로 창조된 우주와 인간에 대한 믿음
에 대하여 시인은 맹목적으로 신의 말씀에 순종하기보다는 자신만의
기원에 대한 역사를 쓸 야심을 갖는다. 이 세상에서 아무도 가지 않
는 나만의 시원, 나만의 언어 찾기에 골몰하는 것이다. 그가 타고 가
는 말은 고대 토템에서 부족들이 숭상했던 여러 동물들 즉 황소, 사
슴, 말, 돼지, 매, 뱀 가운데 하나이다. 시인이 말을 선택한 것은 말을
타고 하늘을 날고픈 비상의 의지와 함께 언어의 연금술사를 꿈꾸었
기 때문일 것이다. 시인의 사명은 이 세상에 이미 존재하는 언어에
자신만의 새로운 언어의 집을 건설해, 커다란 변화는 아닐지라도 적
어도 낯설고 이질적인 느낌을 재창조하는 것이다. 그것을 지향하는
시인의 의지가 반영된 것이 그의 첫 시집이다. 그래서 이 시의 마지
막 연에서 "내 목을 자르고/내 최초의 말이 사는 부족 속으로 들어갔
다면/누가 믿을 것인가."라고 절연한 의지를 드러낸다. 이재훈의 시
적 여정에서 이토록 담대한 선언이 또 있겠는가. 자신의 목을 스스로
자른다는 것은 자살의 의미보다는 성서에 나타나는 예수의 이미지와

1) 이재훈, 『내 최초의 말이 사는 부족에 관한 보고서』, 문학동네, 2005, 19~21쪽.

겹쳐지는 부분이다. 예수의 비범한 능력으로는 죽음의 잔을 피할 수도 있지만, 자신이 선포한 진리를 위해 죽음의 길을 스스로 걸어간 예수와의 동일시가 비쳐진다. 예수가 유대교의 모세 신앙을 중심으로 한 유일신 개념과 선택받은 민족에 대한 우월의식을 타파하고 보다 넓은 보편성의 종교로 방향을 전환한 것처럼 이재훈이 시인으로서 지향하는 것은 새로운 자신만의 기원 찾기인 것이다.

인간 존재의 본질과 아득한 시원에 대한 탐색을 지향함에 있어서 아버지를 위반하는 아들의 출현은 어떻게 보면 필연적이다. 중세나 16, 17세기의 종교시에는 전능한 하느님에 대한 찬미와 신성한 섭리에 부합되는 삶을 살려는 의지를 표현하는 경우가 대부분이다. 그러나 20세기 이후의 종교시는 신에 대한 헌신이나 찬미보다는 신으로부터 이탈한 현대인의 초상이나 신을 전복하려는 시도를 한다. 남성적인 아버지 신에 대한 반기로써 여성 시인들은 가부장제의 모태로서의 아버지 신을 거부하고 살해하려는 의지를 보이기도 한다. 이재훈의 시 곳곳에 스며 있는 종교적 상징과 이미지는 아버지 신을 살해하고 아들로서 자신의 왕국을 건설하기보다는 그 어떤 근원에 이르기까지의 혼란스러운 순례의 기록으로 읽혀진다. 첫 시집에서는 낭만주의적 사유의 흔적을 보이면서 아득히 먼 고대의 시공간을 배회하는 영혼의 몸짓을 묘사하고, 둘째 시집인 『명왕성 되다』에서는 자본주의라는 물신사회의 왜곡된 이미지를 황하의 다양한 풍경 속에 풀어놓는다. 욕망과 자본이라는 이교도의 신을 위해 예수라는 인격신을 살해한 현대 문명의 기괴한 얼룩을 스케치한다. 대도시의 풍경과 중국을 관통해서 흐르는 황하 이미지를 중첩적으로 겹쳐놓음으로써 고대 문명과 현대 문명의 이질성과 여전히 삶 자체가 고통이라는 것을 펼쳐 보인다.

모세는 하느님은 보이지 않는 존재라고 선언함으로써, 절대적 진리가 감각적 대상이 아닌 정신적인 것임을 그의 백성들에게 각성시킨다. 고대 문화에서는 이집트 신화처럼 여러 다양한 동물신의 형상과 태양신 '라'의 상징이 지배적이었다. 보이지도 않고 들리지도 않지만 영원히 존재하고, 무한히 자비와 축복을 베푸는 전지전능한 하느님이라는 유일신의 개념은 이전의 다신교의 전통을 억압해버린다. 예수가 죽은 이후에 기독교의 교리를 체계적으로 정립한 유대인 바울 역시 육체보다는 정신적 사랑의 우위를 설파한다. 그러나 이재훈은 그러한 가치에 함몰되지 않고 감각의 순수성에 대한 예민한 감수성을 보여준다. 그의 시 「수선화」에서는 한밤중의 몽정인지 자위인지 알 수 없지만 사춘기 소년의 육체에서 꽃피는 생명의 노래를 아름답게 묘사하고 있다.

> 한밤중이 되면 내 몸에 수선화가 핀다. 방 안의 모든 소리
> 가 잠을 잘 무렵이면, 내 몸에 꽃씨 앉는 소리가 들린다. 간지
> 러워, 암술과 수술이 살 부비는 소리가 사물거리며 온몸에 둥
> 지를 틀고, 어머 꽃피네, 마른버짐처럼, 간지러운 꽃이 속옷
> 새로 피어나네, 내 몸에 피는 꽃, 어머 내 몸에 핀 꽃, 나르키
> 소스의 영혼이 노랗게 물든, 수선화가 핀다, 아름다운 내 몸,
> 노랑 꽃파랑이 쓰다듬으며 어깨에서 가슴을 지나 배꼽으로
> 핀 꽃과 입맞추고, 시키면 거웃 사이에도 옹골지게 핀 꽃대
> 잡는다, 아아, 아 에코가 메아리치네, 아름다운 내 몸, 거울에
> 비추어, 아아아 에코가 흐느끼네, 내 몸이 하분하분 물기에

젖네, 꽃들이 더펄거리며 시들어가네, 나르키소스여 내 몸에
오지 마소서 五慾에 물든 몸 꽃피게 마소서
한밤중이 되면 내 몸에 수선화가 핀다 방 안의 모든 소리
가 잠들 때까지 기다리고 있는 나

— 「수선화」2) 전문

　사춘기 소년이 겪는 성적 욕망의 발산을 수선화의 이미지를 통해
묘사하면서, 금욕을 미화시키는 종교 사이에서 갈등하는 소년의 내
면을 보여준다. 그리스 신화의 나르키소스가 자기애에 빠진 모습도
동시에 연상시킨다. 나르키소스가 연못에 비친 자신의 아름다운 모
습에 반해 연못에 빠져드는 모순을 두려워하는 시적 화자의 심적 갈
등이 구체화되어 있다. 자기애를 지향하는 이드의 폭력적인 충동과
타자에의 사랑을 강조하는 초자아 사이에서 갈등하는 심리적 에너지
가 예술로 승화된 시이다. 생명으로 충만한 육체의 순수한 욕망과 그
것을 억압하려는 윤리 사이에서 고민하는 소년의 긴장과 두려움이
노란 수선화처럼 어둔 밤을 아름답게 물들이는 시이다.

2. 명왕성처럼 퇴출당한 신의 아들들

　프로이트는 『종교의 기원』에서 종교와 신경증과의 상관성을 흥미
롭게 진행하면서 정신적 외상에 대해 설명한다. 「인간 모세와 유일

---

2) 이재훈, 『내 최초의 말이 사는 부족에 관한 보고서』, 문학동네, 2005, 18쪽.

신교」라는 논문에서 유대인들이 자신들을 이집트의 압제에서 탈출시키고 새로운 가나안 땅으로 인도한 모세를 살해한 기억을 갖고 있다고 주장한다. 모세가 가르쳐준 유일신의 교리가 그들을 너무 억압했기에 모세를 살해했지만 세월이 흐르면서 모세를 죽인 죄의식과 함께 모세의 신앙으로의 회귀를 전승을 통해서 이루어왔다는 것이다. 마치 예수를 죽인 후, 죽은 예수에 대한 사랑을 재확인하고 예수의 성찬식을 되풀이하는 종교적 의식과 유사하다. 이 같은 증상이나 사고의 패턴이 신경증 환자에게도 나타난다고 그는 주장한다. 강박증을 가진 환자들이 무엇인가를 금기시하거나, 강박적으로 특정 행위를 반복하는 것 역시 속죄 혹은 자기 방어의 충동에서 기인한다는 것이다. 고대 사회의 토템 신앙에서 부족의 상징으로 신성시하는 동물을 잡아 서로 나누어 먹는 전통이 기독교에서 예수의 몸과 피를 나누어 먹는 의식으로 계승되었다고 보고 있다. 프로이트의 관점에서는 현대 종교도 고대 원시 사회의 토템 신앙과 다신교의 여러 이미지들을 계승하고 전승하고 있다는 것이다.

나는, 로버트슨 스미슨의 토템 이론을 바탕으로, 아버지를 중심으로 하던 무리는 토템을 받드는 형제를 중심으로 하는 무리로 자리바꿈을 했을 것이라고 추정했다. 평화로운 삶을 영위하기 위해서 아버지로부터 승리를 쟁취한 형제들은 아버지를 죽인 뒤부터 아버지의 소유였던 여자들을 포기하고는 족외혼속을 좇게 되었다. 이로써 아버지의 권능은 붕괴되고 가족은 모권 중심으로 재편성되었다. 아버지에 대한 아들들의 양가적인 감정 태도는 그 이후의 전 발전 단계에 걸쳐 상당한 영향력을 행사하게 되었다. 형제들은 아버지의 자리에 특수한 동물을 토템으로 세웠다. 이 토템 동물은 형제들의 조상이자 수호령신으로 받아들여졌다. 따라서 다치게 하거나 죽여서는 안되었다. 모듬살이의 남성들은 일 년에 한 번씩 한자리에 모여 의례적인 향연을 벌였는데, 그들은 바로 이 자리에서 토템 동물(평소에는 숭배의 대상이던)을 죽이고는 모두 그 고기를 찢어 나누어 먹었다. 모듬살이의 남성이면 어느 누구도 빠질 수 없는 향연은 아버지 살해의 의례적인 반복이었다. 바로 여기에서 사회적인 질서, 윤리적인 규범, 그리고 종교가 시작되었다. 로버트슨 스미스의 토템 향연과 기독교의 최후의 만찬 사이의 유사성은 무수한 내 선배 학자들의 주목을 환기시켰다.[3]

기독교의 만찬의식을 고대의 토템 동물을 제사 지내고 서로 나누어 먹는 전통과 연관시키는 것은 흥미롭다. 인간의 무의식에 자리 잡은 절대적인 아버지의 잔영과 그 아버지를 살해하는 아들들의 이미지는 인간의 개인사뿐만 아니라 역사에서 끊임없이 반복되는 증상임을 설명하고 있다. 개인의 측면에서는 유아기 때 겪은 외상 같은 것들이 잠복되어 있다가 사춘기나 성인기에 반복되어 출현하는 신경증의 형태로 나타난다. 종교에서도 부친 살해와 그에 대한 죄의식의 고통스러운 기억이 이성의 억압을 피해 은폐되었다가 전승이라는 구술의 방식 혹은 문학이나 예술의 형태로 반복되어 나타난다.

이재훈의 시 「할례의 연대기」에서는 어릴 적 경험한 폭력이 어른이 된 이후에도 수족관의 물고기를 보면 반복해서 떠오르는 양상을 볼 수 있다. 동네 형들의 짓궂은 장난에 저항하지 못하는 어린아이가

---

3) 지그문트 프로이트, 『종교의 기원』, 이윤기 옮김, 열린책들, 2007, 420~421쪽.

내면에 증오심을 차곡차곡 쌓지만 한편으로는 그 감정을 억압해버린다. 그러다 어느 순간 갑자기 자신과 동일시하였던 수족관의 물고기를 풀어주는 행위로 전치되는 것을 볼 수 있다.

> 동네 형들이 내게 침을 뱉던 날,
> 하얗다며 얼굴에 진흙을 바르던 날,
> 공중화장실 거울 앞에 서서 오줌을 내갈겼다.
> 붉은 얼굴로 욕하는 연습을 했다.
> 다행히 집엔 물고기가 있었다.
> 수족관 유리에 입술을 대고 혀를 내밀었다.
> 차갑고 막막하여 아름다운 감촉.
> 침묵을 알아버린 호흡.
> 나는 방 안에 박혀 물고기와 놀았다.
> 온 몸이 달아올라 수족관에 다리를 비볐다.
> 물고기 때문이었다.
> 악한 아이를 죽이지 못하고
> 풀밭 위에 누워 한없이 울게 된 것은.
> 나는 시퍼런 칼을 든 모험의 소년이고 싶었다.
> 영원한 슬픔에 이르는 방법쯤은 알고 있었다.
> 침착하고 고요하게 모두 죽이고 나면,
> 평정이 온다는 것을.
> 그것이 운명일지라도.
> 물고기를 호수에 풀어 주었다.
> 물에 놓자마자 내 발등을 핥고
> 허벅지를 핥고 사타구니를 깨물고는
> 서서히 깊은 곳으로 사라졌다.
> 슬쩍, 물 위에 비치는 내 몸.

온 몸에 비린내가 났다.

가랑이에서 썩은 내가 났다.

난삽한 사랑이 시작되었다.

과분하게 영원을 버릴 수 있게 되었다.

— 「할례의 연대기」[4] 부분

유대인들에게 할례는 신성한 행위이지만 한편으로는 아버지가 아들에게 가하는 거세의 의미를 내포한다. 신성한 행위가 성립하기 위해서는 반드시 금기가 선행한다. 즉 인류사에 가장 널리 퍼져 있는 근친상간에의 금지일 것이다. 어머니와 자매들에 대한 욕망을 절단하는 의미로서의 거세가 기본적인 의식의 구조로 잠입하는 것이다. 유대인들이 선택받은 백성으로서 갖는 선민의식도 거세와 깊은 연관성이 있다. 거세의 상징인 할례를 받아들임으로써 거룩한 신의 상속자가 되는 것이다. 이재훈은 소년의 거세 공포와 함께 거세를 감행하는 절대적인 아버지가 되고픈 욕망을 동시에 표출하고 있다. 그렇지만 감히 폭력을 행사하지 못한 채 풀밭에서 우는 소년은 "나는 시퍼런 칼을 든 모험의 소년이고 싶었다."라고 독백하면서, 사악한 형들을 폭력으로 진압하려는 의지를 강화시킨다. 하지만 이 욕망은 초자아의 강력한 저항 때문에 수면 아래 잠기고 이드의 욕망으로 억압될 뿐이다. 그렇지만 이 억압된 충동이 갑자기 수족관의 물고기를 호숫가에 풀어줘 버린다. 의식의 틈새를 뚫고 나오는 이 무의식적 행동은

---

4) 이재훈, 『명왕성 되다』, 민음사, 2011, 2~73쪽.

욕망의 자유로운 분출과 맞닿아 있다. 지나치게 윤리를 강조하는 삶의 굴레를 벗어나고픈 다양한 충동들, 성적 충동이나 폭력에의 욕구 등을 분출하는 방식에서 오히려 신의 윤리를 전복하고픈 욕망이 불현듯 출현한다. 그리고 그는 과감히 "과분하게 영원을 버릴 수 있게 되었다"라고 선언한다.

고대의 전지전능한 아버지를 살해한 아들들이 얻은 자유는 새로운 사회의 틀을 짜면서 공존의 삶을 추구해왔다. 그러나 현대의 양상은 아버지의 절대적 자리를 자본이라는 물신이 차지한 듯하다. 형이상학적 사유보다는 감각적 실존에 더 함몰되고, 정신보다는 육체의 가치에 더 매몰되는 듯하다. 그의 시 「만신전(萬神殿)」에서는 구원 같은 개념보다는 대도시에서 출현하는 유령과도 같은 욕망의 흔적이 그려져 있다.

> 저는 오래전 아버지를 죽이고 자유를 얻었습니다. 그 뒤
> 로 수많은 신들이 제 속에 들어와 소리를 지릅니다. 홀짝
> 홀짝 살들을 빨아 먹습니다. 가슴이 휑뎅그렁해져서 사다
> 리를 타고 허공 위에 올라갔습니다. 십자가가 네온을 켜고
> 붕붕 하늘을 날아다닙니다. 오리온을 찾으려고 별자리를
> 하나씩 짚어 보았습니다. 거인의 눈과 코와 활 오늬의 도톰
> 한 입에 손가락이 빨려 들어갔습니다.
>
> ― 「만신전(萬神殿)」[5] 부분

위의 시에서 도시를 배회하는 유령 같은 도시인의 삶을 엿볼 수 있

5) 이재훈, 『명왕성 되다』, 민음사, 2011, 36~37쪽.

다. 그가 쓴 연작시인 「대황하」에서도 마찬가지이다. 중국의 황하는 고대 중국 문명의 젖줄기로서 생명의 물이었지만 이재훈의 시에 등장하는 황하는 불모의 이미지이다. 마치 엘리엇의 「황무지」처럼 풍요의 물이 아니라 메마른 사막과 같은 느낌이 강하다. 유순하면서도 장대하게 흐르는 물줄기는 동양 철학에서는 도의 이미지로서 절대적인 진리의 현현처럼 간주되지만, 그의 시에서는 낙원을 상실한 채 끝없이 질주하는 문명의 속도에 지친 낙오자들이 드나드는 길목처럼 느껴진다. 첫 시집에서 원시 시대의 신성하고 거룩한 별을 동경하던 시적 자아가 척박한 도시문명의 길바닥을 맨몸으로 기어가는 달팽이처럼 왜소화된다. 그래서 결국 대다수의 시민들은 태양계에서 어느날 문득 퇴출당한 명왕성처럼 신의 아들의 지위를 상실한 채 서서히 잊혀져 가는 익명의 존재들이 되어간다.

아무도 모르는 그곳에 가고 싶다면, 지하철 2호선의 문이 닫힐 때 눈을 감으면 된다. 그러면 어둠이 긴 불빛을 뱉어 낸다. 눈 밑이 서늘해졌다 밝아진다. 어딘가 당도할 거처를 찾는 시간. 철컥철컥 계기판도 없이 소리만 있는 시간. 나는 이 도시의 첩자였을까. 아니면 그냥 먼지였을까. 끝도 없고, 새로운 문만 자꾸 열리는 도시의 生. 잊혀진 얼굴들을 하나씩 확인하는 버릇이 생겼다. 풍경은 서서히 물드는 것, 그리운 얼굴이 푸른 멍으로 잠시 물들다 노란 불꽃으로 사라진다. 나는 단조의 노래를 듣는다. 끊임없이 사각거리는 기계소리. 단추 하나만 흐트러져도 완전히 망가지는 내 사랑은, 저 바퀴일까. 폭풍도 만나지 않은 채, 이런 리듬에 맞춰 춤추고 싶지 않다. 내 입술과 몸에도 푸른 멍자국이 핀다. 아무리 하품을 해도 피로하다. 지금까지의 시간들은 모두 신성한 모험이었다는 거짓된 소문들, 내 속의 거대한 허무로 걸어 들어갈 자신이 없다. 지하철 2호선의 문이 활짝 열린다.

—「명왕성 되다(plutoed)」[6] 전문

　　이재훈의 「명왕성 되다(plutoed)」 시편은 최초의 아름다운 말의 부족을 찾아 떠난 시적 자아가 팍팍한 도시에서 발견하는 자화상의 한 단면이다. 아름답고 성스러운 별의 영혼임을 인식하는 연금술사가 문득 발견한 것은 초라한 소시민의 일그러진 얼굴이다. 늦은 밤 지하철에서 집으로 돌아가는 익숙한 얼굴들의 피로감이 현대 도시의 전형적인 풍경이다. 더 이상 전지전능한 신의 자랑스러운 아들도 아니고 욕망의 극한까지 질주하는 악동도 아니다. 일상의 사소한 의무감에 묶여 묵묵히 달팽이처럼 살아가는 존재들이다. 시인이 발견하는 이 작고 왜소한 자화상이 갖는 위력은 이런 데 있다. 찬란하고 거룩하게 빛나는 별이 아닌 눈에 보이지 않는 먼지처럼 사라지는 '소멸'을 꿰뚫는 시선이 예언자의 눈빛이다. 종교의 환상에 함몰되지 않으면서 허무를 처절할 정도로 직면하는 용기가 빛난다. 유대인처럼 선택받았다는 과잉된 자기 확신도 거부하고, 아버지의 억압적인 거세를 조롱하고 비웃을 수 있는 시인의 말은 하늘을 날아가는 적토마처럼 독자의 인식에 빗금을 지른다. 지나치게 엄격한 윤리 역시 억압이 되어 그 욕망을 대리적으로 분출하게 마련이고, 자유를 탐닉하는 자아 역시 먼지처럼 세상에서 사라질 뿐이다. 그러나 불멸을 꿈꾸는 연금술사의 끈질긴 욕망은 새로운 사건을 위해 기꺼이 자신을 제물로

6) 이재훈, 『명왕성 되다』, 민음사, 2011, 25쪽.

바칠 준비가 되어 있다. "불구덩이에 내 몸을 녹이고 녹여/에밀레 에밀레 신명을 내겠다./그 비밀의 성소(聖所)가 내 집이었다./소멸이/내 먹는 밥이었다."(「연금술사의 꿈」)에서처럼 소멸을 지향하는 찬란한 꿈이 빚어내는 새로운 세계가 궁금해진다. 자신의 몸을 죽여 제물이 된 고대의 토템 동물처럼, 혹은 살해된 모세처럼, 십자가에 처형된 예수처럼 시인은 자신의 말이 아득한 먼지처럼 사라질지라도 누군가의 밥이 되기를 간절히 소망한다. 기억의 흔적처럼 전승을 통해 출현하는 종교적인 사건처럼, 혹은 신경증 환자의 외상처럼 상처로 얼룩진 욕망들이 그의 시에서 다양한 양상으로 전개된다. 아주 작은 먼지일지라도 어둠을 밝히는 찬란한 별이 될 수 있음을 상기시키는 그의 통찰력이 환한 빛을 비춘다. 연금술사는 자신의 몸을 내어주듯 자신의 내밀한 언어를 내밀어 허무한 생을 건너는 불사조의 깃털이 된다.

박청륭 시인과 안창홍 화가가 교차되는 시선

1. 늙지 않는 봄날, 소년의 눈빛

안창홍, 〈봄날은 간다〉, 2007년

해운대 공간화랑에서 박청륭 시인을 만나기로 약속을 했다. 부산이란 도시에 같이 살지만 한 번도 만난 적이 없다. 그의 특이한 시를 가끔 문학잡지에서 읽기는 했지만 왠지 낯선 느낌이다. 학교를 은퇴하신 시인일 거라고 상상했다. 그런데 공간화랑에서 만나 얘기를 나누면서 알게 된 그의 시적 열정에 깜짝 놀랐다. 시에 집중하는 에너지와 시적 긴장을 유지하려는 진지한 자세에 존경심이 일었다. 고등학교 때 시를 써서 상을 받는데, 받은 상품이 김종길 시인이 번역한 '영미 시인선'이었다고 한다. 그래서 그가 시의 전형으로 삼은 것은 영미시였고, 그의 시세계에 깊은 영향을 미쳤다고 한다. 소년처럼 말하는 반짝이는 눈빛! 세월이라는 허무한 그늘도 사라지는 듯하다. 봄날은 간다지만 시인의 영혼에 깃든 시혼은 늙지 않는다. 안창홍의 그림처럼 노란 나비가 빛바랜 시간의 장막을 하롱하롱 날아다닌다.

최근에 읽은 그의 시에는 현대 문명에 대한 비판과 인간의 사악한 본성에 대한 탐색이 담겨 있다. 특히 「주피터 21」, 「등댓불」, 「북항, 제8부두」에서는 부산 바닷가에 즐비한 고층 건물과 항구의 풍경을 아주 사실적으로 묘사하고 있다. 새로운 첨단 미래도시처럼 탈바꿈한 마린시티의 고층 건물을 시로 형상화한 「주피터 21」에서는 기계 문명의 틈바구니에서 왜소화되는 인간 군상을 유머러스하게 담고 있다. 거대한 고층 건물이 마치 제우스 신처럼 인간을 통치하는 듯한 상상을 전개시킨다. 전지전능한 신처럼 우뚝 솟은 채 그 속에서 개미처럼 살아가는 인간의 욕망을 낱낱이 읽고 있는 빌딩이 주체이다. 현대인의 비만한 욕망을 닮은 듯 그칠 줄 모르는 물욕과 탐욕으로 성인병을 얻은 빌딩에 대한 의인화가 재미있게 읽혀진다. 가장 높이 올라가고 싶고, 가질수록 더 가지고 싶은 자본의 욕망이 빌딩에 투사되어 있다. 사람과 건물의 경계가 흐려지는 시점이다.

눈 그치고 바람 불면서 다시 혹한이 찾아왔다.
80 수층을 헤아리는 지상 300m 상공에서도
시고 144㎞의 강풍과
리히터 규모 7.0 강진에도 견뎌낼
SHM '횡력저항 구조시스템'을 내장한
지하 5층 동광 주피터 21, 그의 발은
열흘 넘게 이어진 영하 20여 도의 강추위,
얼어터진 동상으로 진물이 흐르고
그칠 줄 모르는 탐욕과 스트레스로 분비된
스트레스 호르몬 코르티솔이 식탐을 유발,
꾸역꾸역 멈출 수 없는 폭식으로
복부비만을 시작으로 갖가지 성인병과
끝내는 면역저하란 마지막 종착지에 이르게 하는
거멓게 죽은 피, 긴 지렁이 어혈을 뽑아낸
부항자국, 그는 만신창이다.

— 「주피터 21」 부분

현대 시인들은 왜 자본과 기계 문명의 발달에 대하여 부정적인 시선을 갖게 되는 걸까? 문득 의심이 든다. 80층짜리 고층 건물은 신비할 정도로 아름답다. '아이파크', '제니스'라는 첨단 건물들은 날렵하고 매끈한 여인의 다리처럼 하늘을 향해 뻗어있다. 벽면을 유리로 마감하여 푸르스름한 유리 옷을 입고 선 여신들처럼 느껴진다. 같은 사물에 대해 현대 건축의 아름다움을 찬미하기보다는 그 건물이 지어지는 과정에서 작동되는 자본의 탐욕에 대해 박청륭 시인은 신랄하게 비판하고 있다. 2010년에 출간한 『카인의 부적』의 서문에서 "등단 이후 지금껏 줄기차게 추구해온 내 시의 본령은 인간이 지난 악에 대한 본질 추구였다"[1]라고 밝히고 있다. 그가 이러한 세계관을 가지게 된 근원은 아마도 그의 종교인 기독교와도 깊은 연관이 있을 것이다. 이십 년 넘게 교회에 나가지 않다가 최근 신앙에 깊이 몰두하면서 죄인으로서의 자화상을 성경 속의 여러 인물들을 통해 우회적으로 표현하고 있다. 점점 물질주의로 빠져가는 현대 문명의 야만성을 그의 시 속에서 적나라하게 드러내려 한다. 그가 탐욕적인 인간의 욕망을 들추어내는 시적 전략을 선택하는 이면에는 인간의 영원불멸한 정신을 향한 열망이 내재해 있기 때문일 것이다. 표면적이고 감각적인 현대 문명보다는 본질적이고 근원적인 것으로의 회귀를 우회적으로 접근하고 있다고 볼 수 있다.

그는 「북항, 제8부두」 시편에서도 부산의 바다 풍경을 비릿하고 썩어가는 체취로 묘사하고 있다. 물류 창고에 쌓인 코카콜라와 커피 병들이 이리저리 마구 뒹굴고, 썩은 액체를 마시려 날아든 유충들만 왕성하게 번성한다. 내항을 가득 메운 애벌레 유충들은 살충제를 뿌려도 죽지 않고 살아남아 세관당국이 기름을 부어 소각하기까지 한다. 생명의 바다로 나아가는 싱싱한 부두의 이미지가 아닌 부패되고 죽어가는 바다의 이미지가 압도적이다.

---

1) 박청륭, 『카인의 부적』, 도서출판 전망, 2010, 5쪽.

드디어 당국은 기름을 부어 소각하기로 한다.

유충은 불길을 피해 수심 깊이 폐수를 따라 아래로 아래로 내려간다.

바다만 까맣게 그을 뿐 아무런 효과가 없다.

드디어 도시를 점령한 날벌레들은 다시 바다로 선회한다.

까맣게 변한 항만, 쓰레기 물 위로 모여 앉는다.

교접을 마친 수컷들은 스스로 쓰러진다.

산란 직전의 부풀대로 부푼 제 무게를 이기지 못한 암컷들은 침몰
한다.

밤사이 겨우 제 빛을 찾은 항만,

물류창고와 컨테이너 부두 가득 찌그러진 깡통만이 쌓여 있다.

— 「북항, 제8부두」 부분

부산의 풍경은 바다로 대표되는데, 박청룡 시인의 인식 속에서 바다는 오염과 부패에 신음하는 불모의 풍경이다. 「등댓불」에서도 해초와 산호까지 하얗게 말라버리고 녹색 적조에 물드는 병든 바다이다. 거대한 빌딩과 무한한 바다 역시 병들고 비만한 욕망에 짓눌려있다. 자본을 위한 수단으로 전락한 자연의 고통스런 통증을 독자에게 전달하고자 한다. 개발과 착취의 수단에서 탈피하여 바다 본연의 생명력을 되찾아주고픈 시인의 열망이 투사된 시편들이다. 싱싱한 피가 도는 푸른 바다와 인간 냄새가 진하게 배어 있는 문명의 도시를 유토피아처럼 꿈꾸는 그의 이상이 역설적으로 담겨 있다.

2. 불편한 진실에 대한 사실적인 묘사

안창홍, 〈기념비를 위한 에스키스〉, 1990년

박청륭 시인은 공간화랑의 대표인 신옥진 화상과의 인연을 이야기
하면서 동시에 자신의 예술세계와 비슷한 길을 추구하는 화가인 안
창홍의 그림 이야기를 전개한다. 신옥진은 부산의 대표적인 화상이
며, 2009년 『심상』으로 늦은 나이에 시인으로 등단하기도 했다. 그를
기억하는 것은 그가 수십 년 모은 유명화가들의 그림을 무상으로 부
산시립 미술관에 기증한 사건 때문이다. 공간화랑에 전시되었던 안
창홍의 '맨드라미' 그림이 기억을 스쳐지나간다. 박청륭은 신옥진과
의 에피소드를 재미있게 풀어놓는다. 자신이 럭비 경기를 무척이나
좋아하고, 미국의 살인 수사 드라마의 매니아임도 전해준다. 그가 쓴
「황금전갈」의 부제인 "C.S.I 殺人日記"에 대한 궁금증도 해소되는 순
간이다. 인간의 잔혹한 살인 욕망에 대한 심원한 통찰력을 보여주는
시편이다.

이백여 개가 넘는 뼈를 재조립했다.

성한 것이라곤 하나도 없었다.

돌로 마구 찍힌

한두 사람이 아닌 여러 명이 저지른

그것도 분노, 보복이란 심리적 요인이 잠재해 있었다.

그러나 그것이 아니었다.

은화 몇 푼에 매수된

우매한 군중의 분노를 가장한

정치적 음모가 개입된 청부살인이었다.

치명적 사인은

갈비뼈 몇 대를 짓이긴 무딘 창으로 마구 난자한

옆구리의 상처였다.

2천년이 지난 오늘 아침에도

폭약을 짊어진 어린 자객들이 불구덩이로 뛰어들고 있다.

　　　　　　　　　　— 「황금전갈—C.S.I 殺人日記」[2] 부분

　한 개인의 폭력이 얼핏 사적인 복수에서 비롯된 것 같지만, 정치적 음모나 종교적 신념에 의해 자행될 수 있음을 암시하고 있다. 선과 악의 구분이 명확한 것 같지만, 얼마나 그 간극이 좁을 수 있는지를 보여준다. 이천 년 전 성난 유대 군중들에 의해 죽음을 맞이한 예수 역시 기득권들의 정치적 이해관계에서 희생된 것임을 상기시킨다. 그 젊은 예수의 뒤를 잇듯 죽음의 불꽃으로 뛰어드는 아랍의 순진무구한 청년들의 폭력을 교차시킨다. 정의를 위해 자행되는 폭력의 신

2) 박청륭, 『황금전갈』, 현대시, 2006, 34쪽.

성함이 가지는 그로테스크한 힘을 폭로하고 있다. 이와 비슷한 맥락에서 그는 「카론 세큐토론」에서 로마 검투사의 이야기를 소개한다. 로마 시대에 성행했던 검투사들의 결투에서 부상당한 검투사의 고통을 들어주려고 쇠망치를 휘둘렀던 잔혹한 죽음의 신 '카론 세큐토론'을 그의 시 속으로 호명한다.

　　　백야,
　　　빛을 자르고
　　　소리와 그림자
　　　피마저 자른
　　　검투사들의 장검난무(長劍亂舞)
　　　승자도 패자도
　　　모두가 죽음에 이르는
　　　패자들의 격투,
　　　피 위에 피가 다시 엉키는
　　　온통 상처투성이
　　　혈투에 도취된 사람들은
　　　빛을 잃어가는
　　　콜로세움,

　　　　　　　　　　　　　　— 「카론 세큐테론」 부분

　눈도 코도 없는 철가면을 쓴 채 죽음의 신처럼 쇠망치로 두개골을 쳐부수는 카론 세큐테론은 어쩌면 끊임없이 '법의 이름으로' 혹은 '신의 이름으로' 자행되는 폭력의 은유일 것이다. 법의 이름으로 자행되는 폭력은 힘 없는 소수가 감히 항거할 의지조차 상실하게 만들어버린다. 국가권력이 자행하는 폭력은 국가주의 혹은 민족주의와 같은 이데올로기를 전면에 내세워 아주 잔혹하게 행사되기도 한다. 박청륭은 거대 권력의 폭력과 함께 현대인의 개인 내면에서 작동되는 욕망과 폭력의 얼룩들을 채집하듯이 사실적으로 폭로시킨다.

현대인의 욕망과 폭력적 성향을 아주 적나라하고 솔직하게 묘사하는 안창홍의 그림은 파격적이다. 상품이 되어 팔리기 좋은 아름다운 그림보다는 세상을 통찰하는 날카로운 시각을 전달하고자 하는 열정이 가득한 화가이다. 박청륭이 안창홍의 그림 제목들을 엮어서 완성한 시가 「푸른 빛 면류관은 잠들지 못한다 ─ 안창홍, 기념비를 위한 에스키스」이다. 부산의 대표적인 화가이면서도 학력이나 지연에 얽매이지 않는 자유분방함으로 그가 개척한 한국인의 초상화는 섬뜩하고 이질적이고 때로는 불편하다. 그래도 그가 대중들의 기억에 훌륭한 화가로 각인되는 까닭은 솔직하게 자신을 직면하는 용기 때문일 것이다. 박청륭 시인은 자신의 시에서 추구하는 인간의 악마성을 가장 잘 드러내는 화가가 안창홍 시인이라고 말한다. 그가 부제로 쓴 '기념비를 위한 에스키스'라는 그림은 인간의 성적 욕망을 조각상처럼 그려낸 작품이다. 그 적나라함에 언뜻 섬뜩하지만 예술가로서의 강한 집념이 느껴진다.

무례한 복돌이의 그날의 기억,
위험한 놀이
─**살인의 추억**을 떠올리면
언 흙이 녹아 부석부석 떨어진
벽에 걸린 **가족사진**과 더불어

명상에 잠긴 49인이 스쳐가고
부석부석 부어오른
부서진 얼굴들.
고비사막 여기저기 흩어진
뼈만 남은 짐승들의 박제.
소(牛)품에 안긴
벌거벗은 화가 창홍, 안(眼)이 보인다.
사람들은 둘러서서
못 본 척 곁눈질들이지만
헐떡헐떡 신나는 **순돌이의 바캉스**
헐레(婚禮)는 진행 중이다.
종일 지겹도록 겉돌고 있는
　ー봄 날 은 간　다 〈LP판〉
양귀비 언덕 위엔 곤충채집 **해골채집**
채집, 채집, 채집 분주하다.
안구척출범(眼球剔出犯)을 찾아라.
앞 못 보는 구천(九天)을 떠도는
사자(死者)를 위한 미사(彌撒)도 준비하게.
화가의 심장을 둘러 싼
찔레가시 하나하나에 번지는 피.
아직 그대 잠들지 못 한
꿈 빛 붉은 **거인의 잠이여.**
푸른 빛 면류관을 꿈꾸는가.
평생 싸갈긴 쌓이고 쌓인
화가의 똥ー꼭지에 앉아 뭘 보는가.
코를 찌르는 달갑잖은 향기,
높은 정상, 보이는 것이라곤
빈 하늘뿐

안창홍, 〈무례한 복돌이〉, 2010년

그대 또 무엇이 보이기 시작하는가.

* 안창홍의 작품명
— 「푸른 빛 면류관은 잠들지 못한다−안창홍, 기념비를 위한
에스키스」 전문

안창홍은 박수근처럼 미대를 졸업하지 않았다. 부산의 동아고등학
교를 졸업한 이후 줄곧 자신만의 독창적인 미적 세계를 혼자 구축해
온 화가이다. 제도권의 아카데믹한 교육을 받지 않은 것이 어쩌면 그
의 미술을 위해서는 다행스러운 것이 아니었나 싶다. 도덕적 금기나
체면 같은 관습의 틀을 여지없이 비웃고 조롱하는 듯한 그의 작품이
대중에게 큰 호소력을 갖는 이유는 솔직함 때문일 것이다. 이러한 안
창홍의 세계를 개관하는 박청륭 시인은 화가의 이력이 담긴 두툼한
도록을 넘기듯 그의 미술에 대한 비평을 시적으로 조각하고 있다. 소

파에 이상한 포즈로 누워 있는 여자의 엉덩이에 코를 갖다 대는 개의 모습은 우스꽝스럽기도 하고 역겹기도 하다. 그런데 날카롭게 긴장된 눈으로 화가를 응시하는 모델의 표정이 낯설다. 화가를 응시하는 동시에 그림을 보는 관객을 응시한다. 동시에 박청륭은 그의 시를 읽는 독자를 응시한다.

황금전갈의 가면, 혹은 카론

안창홍, 〈화가의 똥〉, 1999년

세큐토론의 철가면처럼 수많은 가면에 둘러싸인 한국인의 복잡하고 무거운 심리를 박청륭은 그의 시의 주된 모티프로 삼고 있다. 교양과 체면의 무게에 짓눌린 지식인의 고뇌와 말랑말랑하고 아름다운 서정의 세계에 함몰된 시에게 자신의 긴장된 목소리를 전달하고자 한다. 안창홍의 〈화가의 똥〉은 기발한 예술가의 초상화이다. 높은 탑 정상에서 벌거벗은 채 휴지뭉치를 마치 칼처럼 들고 황금빛 똥을 싸고 있다. 돈의 권력에 휘둘리는 미술 시장에 대한 경고처럼 들린다. 화가의 창작정신보다는 돈의 가치에 매몰되는 예술은 똥에 지나지 않는다는 신랄한 풍자이다. 모든 것의 척도가 자본에 의해 결정되는 현대의 통속성과 잔인성을 전복하는 도발적 발상이다. 박청륭 시인이 안창홍에게 매혹되는 이유도 그가 지향하는 시적 세계의 종착점과 유사하기 때문일 것이다. 은폐하고 미화시키기는 가면들의 세계를 확 벗겨내고 맨살 같은 신랄한 언어의 칼을 휘두르고 싶은 검투사가 그의 자화상이다. 화가의 똥은 황금색이지만 시인의 똥은 아마도 검은 똥일 것이다. 하얀 종이 위에 써 내려간 글자들이 미처 소화되지 못해서 쌓여가는 검은 똥, 그것이 어쩌면 현대 시인의 초상화인지 모른다.

아내의 가슴과 새의 근육에 대한 향수

— 장인수론

1. 아내의 가슴에 대한 싱그러운 상상

시가 아름다운 사람도 멋있지만, 시와 함께 고고한 인격을 갖춘 시인이 그리워진다. 시인으로서의 자존심과 용기 그리고 비굴하지 않은 그 무엇을 갖춘 시인에게 다가서고 싶다. 은은하게 동료나 후배 시인들을 배려하는 여유를 가진 시인, 문학상에 대해서도 초연하고, 묵묵히 지방에 묻혀 있거나 서울의 빌딩 숲 사이에 숨어 있어도 청정한 향기가 나는 선비 같은, 세련된 감수성의 시인이 그립다. 그에게 가서 어깨 한쪽을 살포시 기대고 싶다. 시적 기교나 언어에 대한 숙련공이 아닌, 한 시대를 관통할 수 있는 넉넉하고 진중한 사유의 폭과 우렁찬 울림을 전하는, 때로는 천둥처럼 영혼을 뒤흔들어줄 수 있는 눈 밝은 사자를 기다린다.

장인수의 두 번째 시집인 『온순한 뿔』의 후기에 재미있는 일화가 있다. 대학 2학년 때, 그가 『현대시학』에 시를 투고했을 때, 그의 스승인 오탁번 선생님이 "지금 등단하면, 겉멋이 들 수 있다"라는 충고를 해서, 그가 써온 작품들을 북한산 바위 밑에 몽땅 묻어버렸다는 의미 있는 일화가 소개되어 있다. 시집을 다 읽고 난 후 흔히 보이는 평론가의 진중한 비평보다 시인의 이러한 사소한 삶의 조각들이 감동스럽다.

영화 〈로미오와 줄리엣〉의 주인공이었던 올리비아 핫세가 결혼한 남자를 선택한 이유를 물었을 때, 그녀는 아주 신선한 대답을 했다고 한다. 대부분의 남자들이 그녀의 풍만한 가슴에 시선을 먼저 두어 그녀의 눈 색깔이 무슨 색깔인지 잘 몰랐다고 한다. 그런데 그녀가 선택한 남편은 그녀의 눈 색깔이 초록색임을 아주 잘 알아내어서 그를 선택했다고 한다. 여성의 가슴은 남성에게 있어서 욕망의 절대적 대상임이 확실하다. 라캉이 말한 바 있는, '부분대상(objet petit a)'이다. 영원히 채워질 수 없는 욕망의 비애는 결핍을 동반한 인간의 실존인지도 모른다. 남성 시인들이 여성의 질이나 자궁, 가슴에 대한 시를 시적 소재로 활용할 때, 그 접근 방법이 대부분 유사한 패턴을 보여준다. 어머니에 대한 시를 거의 상습적으로 활용하는 남성 시인들의 경우에 너무 정형화된 어머니상에 고착되어 있다. 어머니의 모성을 지나칠 정도로 미화하고, 유년기의 시골에 사는 어머니의 한없는 사랑을 찬미하는 시들을 보면 식상할 때가 많다. 남성적 시각에서 어머니라는 이미지를 통해 여성의 다양하고 다면적인 측면을 꿰뚫어보지 못하고 숭고한 모성으로 고착시켜 버리는 것 같아 씁쓸하다. 그 이면을 뒤집어보면 따스한 시적 언어의 이면에 도사린 가부장제의 또 다른 억압적 사유가 배어 있기 때문이다.

그런데 장인수의 첫 시집 『유리창』에서 제일 잘 쓰여진 시로 눈에 확 들어오는 시가 있다. 시집 전체는 비교적 경쾌하고 따스한 서정으로 일관되어 있다. 시어가 대체적으로 단정하고 편안하게 전개되다가, 아내에 대한 시에서는 시적 긴장과 촘촘하게 짜여진 시어의 밀도가 아주 두드러진다. 「아내의 가슴에는 유쾌한 방이 있다」에는 욕망의 대상으로서 여성의 가슴에 대한 본능적인 욕구와 성적 충동, 생명에의 충만 등이 가득하다.

> 여자로 태어나 때가 되면 가슴이 봉그러지고 유방이라는 방이 생긴다. 결혼하면 그 방에는 온갖 동식물이 살아가기 시작한다. 첫애를 낳고 탱탱 불어오른 아내의 유방을 밤새 뜨거운 수건으로 찜질하면서, 땀 주르룩 흘리는 내 손목이 아리도록 노란 초유를 짜고 또 짜면서 아내의 가슴에서 둥둥 울려나오는 우렁찬 북소리를 들었다. 노란 초유를 찾고 있는 아기의 울음소리였다. 천둥! 아내의 가슴방에 천둥이 살고 있었다. 이후로 아기가 뛰어노는 아내의 방은 화덕이 되어 후타닥거리고, 후라이팬이 되어 딩동거리고, 절구통이 되어 쿵덕거리고, 냄비가 되어 달그락거리고, 과자가 되어 바삭거리고, 이승엽이 친 야구공이 되어 허공의 경계선으로 질주하고, 샘물이 되어 콸콸거리고, 악어가 되어 늪을 파충류의 궁전으로 만들고, 들고양이가 되어 광야로 내달리고, 비버(Beaver)가 되어 나무들을 물어다가 수중에 둥근 집을 짓고, 미역이 되어 끈끈하고 말랑말랑한 점액을 흘리고, 도룡뇽이 되어 바위 밑을 들락이며 물살의 힘줄을 파닥였다. 아기의 성장에 좋다며 아내는 양파 음식을 즐겨 먹었고, 아내의 가슴방에서는 맵고 달큰하고 쌉쌀한 양파가 싱싱하게 자라기 시작했다.
>
> ─「아내의 가슴에는 유쾌한 방이 있다」 전문

위의 시에서는 욕망의 대상인 '오브제 a'에 대한 사유가 아주 싱싱한 상상력으로 전개된다. 아마도 한국 시에서 유방에 대하여 이렇게 다채로운 사유를 전개시킨 시인은 장인수가 처음일 것이다. 여성 시인들조차도 어린 생명을 볼 때 젖이 돈다는 정도로 넌지시 얘기했을 정도이다. 갓 아이를 낳은 산모의 퉁퉁 불어난 젖과, 그 젖을 처음 물릴 때의 찢어지는 젖꼭지의 아픔 등을 잘 묘사하고 있다. 아버지로서 방관이나 하는 것이 아니라 손목이 아플 정도로 아내의 젖을 짜내는 아빠의 순수한 부성이 아주 잘 구체화되어 있다. 산모를 위해 데워놓은 방에서 자라나는 온갖 생명체의 싱싱한 울림으로 이 시의 파장은 온 우주에 존재하는 생명의 탄생으로 확장된다.

2. 염소의 뿔과 시의 뿔 사이에서

시인에게 있어서 자연에서 자란 유년의 추억은 아주 소중한 자산이다. 도시적 풍광이 유년기의 기억에 남긴 흔적과 평화스러운 시골의 자연이 남긴 흔적은 차이가 크다. 사계절의 변화에 따라 여러 가지 추억을 간직한 시인들의 눈빛에는 따스한 무언가가 있다. 도시적 세련됨과는 차이가 나지만, 그 내면 심성에서부터 타자를 위로할 내공을 습득한 경우가 많다. 유럽의 대도시를 가면, 도시 자체가 하나의 예술품임을 절감한다. 건물 자체가 갖는 매력에 황홀해질 때가 있다. 어릴 때부터 보아온 고급 미술에 대한 감각이 그들의 삶 전체를 관통하는 힘이 됨을 새삼 느낀다. 어릴 때 보았던 우아한 기와지붕과 아주 가끔 보았던 초가지붕의 아늑한 능선이 그립다. 장인수 시인의

시에서는 염소에 관한 두 편의 시가 정겹다. 유년기의 추억에 깊이
내재한 사물과 동물에 대한 섬세한 관찰이 시로 태어났을 때, 전해주
는 감동은 아주 깊다

시골집에는
짐승이 뛰놀던 터가 있다
평상(平床)에 누워 있으면
살살 발가락을 핥아대던 짐승
초등학교 때 염소를 쳤다
다섯 마리가 불어서
삼십 마리가 넘은 적이 있다
등교할 때 냇둑에 풀어놓았다
느닷없이 소나기가 퍼부은 날
우루루 학교에 몰려와
긴 복도에서 서성거렸다
비 그치고 내가 앞장을 서니까
염소들이 새까맣게 하교를 했다
염소는 수염이 멋있었다
암컷도 살짝 수염이 나 있었다
사실 염소는 새까맣고
주둥이는 툭 튀어나왔고
울음은 경운기처럼 털털거리고
아무거나 먹어치우고
두엄에도 잘 올라가는 천방지축이었다
얼룩을 좋아하고
뿔도 비뚤어졌고
농작물도 닥치는 대로 뜯어먹고

신발 끈도 씹어 먹으며

나쁜 짓을 골라서 하는 골목대장이었다

하지만 먼 곳의 소리에 귀 기울이고

높은 바위를 잘 타며

구름 속 비 냄새를 맡을 줄도 알고

꽃도 열심히 따 먹고

가시 달린 찔레순도

찔리지 않고 잘 씹어먹었다

무엇보다도 눈썹이 길어서

눈가에 하늘거리는 멋진 그늘을 가졌고

뿔은 온순한 고집이었다

염소도 식구였는데

지금은 터만 남아있다

— 「온순한 뿔」 전문

　　시골에서 어릴 적에 집에서 기른 까만 염소들을 떠올리며 쓴 이 시에는 염소에 대한 따스한 애정과 함께 시인으로서의 자신의 고집을 넌지시 얘기하고 있다. 염소의 온순한 뿔처럼, 자신만의 뿔을 갖고 싶어 하는 열망을 내비친다. 후반부의 "구름 속 비 냄새를 맡을 줄도 알고/꽃도 열심히 따 먹고/가시 달린 찔레순도/찔리지 않고 잘 씹어먹었다/무엇보다도 눈썹이 길어서/눈가에 하늘거리는 멋진 그늘을 가졌고/뿔은 온순한 고집이었다"를 통해 그의 시세계가 지향하는 관점을 드러낸다. 천방지축이고 제멋대로인 염소이지만, 염소의 호기심 많은 눈빛 안에서 꽃을 따 먹는 마음을 읽어낸다. 서정시의 매력을 발산하는 시이다. 반면에 최근에 쓴 「콧구멍의 힘」에서는 흑염소의 남성적 야수성을 포착하고 있다. 발정기에 접어든 흑염소의 콧구멍에 렌즈를 갖다 댄다. 식욕과 성욕에 탐닉하는 인간의 내적 본성을 흑염소에 투사시키면서 온순한 뿔이 아닌 야성의 뿔을 적나라하게 묘사한다. 그가 지향하는 시의 뿔이 변화되고 있음을 읽을 수 있다.

> 흑염소만큼
> 콧심이 왕성한 족속이 있을까
> 가파른 시간의 오르막길인
> 절벽을 성큼성큼 뛰어올라
> 솔잎을 뜯어먹을 때
> 벌름거리며 씩씩대는 콧구멍의 근육
> 뚜껑이 없는 까만 콧구멍
> 멀리 지구의 날개짓이 되어
> 절벽을 포르릉 건너는 나비를 향해
> 음메에에에에 ―
> 펄펄 끓어오르는 콧심의 운력
> 열애를 갈망하며 허공의 울림을 직조하는
> 비음의 점액질
> 푸른빛 넘실거리는 지구 행성의 가파른 절벽에
> 나뭇잎 사이에
> 펼쳐진 처녀지를 향해 뿔질을 하며 맹렬히 우는
> 비음의 발정
>
> ―「콧구멍의 힘」 전문

까만 흑염소가 가파른 절벽에 올라서거나, 처녀지를 향해 뿔질을 맹렬히 해대면서 울어대는 시적 비유는 남성의 성적 욕망에 대한 비유를 떠올린다. 절벽을 포르릉 건너는 나비를 향해 끓어오르는 애욕을 태우는 흑염소의 욕망은 의식의 검열이나 제도의 금기에 전혀 상관하지 않는다. 본능적 충동 그 자체로서 시 속에 존재한다. 금기와 억압의 일상을 훌쩍 뛰어넘고픈 시적 자아의 무의식을 표상하는지도 모른다. 간장이 든 커다란 장독을 깨트리든지, 입산금지라는 붉은 표지판이 붙은 절벽을 오르고 싶은 충동을 흑염소가 보여준다. 온순한 뿔의 염소가 거칠고 반항적인 뿔로 변화함을 감지할 수 있다. 시의 뿔이 언제까지나 말랑말랑하고 단정한 서정의 세계에만 갇힐 수 없다. 따스한 위로의 말과 아름다운 언어의 절묘한 가락만을 울린다고 해서 시대를 관통하는 진정한 시인이 될 수 없음에 대한 깨달음이 아닐까. 아무도 가보지 않은 시, 그 누구도 사랑해주지 않는 험난한 고독에 들어갈 수 있는 시, 그 막막한 절벽에 대한 인식의 눈이 흑염소의 눈빛이다. 절규에 가까운 울음이다. 꽃의 목마저 가볍게 쳐내릴 수 있는 서늘한 언어의 칼을 갖고 싶은 흑염소의 욕망이다. 나를 구속하는 사슬이여, 제발 떠나가라. 징징거리며 내 곁에서 서성이지 말라. 칼끝이 나 자신을 향할까 두렵다. 벌렁거리는 내 심장을 보호해다오. 난 절벽도 무섭지 않다.

3. 새의 알 수 없는 근육

새라는 모티프는 시인들이 가장 사랑하는 소재 중의 하나이다. 문제는 나만의 새를 어떻게 창조하느냐일 것이다. 새의 가벼운 날개와 창공을 가르는 아득한 높이, 지상에 한 발을 담그고 있지만 언제나 떠날 준비를 하는 시인들의 가벼운 영혼을 닮았기 때문이다. 새의 가난함은 새의 생리적 구조이지만, 시인의 가난은 무엇일까? 시라는 예술 창작을 위한 선택적 가난이라고 미화시킬 때도 있지만, 어떨 땐 시인 개인의 현실 적응능력이 부족인 탓도 있어 보인다. 가난한 시인이라고 무조건 예찬할 시대는 이미 지난 것이 아닐까? 자본주의의 부정적 측면을 비판하면서도 자본주의가 베풀어주는 이상한 열매에 대해서는 은근히 동경하는 위선적인 면도 많다. 가장 신랄하게 비판하는 자가 가장 먼저 그 맛을 보는 경우도 종종 보게 된다. 시인의 의식 속에 끼어드는 거지 같은 마음을 벗어버리고 싶다. 내 안에 존재하는 이 모든 모순을 깨부수고 싶다. 모순 자체가 나의 무의식이며, 나의 충동이며, 나의 시이며, 나의 어긋난 삶이다. 그래서 새의 날개가 무겁다.

장인수의 새는 가벼운 날개가 아닌 단단한 골격과 근육을 지향한다. 일상에서 쓰지 않는 새의 근육은 시적 언어이다. 그 언어는 일거에 날아올라 바다에 풍덩 빠지기도 하고, 우루루 무리지어 하늘에 이마를 처박는다. 정작 새는 자신들의 생존에 목숨을 걸고 하늘을 날고 먼 거리를 이동하고 울음소리로 적을 경계하는 것인데, 시인들에게는 언제나 동경의 대상이다.

> 갈대밭에 수만 마리 철새들이 묵고 있다. 소곤대고 있다
> 그러다가 일거에 날아올라 다도해의 풍경 속에 풍덩! 빠진다
>
> 새는 일상생활에서는 거의 사용하지 않는 근육을 꺼내어

사원소(四元素)의 몸짓으로, 끈의 파동으로 날아오른다
자신의 울음을 다 각혈하는 날개
구름의 미토콘드리아에서 용출하는 파닥임

새는 그곳 하늘의 각질을 뚫고
자신의 근육을 박해하며 미립자의 세계를 항해한다

새는 구름과 바람의 심장부로 다가가
지상이 알지 못하는 밀약을 맺고 있는 것은 아닐까

한참을 순회하다가 다시 순천만에 착륙할 때
새의 물갈퀴에는 방금 새로 일렁이며 잔물결이 태어난다
잔물결을 따라 새의 근육도 생성되고 있다.
　　　　　── 「새는 알 수 없는 근육을 지니고 있는지도 모른다」 전문

　최근 장인수의 시에서는 자연에 대한 묘사에 과학적 접근성을 시
도하는 흔적이 역력하다. 감상적인 자연보다는 보다 객관적인 자연
에 자신의 내면의 정서를 투사하고자 하는 변모를 보인다. 새에게서
알 수 없는 근육을 탐지하는 시인의 감각이 새롭다. 가볍기만 할 것
같은 새에게도 날기 위해서는 숨겨진 근육이 있어야만 한다. 그 근육
으로 하늘에 부딪히기도 하고, 구름 너머에 가서 무지개를 만날 수도
있을 것이다. 어쩌면 엄청난 폭풍우에 휘말려 죽을 수도 있다. 시인
에게 있어서 죽음은 무슨 의미인가? 시인으로서의 삶은 무엇인가?
시인들도 넘쳐나서 시인이라는 말을 하기가 부끄럽고 감추고 싶어질
때에 여전히 시인이 되기를 꿈꾸는 허망한 새들, 왜 시를 꿈꾸는가?

왜 시인이 되어야만 하는가? 장인수 시인은 더 높은 비상을 위해, 주말이 오면 아버지의 논에서 쟁기를 끌거나 경운기를 운전한다. 나는 요가를 하러 간다. 컴퓨터 앞에 오래 앉아 딱딱하게 굳어진 목과 어깨를 유연하게 하기 위해서다. 유연한 근육을 가진 새와 튼실한 근육을 가진 새가 날아가는 창공에 황홀한 햇살이 비치는 봄날이다. 막울음이 천둥처럼 터질 것 같은 봄빛이다.

봄눈의 전설

— 정영태론

1. 백년 만에 내린 눈 속으로 떠난 시인

백년 만에 폭설이 부산에 내렸다. 2005년 3월 6일이었다. 바다도 눈에 갇혔고 회색빛 도시인들은 하얀 눈밭에서 어린아이처럼 들떴다. 밤새 함박눈이 내릴 때 정영태 시인은 시를 썼다고 한다. 혈압이 높아 쓰러진 후, 거동이 불편한 상태에서 천진한 눈사람처럼 밤새 시를 쓴 후 새벽에 이상을 느껴 병원으로 가는 길에 돌아가셨다는 비보를 들었다. 출근 시간대였고 눈 때문에 긴 터널 안에서 차가 움직이지 않았다. 눈 내리는 봄날에 전설처럼 그가 꿈꾸었던 시의 나라로 떠났다. 그를 보내고 난 뒤 함박눈이 내리면 그를 떠올린다. 특히 봄눈이 내리는 날에는 미완성 교향곡을 듣는 것처럼 미완성으로 끝난 그의 삶을 아프게 추억한다.

부산 작고문인 재조명 세미나 토론을 위해 그의 시집을 찬찬히 읽어보면서 놀랐다. 그는 1949년 부산 출생이고 1985년에 『시문학』으로 등단한 이후, 첫 시집인 『결국 우리의 아픈 침묵 속에』를 1986년에 출간했을 당시의 나이가 37세였다. 연이어 시집을 계속 출간했고 마지막 시집인 『그대, 사랑, 욕망』을 1997년에 냈을 때의 나이가 48세이다. 돌아가신 나이가 56세임을 살피면서 문득 놀랐다. 그가 살아 있을 때 출간한 7권의 시집은 대략 11년 동안 창작한 것이다. 회고시선집인 『우주관측』(시와 사상사)은 돌아가신 이듬해인 2006년에 『시와 사상』 동인들이 출간했다. 그가 30, 40대의 시기 동안 얼마나 시 작업에 치열하게 매진했었는지를 감지할 수 있는 부분이다. 그리고 자신의 시이론이 집약된 평론집 『밤을 위한 시론』(전망)도 1994년에 출간한다. 시와 평론 등 굉장히 열정적으로 문학에 헌신한 시기였음을 알 수 있다.

그토록 왕성했던 시 창작이 1994년 『시와 사상』을 창간한 이후에는 본인의 시 창작보다는 잡지에 엄청난 열정을 쏟은 것 같다. 서울 중심의 문화에서 지방의 열악한 여건을 딛고 시전문지를 창간해 키워나가려 헌신했던 모습을 가까이에서 지켜보았다. 사실 그때는 그의 시세계에 대해서 잘 알지 못했다. 문단에 등단하기 전인 1995년부터 나는 『시와 사상』에 편집동인으로 참여해왔다. 김경수, 박강우, 송유미 편집장 등과 함께 편집을 할 때, 정영태 시인을 편집회의에서 만나기도 하고 사석에서도 자주 만났다.

내게 각인된 정영태의 이미지는 자신을 희생하는 선배 시인으로서의 모습이다. 편집동인에 가입한 이후, 나중에 들어온 정익진, 김종미, 배기환, 강달수 시인과 함께 『시인의 마을』이란 동인지를 만들면서 정영태 선생님께 시를 배운 기간이 있었다. 남포동의 어느 술집에서 시 공부를 위해 모였는데 그때 선생님이 하신 말씀이 아직까지 기억에 남아 있다.

> 주위의 의사들이 나를 참 부러워해.
> 시를 계속 쓰면서 『시와 사상』 잡지를 발행하고
> 후배 시인들도 지도하는 나를 보고 부러워해.
> 난 한밤중에 시를 쓰면 아주 행복해.

선생님은 술에 약간 취해 있었고, 정익진, 김종미 시인과 함께했던 자리였다. 제자들의 습작시를 지도하는 방식도 남달랐다. 시에 대하여 섬세한 시평을 해서 나누어주는 모습이 감동적이었다. 때로는 제자의 시를 자신의 방식으로 개작해서 비교해주었다. 동일한 소재를 시인에 따라서 어떻게 다른 방식으로 창작할 수 있는지를 보여주면서 언어를 다루는 기법을 설명하였다. 사실, 그러한 방식으로 시 창작을 지도하면 많은 시간을 할애해야 하기 때문에 희생을 감수해야 한다. 그렇다고 돈을 받고 지도한 것도 아니었다. 그 바쁜 병원 일과 잡지 발행인으로서의 일도 있었는데 그는 자신의 시작보다는 『시와 사상』과 후배 동인들을 위해 헌신하는 시간이 더 많았다. 새삼 토론을 준비하면서 그의 연보를 꼼꼼히 훑어보다 그 사실을 깨닫고 마음이 숙연해진다.

아름다운 시인은 누구일까? 등단한 이후 문단 활동을 하면서 유명하고 시를 잘 쓰는 시인들을 많이 만났지만 의외로 인격적으로 감화를 주는 시인을 만나기가 쉽지 않다. 대부분 자신의 시를 위한 헌신과 칭찬에 목말라 하고, 후배나 동료 시인을 배려하기보다는 자신의 시적 성취를 위한 정치적 욕망에 충실한 모습을 보일 때가 많다. 일반인들에 비하면 훨씬 아름다운 열정이기에 이해할 수 있지만 가끔 쓸쓸해지기도 한다. 내가 정영태 시인을 그리워하는 이유는 부산 문단을 위해 헌신하고 후배들의 문학적 성취를 진정으로 기뻐하고 격려해주었던 점이다. 부산에서 국제 영화제를 개최한 후로 한국 영화가 질적으로 성장하고 세계적으로 주목을 받은 것처럼, 『시와 사상』이란 매체 덕분에 전국적으로 인정을 받는 부산 시인들을 많이 배출하는 데 기여했다고 볼 수 있다. 발표 지면이 턱없이 부족했던 지방 시인들에게 커다란 버팀돌이 되어줄 뿐만 아니라 모던한 기획물들은 연구자들에게도 많은 도움을 주어왔다. 이러한 것들은 정영태 시인의 희생이 밑거름이 되어 거둔 열매일 것이다.

2. 놀이와 유희로서의 시 쓰기

손남훈 평론가가 쓴 정영태 시인의 시세계를 조명한 「파괴와 생성의 놀이」라는 평론은 매혹적이고 아름다운 감동을 선사한다. 과거와 미래를 통찰하는 고고학자와 예언가의 언술을 소개하는 듯하면서 시인의 언술과 시간관을 펼쳐 보인다.

시인의 시선은 예언가의 종말을 향한 언표와, 역사가나 고고학자의 과거를 향한 탐구보다 더 먼 과거와 미래를 향하고 있다. 과거보다 더

> 과거, 창조 이전까지 상상하는 과거를 향한 극단적인 벡터와 미래보다
> 더 미래, 종말 이후까지 상상하는 미래를 향한 극단적인 벡터가 상호
> 공존하고 있는 것이다

라고 시인의 시간관을 피력하면서 정영태의 시세계는 가능태로서의 공간, 혼돈과 질서를 동시에 내포하는 공간이라고 설명한다. 이러한 그의 해석 방식이 신선하게 와 닿는다. 시인이 창조하는 세계는 전통적으로 구축한 시간관과 공간 개념을 전복시키는 상상력이 충만해야 한다.

정영태 시인의 우주적 상상력은 특이하다. 그의 시에 자주 등장하는 눈의 이미지는 기존의 서정시에서 하얗게 내려오는 위안의 이미지와는 판이하다. 외계에서 침략하는 존재이거나 때로는 폭력적인 이미지까지 내포한다. 눈에 관한 연작 시편들에서 눈의 이미지는 기존의 인식과는 전혀 상반된다. 그의 이러한 성향은 다분히 모더니즘적 시적 취향을 보여주기도 한다. 특히 세 번째 시집인 『꿈의 끝이 여기에 있다』(문학세계, 1989)에서 그러한 양상이 두드러진다. 사물을 바라보는 자신만의 독특한 감수성과 미적 실험을 지향하는 면이 엿보인다. 그런데 후기 시집에 해당하는 『어머니와 함께 블루스를』(전망, 1993)에서는 시의 내용면에서는 모던한 현대의 일상을 담고 있지만 서정성이 물씬 풍기는 느낌이다. 이에 대해 문선영 평론가는 정영태 시인을 신서정의 풍경을 보여주는 시인이라고 주장한다.

> 정영태의 시편들은 도시일상의 서정이며 환멸의 서정이기도 한 이
> 른바 신서정의 풍경을 보여주고 있다. 팝송과 영화 같은 익숙한 대중

문화 속의 숨은 의미들을 인용, 패러디하기도 하며 일상에 매몰되고 왜곡당한 산업사회의 삶을 비판함으로써 이 시대의 올바른 인간의 정체성을 찾기 위한 탐색의 현대주의적 표현으로 가득 차있다.

위의 내용처럼 정영태의 시적 경향은 내용적 측면에서는 모더니즘적 의식을 추구하지만, 시의 발성법에서는 서정적 전통을 계승하는 모습을 보인다. 이러한 정영태의 시적 특이성은 아마도 끊임없이 새로운 실험을 감행하려는 시적 전략에서 비롯된 것이다. 심도 있게 논의할 필요가 있다고 여겨진다.

놀이와 유희의 공간으로서 그의 시를 해석하는 측면은 흥미롭다. 그 유희 공간은 창작의 희열로 가득 찬 공간이고, 무의식의 해방구이다. 그래서 때로는 살인, 강간, 폭력에 관련된 이미지나 시어들이 시 속에 등장한다. 그것은 꿈의 영역 안에서 이루어지고, 상상적 욕망으로 표출된다. 정영태 시인에게는 시를 쓰지 않는 것이 오히려 고통이 되는 역설이 존재한다. 글쓰기의 고통보다는 글쓰기를 통한 해방을 추구하는 리비도가 그를 폭풍처럼 시를 휘몰아 쓰게 한 것이다. 짧은 시기에 열정적으로 다수의 시를 창조한 점을 높이 평가하지만, 시적 완성도에서는 문제점이 제기된다. 보다 정교하고 세련된 시적 기법에 대한 아쉬움이 남는 점도 부인할 수 없다. 이러한 그의 한계에 대하여 강선학 평론가는 다음과 같이 비판한다.

정영태의 말 중 '시를 쓰는 쾌락에의 탐닉'이란 표현이 있다. 이 말은 시 쓰는 일을 일상적 생활과 용해된 상태로 볼 수도 있지만 시를 쾌락의 수단으로 삼는 안이한 시적 인식으로 파악할 수 있다. 바로 이 말을 부정적인 시각에서 해석하는 영역에 정영태의 시들은 너무 몰입해 있는 것 같다. 그렇기 때문에 삶과 세계, 존재와 영혼에 대한 고뇌와 갈등의 흔적을 그의 시 속에서 찾기는 힘들다. 그저 그만그만한 일상 적인 것들이 시인의 내면화된 의식 속에 헹구어낸 언어들로 가득하다.

위의 글은 『꿈의 끝이 여기에 있다』 시집의 해설 말미에 실린 부분 이다. 다소 신랄하게 정영태 시의 한계를 지적하고 있다. 인간 내면 세계의 욕망에 대한 탐색을 시도한 이 시집에서 시어들은 단정한 편 이지만 시의 내용에는 사디스트나 마조히스트 등 프로이트의 『꿈의 분석』에서 논의되었던 의미들이 산재해 있다. 그러나 90년대에 출간 된 시집들에서 훨씬 진전된 시적 성취를 획득하고 있다. 『어머니와 함께 블루스를』에서는 최근의 젊은 시인들의 시에서 두드러지는 혼 종의 양상이 보인다. 음악, 영화, 대중문화의 이미지를 복합적으로 차용하면서 독특한 시세계를 구축해나간다. 그렇지만 1997년 마지막 시집 이후에 그는 『시와 사상』에 혼신을 기울인 탓에 그의 시가 미완 성된 것 같은 느낌이다. 그리고 그의 시에 대한 평가 역시 학계나 문 예지를 통해 충분하게 논의되지 않은 것 같다. 강한 자력을 내포한 정영태의 시세계에 대한 보다 다양한 해석들이 계속적으로 이어지기 를 기대한다.

3. 밤을 위한 시론

1990년대 신서정의 경향이 두드러진 『어머니와 함께 블루스를』에 실린 「밤나라에서 온 아이」를 읽었다. 그의 삶과 시와 죽음이 예언되어 있는 듯해서 놀라웠다. 손남훈 평론가는 시인은 고고학자나 예언가를 뛰어넘는 시간관과 감수성을 지닌 존재라고 언명했는데, 그것을 예언이라도 하듯 정영태 시인의 삶과 정신이 고스란히 담긴 잘 알려지지 않은 한 편의 시가 있어 전문을 소개한다.

밤 하나가 거리에 태어났다.
한 아이도 그때 태어났다.
그리고 둘이 함께 거리에 나타났다.

밤을 닮은 아이,
밤에만 자라고, 밤을 먹고 마시는 아이,
밤의 영혼과 육체로,
밤의 눈으로 보고, 밤의 감각기관으로 느끼는
밤의 나라에서 온 한 아이, 밤나라의 왕자.

그러나 그는 슬픔을 몰랐다.
아무도 우는 법을 가르쳐 주지 않았으므로.

그러나 그는 때로 고독했다.
패싸움 끝에 혼자 남아 코피를 닦을 때,
여자를 강간하고 바지 지퍼를 올릴 때,
영화관에서 팝콘을 씹으며 시간을 때울 때,
세계를 한 방에 날려 보낼 궁리 중일 때.

혼자 있어야 할 때는
무엇을 하고 놀아야 할 지 몰랐다.
벽지의 무늬로 무엇을 만들어 보기도 하고,

멋진 미녀를 윤간하는 상상도 해 보고,
괜스레 행인들에게 시비를 걸어 보기도 하고,
(그러다가 몰매를 맞을 뻔도 했다)
모터사이클로 끝없는 사막을 횡단하는 꿈도 꾸곤 했다.

그러나 그는 사랑했다
침묵하는 거리의 불빛들을,
거리를 지나 어디론가 사라지는 바람을,
만화책의 주인공, 갱 영화의 보스들을,
거리에서 태어나고, 살고, 죽는 아름다운 모습들을.

그러나 아무도 그를 사랑하지 않았다.
가을 들판처럼 비브라토가 떨리는
그의 휘파람 소리도 들어 주지 않았다.

그러나 그는 행복했다.
슈퍼마켓이랑 백화점들이
거리의 여인처럼
그를 요염히 유혹하고 있었고
그것들과 같은 거리에 살고 있다는 것만으로
가슴 벅차고 흐뭇했기 때문이다.

어느 날, 그는 죽었다
그가 그토록 돌아가고 싶어 하던
밤의 나라로, 그의 고국으로
앰블런스가 그를 싣고 가 버렸다.
사람들은 그 점을 잘 이해했다.
호주머니에서 별 몇 개가 거리로 굴러 떨어졌다.

사막을 건너가는 모터사이클 소리가
허공에서 간간히 들리며 멀어져 갔다.

그리고 그것으로 그만이었다.
한 번의 밤이
지상으로 사라져 간 것에 불과하였다.
결국 그의 삶이란
하나의 환상이었던 것이다.

　　　　　　　　　　　— 「밤나라에서 온 아이」 전문

　밤을 사랑했던 시인답게 밤의 시론이 고스란히 녹아 있는 작품이다. 낮의 금기와 법칙이 배제된 순수 창작의 희열 속에서 그는 모험을 감행한다. 때로는 이드의 욕망에 충실한 아이의 세계로 퇴행하기도 한다. 이상적 자아로 함입되는 성향은 아이와 왕자의 이미지로 전치되고, 상징계로 진입한 뒤에는 초자아의 검열을 비웃기라도 하듯 강간과 심지어 윤간까지 상상하는 위험한 상상력을 발동시킨다. 그러나 그것은 잠시 환상처럼 상상에서 이루어질 뿐, 인생은 하나의 환영처럼 죽음을 맞게 되는 것임을 환기시킨다. 봄눈이 내리는 날에 앰뷸런스를 타고 병원으로 가듯, 그는 환상과 꿈의 나라로 야간비행을 한다. 시인이 신화적 존재가 될 때에는 시가 매혹적인 것도 중요한 요소이지만 시인의 시적인 삶도 의미가 크다. 시인으로서의 삶에 대한 질문이 생길 때 그를 떠올린다. 시의 우주선을 타고 겁도 없이 눈 내리는 우주의 암흑으로 질주하는 그가 있었기에, 봄에 내리는 눈은 신비로웠다.

거대한 폭력과 웃음

— 김경수론

1. 영혼에 위로를 건네는 의사

중국의 실크로드로 여행을 떠난 뒤 돌아와 김경수 시인의 병원에 들렀다. 나의 집은 해운대 바닷가에 있고 그의 병원은 금정산이 보이는 부곡동에 있다. 우리 동네에도 내과가 있지만 매번 차를 타고 그를 찾아간다. 그를 처음 만난 것도 지금의 건물이 아닌 조금 떨어진 곳의 "김경수 내과의원"이었다. 벌써 이십 년이 다 되어가는 것 같다.

그때, 진료를 마치고 『마루문학』이란 동인지를 건네주었던 기억이 난다.

"언니와는 분위기가 다르네요. 잘 읽어보겠습니다"

이렇게 말을 했던 기억이 난다. 왜냐하면, 작은 형부(홍진욱)와 그는 부산대 의대를 다닐 때부터 절친한 친구였다. 형부는 시를 아주 잘 쓰는 친구라고 소개해주었다. 난 등단하기 전이었고 영문과 박사 과정을 다닐 때였다. 사천에서 큰형부인 정삼조 시인이 편집하던 『마루문학』에 내 시가 실렸고 그 시를 읽은 후, 그는 시적 모티프가 독특하다면서 시를 열심히 쓰라고 독려해주었다. 그 사소한 만남이 있은 후 『시와 사상』 편집에 동참하면서 지금까지 해오고, 『현대시』에 등단하여 같은 문예지 출신이라는 긴 인연을 이어오고 있다. 사람의 인연은 참 묘한 구석이 있다. 언제부턴가 전생이 있을 것이라는 생각이 든다. 어쩌면 그나 나나 이번 생이 아닌 그 이전의 생에서도 아마 시를 쓰지 않았을까? 가끔 이런 생각이 문득 스쳐갈 때가 있다.

　김경수 시인은 1957년 12월 14일에 대구에서 부친 김종대와 모친 이분이의 2남 1녀 중 장남으로 태어났다. 조부는 경남 합천의 산골 마을의 갑부였지만 부친이 21세가 되던 해에 돌아가시고 그로 인해 가세는 기울었다. 부친은 세무공무원이 되었지만 자식 교육에 아낌없이 헌신하셨다. 그는 어릴 때부터 애늙은이라는 말을 들을 정도로 조숙했다. 다섯 살 때부터 부산에 살게 된 후, 명륜유치원, 화랑초등학교, 대동중학교, 명문인 경남고등학교를 거쳐 부산대학 의과대학에 진학한다. 성적은 늘 상위권이었고 철학이나 사색을 좋아하는 아이였다. 그러나 방학이면 외조부 댁으로 가서 자연의 품에서 마음껏 뛰어놀았다. 그 경험이 그의 서정적인 시세계에 큰 영향을 미쳤다. 부모님의 교육열에 열심히 부응하면서도 한편으로는 죽음에 대한 공포와 불안을 느껴 염세주의적인 측면도 지니고 있었다.

　부친은 아들이 판검사나 고위 공직자가 되기를 희망했지만 그는 의사가 되는 길을 과감하게 선택했다. 부모님이 병원에 입원했을 때

친절했던 의사에 대한 인상이 깊어 의사가 되었지만, 의대에 진학해서는 학과 공부보다는 다른 분야로 관심이 확장되었다. 의대 동기들은 그를 철학하는 의대생, 시인, 바이올린 연주자처럼 조금 별종으로 보기도 했다. 외적으로는 성실하고 반듯한 아들이었지만 그의 내면은 왠지 모를 죽음에의 공포와 불안과 우수에 사로잡히곤 했다. 시 창작을 비롯한 예술 활동이 어느 정도 죽음의 공포를 줄여주었다. 시 창작에 몰입할 때 무아지경에 빠지게 되고, 그 순간은 모든 근심이 사라지는 황홀한 시간이었다. 예술과 철학이 그를 구원해줄 수 있을 것이라고 믿었다.

그렇게 방황하던 청춘 시절의 의사가 지금은 '부산광역시 의사회'의 회장이 되었다. 그는 부산광역시 의사회를 개혁시키자는 의사 선배와 후배들의 강한 권유에 의해 회장 후보로 나섰다. 2012년 3월 30일에 개최된 제50차 정기총회에서 선거를 통해 제35대 회장에 선출되었다. 요즘에는 회장일로 바빠 문단에서는 그를 보기가 어렵지만 임기를 마치면 그는 언제 그랬냐는 듯이 다시 시인으로 돌아올 것이다.

그는 대학교 1학년 때 가슴 두근거리는 첫사랑과 실연의 아픔도 겪었다고 한다. 그녀가 미인이었는지 어땠는지는 들어보지 못했다. 그러나 그가 레지던트를 할 때 만난 아가씨 김미남과 4년간의 열애 끝에 결혼하여, 아들 동하와 딸 지윤을 낳았다고 한다. 그의 아내는 사석에서 몇 번 보았는데 미인이었고 성악을 전공했다고 들었으나 그녀의 노래를 들어보지는 못했다. 김경수 시인의 패션 감각이 좋은 것은 순전히 그의 아내 덕이라 여겨진다. 아내를 볼 때면 우리는 그의 시 「메디슨 카운티의 다리」를 떠올린다. 이 시는 그의 첫 시집인

『하얀 욕망이 눈부시다』에 수록되어 있다.

"메디슨 카운티의 다리"라는 영화 안의
빨간 나무 지붕이 있는 메디슨 카운티의 다리에서
극중의 한 기혼 중년 여인과 한 중년 독신 남자가
처음으로 사랑을 느꼈네.
그리고는 메디슨 카운티의 다리에서 헤어졌다네.
불륜의 사랑이었으므로
그러나 그것이 생(生)의 첫 번째 진정한 사랑이라는 데 문제가 있었네.
일생 중에 진정한 사랑은 단 한 번밖에 오지 않는다는 사실 때문에
그 남자는 늙어 죽기 전에 그 여인에게
일생 중에 진정한 첫사랑이었노라는 마지막 편지를 보내고
편지를 품에 고이 안던, 이젠 백발이 성성해진 그 여인도
죽고 나서야 남겨둔 편지로 자녀들에게 고백했다네.
아름다운 불륜을
일생에 단 한 번밖에 오지 않는다는 진실한 사랑을 위해
죽기 전까지 가슴 깊숙이에 간직하고만 살았던 그들

메디슨 카운티의 다리에 내가 서 있네.
일생 단 한 번의 진실한 사랑을 위해
우리 사랑을 방해하던 검은 운명과 대결하러 가네.
하지만 거대한 힘의 운명에 형편없이 매만 맞고서
내 사랑과 메디슨 카운티의 다리에서 헤어지고
함께 한 시간들만 추억하며 한없이 쪼그라드네.
그런 사랑은 끄기 위해 켜 둔 촛불
밝지만 서러운 그 빛 안에서 피었다 지는 수선화였네.
사랑했던 마음들이 땅으로 추락한 여름 과육처럼 멍이 드네.

메디슨 카운티의 다리가
일생 단 한 번밖에 오지 않는
진실한 사랑을 만나기 위해 서 있네.
그러나 단지 나무라는 이유만으로
이루어질 수 없는 사랑의 운명 때문에
내부 깊은 곳에서부터 서서히 썩어가고 있네.
메디슨 카운티의 다리가 아프고 그 남자와 여자가 아프고
내가 아프고 내 애인이 아프고
그 사랑이 범인이고 세월이 공범이고 삶이 방관자였네.
영화 안에서나 영화 밖의 세계 속에서도
그 남자와 그 여자와 나와 내 애인과 메디슨 카운티의 다리가
숨겨진 투명 끈으로 연결되어 있었네.
그러나 나는 아직 메디슨 카운티의 다리에 가본 적이 없네.
　　　　　　　　　　　　　　　　─「메디슨 카운티의 다리」 전문

　　이 시를 기억하는 이유 중의 하나는 그가 첫 시집을 내고 난 뒤 반
응이 아주 좋았는데, 그중에서 아내의 친구들이 심각하게 시인의 불
륜에 대해서 물어왔다는 것 때문이다. 주변의 시인들은 그가 영화를
보면서 느낀 상념들을 시적으로 구상한 작품이라 심각하게 생각하지
않는데 그의 사적인 독자들(?)은 이상한 시선으로 아내에게 전화를
한다기에 우리는 배꼽을 잡고 웃었던 추억이 있다. 시인들이 시적 장
치로 도입하는 애인과 불륜에 관한 모티프가 때로는 독자에게 사실
적인 사건으로 작동할 수 있는 게 재미있었다. 사랑이라는 환상이 얼
마나 덧없이 깨질 수 있는가를 너무나 잘 알지만, 여전히 사랑이라는
환상을 욕망하는 현대인의 욕망이 메디슨 카운티의 다리에 녹아 있

는 시이다. 어찌되었든 그 일이 있은 후 그는 종종 시집 서문에 사랑하는 아내에게 바치는 애정이 가득한 헌사들을 삽입했다.

2. 詩의 안개 속을 걸어가는 시인

한국의 시인들이 많지만 여전히 그들은 유령처럼 시의 안개 속을 방황하고 있다. 회색빛 안개가 자욱한 시의 도시에서는 눈빛만 살아남은 유령들이 날카로운 혀의 검을 휘두르며 살아간다. 그들은 물질이란 맛에도 둔감하고 속도에도 느리지만 예리하고 낯선 새로운 언어에는 지나치게 촉수를 곤두세운다. 김경수 시인을 떠올리면 흰 가운을 입은 모습이 연상됨과 동시에 안개가 자욱한 도시의 가로수 길을 걸어가는 모습이 그려진다. 초기 시의 몽환적이고 우수에 찬 낭만이 아주 인상적이었다. 현대인의 우수에 찬 불안한 모습들이 많이 등장한다. 그가 대학병원에서 인턴과 레지던트를 할 때 만났던 수많은 환자들의 고통과 주검에 그는 심적으로 괴로웠다고 한다. 온 세상이 주검으로 가득한 것 같아서 그 주검을 탈피하고 위로를 건네고 싶었다.

부산에는 허만하 시인을 비롯한 의사 시인들이 많다. 그들은 대학을 다닐 때, "회귀선"이란 문학동아리를 결성하여 시작을 연마하고 혹독한 문학 수업을 받았다. 김경수 시인도 그런 활동을 하면서 1981년에 "부산대학교 문학상" 시 부분에 당선이 되었다. 그 후에도 『회귀선』 동인 선배였던 고 정영태 시인, 이병구, 배광훈, 강경주, 이규열, 박강우 등과 같이 시작 공부와 토론을 열심히 했다.

그의 시적 우상은 김춘수, 이형기, 박인환 시인이다. 그는 시를 조용한 새벽 시간에 쓰거나 진료 중 잠시 환자가 없는 틈에 초고를 쓰거나 퇴고를 한다. 그의 시작 인생에서 빼놓을 수 없는 부분은 그가 『시와 사상』 창간동인이라는 점이다. 『시와 사상』을 창간하는 데 결정적인 역할을 한 정영태 시인이 56세의 나이로 일찍 타계한 것을 우리는 늘 가슴 아파한다. 죽는 순간까지 시 창작에 대단한 열정을 보여주었고, 다른 예술 분야에 대해서도 아주 해박했던 정영태 시인의 소개로 그는 부산에서 발간되었던 무크지 『전망』에 1993년 5월에 작품을 발표하면서 시작 활동을 시작하였다. 드디어 1993년 11월에 월간 『현대시』를 통해 정식 시인으로 등단하였는데 그 당시 심사위원은 작고하신 이형기 시인과 원구식 주간이었다. 등단 후 이형기 시인 댁을 원구식 주간과 함께 찾아가 인사를 하였는데 그때 이형기 시인은 집 근처의 허름한 주점으로 그들을 데리고 가서 맥주를 함께 마시며 많은 이야기를 들려주었다. 그것이 이형기 시인과의 처음이자 마지막 만남이 되고 말았다.

여러 우여곡절 끝에 1994년 6월에 정영태를 비롯한 김경수, 박강우, 송유미, 이근대 시인과 함께 부산 시단을 대표하는 『시와 사상』을 창간하게 된다. 그 이후 많은 역경을 이겨내며 한 번도 결호가 없이 『시와 사상』은 발간이 되어졌고 2013년 여름 현재 창간 19년째를 맞이했으며 내년이면 창간 20주년이 된다. 또한 시력 13년째인 2007년 12월 7일에는 부산을 대표하는 시전문잡지로 『시와 사상』의 위상을 끌어올리며 지금까지 이끌어온 공로를 인정받아 김경수 시인은 봉생문화재단에서 시상하는 봉생문화상(문학 부문)을 수상하였다.

그가 추구하는 시작의 방향은 예술성이 깊이 묻어나는 모던 혹은 포스트모던한 기법을 추구하는 서정적인 시이다. 그의 시세계의 근본 주제는 죽음의 공포를 극복하려는 눈물겨운 인간의 의지와 건강하게 살아 있는 자의 목소리와 몸짓이다. 그가 추구하는 시는 낭만적 모더니즘이라 말할 수 있다. 초기에는 난해한 시적 실험도 많이 했는데 최근에 들어서는 독자를 염두에 두면서 시의 활발한 소통에 관심이 많은 듯하다.

그는 현재까지 다섯 권의 시집과 한 권의 문예사조 이론서를 출간했다. 쉬지 않고 정진한 시작의 결과물들이다. 각 시집의 특징은 다음과 같다. 1998년에 첫 시집 『하얀 욕망이 눈부시다』(문학세계사)를 출간하여 예술이 덧없는 인생을 아름답게 만드는 힘을 지님을 보여준다. 허무의식을 극복해나가려는 의지를 표현하는 시와 그러한 과정을 통해 페시미즘을 조금씩 줄여나간다. 현대 문명의 거대한 폭력 앞에서 억압당하는 도시인들의 슬픈 자화상을 발견하지만 그 속에서도 희망을 꿈꾸는 삶을 구현했다. 2001년에 두 번째 시집 『다른 시각에서 보다』(하늘연못)를 발간하였는데, 삶과 죽음, 도시의 황폐함과 소외된 시민의 애환 등을 다루었다. 2004년 세 번째 시집 『목숨보다 소중한 사랑』(세종출판사)에서는 대중들을 위한 사랑시를 주로 썼다. 그러다가 2008년에 제4시집 『달리의 추억』(현대문연)에서는 다양한 문학적 실험을 시도한다. 초현실주의의 빛깔을 입힌 모더니즘 시와 팝아트 시와 혼성 모방 등의 기법을 사용한 포스트모더니즘 시를 창작했다. 2012년에 발간한 제5시집 『산 속 찻집 카페에 안개가 산다』(시와 사상사)에서는 일반 독자들과도 소통이 가능한 모더니즘의 시와 난해한 실험시를 함께 쓰면서 새로운 시의 길을 모색하고 있다.

그러는 와중에 『시와 사상』 2004년 가을호부터 2005년 여름호까지 연재하였던 문학 및 문예사조 이론을 수정 보완하여 2006년 12월에 『알기 쉬운 문예사조와 현대시』(시와 사상사)를 발간하였다. 제5시집 발간 이후에도 그는 일상 속에서 발견하는 인생의 법칙이나 현현하는 진리 혹은 여러 감정들을 통해, 모던하면서 서정이 넘치는 시를 쓰려 한다. 50대 중반을 넘어선 그는 이제 죽음에 대해서도 느긋한 여유를 가진 듯하다.

마지막으로 내가 좋아하는 그의 시 「거대한 폭력을 웃다」를 소개하고 싶다. 한 개인이건 국가이건 언제나 끊이지 않는 폭력에 알게 모르게 마주하게 된다. 그것에 대한 시인의 진중한 사유를 엿볼 수 있다. 치유되지 않는 영혼과 우리들의 불완전한 육체는 시간의 거대한 폭력 앞에 속절없이 노출되어 있다. 그는 하얀 가운을 걸친 채 왠지 우수에 찬 모습으로 갸우뚱거리면서도 과감하게 현대인의 질병이라는 거대한 폭력에 대해서도 용기 있게 맞설 것이다. 가장 조용하게 걷는 것처럼 보이지만 때로는 폭풍처럼 그 거대한 폭력에게 날카로운 검을 내밀 것이다.

> 나는 웃는다. 육이오 동란 때의 동족 상잔을
> 나는 웃는다. 젊은 나이로 산화한 학도병 비석 앞에
> 초라하게 놓인 조화를
> 나는 웃는다. 너무 파란 하늘을 배경으로
> 비석 앞에 쪼그려 앉은 팔십 넘은 할머니를
> 나는 미쳤는지 웃는다.

전사한 아들의 이름을 이젠 부를 힘조차도 없어
옹알거리기만 하고, 어찌할 수 없어 끝내 흥건히 젖는 옷소매를
그 깊이 패인 우리 부끄러운 역사의 주름살을

나는 또 웃는다. KAL 기를 향해 발사되는 소련제 미사일을
태평양 한구석에서 어렵게 인양되는 폭파된 KAL 기 블랙박스를
나는 자꾸 웃는다. 블랙박스 속에 저장된
기장의 마지막 순간 다급한 음성을
채 다 피지도 못한 채 꺾여진 어린 꽃들 그 이름이
별처럼 박혀 있는 밤하늘을 웃는다.
나는 바보처럼 웃기만 한다.
태평양 바다에 흰 국화꽃들만 던지고 이름만 애타게 부르다
통곡하며 돌아서야만 하는 꽃들의 아버지들을 향해

나는 웃는다.
말년에 밀림 속 작은 골방에 감금되었던 폴 포트
크메르 루주의 한때 최고 권력자의 초라한 시신을
나는 겁나서 웃는다. 킬링필드에 차곡차곡 장작더미처럼 쌓인
폴 포트에 의해 학살당한 수백만 캄보디아인의 해골들을
해골들이 덩달아 웃는다.
강탈당한 평화로울 수도 있었던 자신들의 여생들을

나는 웃는다. 히틀러의 광기를
독가스실에서 학살되던 수만의 유태인들을
그들이 마지막까지 끌어안았던 가족애를
나는 웃는다. 안네의 일기의 안네의 애달픈 마음을
나는 끝없이 웃을 것이다.

남미의 작은 도시의 성모 마리아의 눈에서

흐른다는 피눈물을.

지구 밖에서 지구 안을 들여다보는 신의

눈에 흐르는 눈물을.

－역사 속의 거대한 폭력은 개인의 희생에 대해 책임을 지지 않는다.

— 「거대한 폭력을 웃다」 전문, 『다른 시각에서 보다』

아주 작은 비석 앞에서 오열하는 할머니의 고통에서 시작하여, 구소련, 나치, 크메르 루즈 정권에 이르기까지 가혹하게 삶을 짓밟은 폭력의 스펙트럼을 장대하게 보여준다. 그런데 시인은 이 잔혹한 폭력 앞에서 웃고 있다. 역설적인 발성법이지만, 폭력에 노출된 인간에 대한 따스한 연민과 안스러움이 더 극적으로 밀려온다. 어쩌면 이것이 시의 위대함인지 모른다. 전혀 낯선 목소리로 현실을 지적하고 일깨우는 거대한 일침이다.

이십대부터 오십대 중반까지 그는 참 성실한 의사이자 시인으로 살아온 것 같다. 문예지의 주간과 발행인을 오래 했어도 그에게서 오만하거나 자만에 찬 모습을 볼 수 없어 좋았다. 아쉬운 것이 있다면 가끔은 현대 시인의 덕목(?)처럼 간주되는 방종과 타락의 찬란한 역사가 없는 점이다. 객기와 취기가 없어 어떨 땐 맹물처럼 담백한 점이 염려가 되었지만, 그의 반듯함과 젠틀맨다운 매력은 은근한 향기를 발할 것이다. 그가 어느 글에선가 이런 말을 했다. "최소한 나의 이름에는 시인이란 타이틀이 붙어서 역사의 한 페이지에 기록되어져 있을 것이기 때문에 미련은 없는 것이다. 지금 이 시각에도 나는 건강하게 살아 있는 자의 음성과 미소와 체온을 사랑하고 이것을 이 세상의 제일의 진선미라고 본다." 그의 시인으로서의 자세와 인생의 철학이 함축된 말이라 여겨진다. 시인이라는 이름이 무거운 무게로 와 닿지만 참 따스하다. 시인이었기에 행복했노라고 말할 수 있는 그가 김경수 시인이다.

사랑, 그 다양한 변주의 시

― 김경수의 『달리의 추억』

진부한 봄날이다. 〈영문학산책〉 강의를 하러 서둘러 미리내 계곡에 위치한 인문관으로 걸어간다. 봄이 와도 봄을 외면했다. 차도를 건너 인도로 올라서는데 화사한 분홍빛 꽃잎이 내 머리 위로 쏟아진다. 문득 무거운 고개를 든다. 백년도 더 넘은 매화나무에 엷은 분홍빛으로 물든 매화가 활짝 피었고, 그 오래된 가지에 새 두 마리가 매화에 입을 맞추고 있었다. 봄이 내게 온 것이다. 그 순간 나는 일상에 매몰된 지식 노동자가 아니다. 시인의 눈빛으로 초현실적인 봄의 뮤즈로 태어난다. 날카로운 표범처럼 비평가의 이빨이 돋아난다. 그리고 김경수 시인의 네 번째 시집인 『달리의 추억』을 떠올린다.

그는 하얀 가운을 입고 청진기를 든 의사 시인이지만, 가끔씩 환자가 없는 그 짧은 순간에 초현실적인 공간을 배회하는 눈 푸른 고양이로 변신한다. 시트가 있는 침대의 커튼을 사나운 발톱으로 할퀴고 싶어 한다. 딱딱한 병원의 창문을 뛰어넘어 간호사와 아내와 아버지를 무의식 저 뒤편 골방에 저장해버린다. 여섯 개의 방을 지나 의식으로 들어오려는 의무와 책임이라는 짐을 저 고양이의 꼬리에 매단다. 그리고 캄캄한 어둠에 잠긴 무의식의 바다로 달려가 내면의 욕동을 풀어놓는다. 프로이트의 정신분석학을 고스란히 작품 속에 녹여내었던 초현실주의였던 달리의 환상을 그는 시적 모티프로 활용하여 자동기술의 방식으로 시를 전개한다.

> 바다가 푸른 눈을 가진 고양이라는 사실을 새해 첫날 새벽 바다 위로 떠오른 에메랄드 빛 외눈을 보고 알았다. 수평선이 바다의 바지라는 것은 다리미로 다려진 것처럼 날이 서 있기 때문에 알았다. 밤바다의 스케이트 날 위에서 아슬아슬 서 있는 항 선박의 불빛이 피아노였다. (…중략…) 흐느적거리는 밤바다는 젊은 미녀들의 허벅지이다. 여인들의 허벅지를 성탄절 전야 가로수들에 걸어둔 작은 전구들의 빛들이 흘러내려 뱀처럼 칭칭 감는다. 바다 위에는 바다가 포개어져 서로 안고 놀고 하늘은 하늘끼리 입맞춤을 하며 논다. 아, 하는 순간 빅뱅이 일어나 바다와 하늘이 일시에 사라지고 빈 공간만 남는다. 무섭도록 조용한 공허 속에 나는 모래알 한 알이 되어 홀로 너무 오랫동안 남겨진다.
> ― 「달리의 추억 1 ― 공포에 질린 도시인의 눈」

무의식의 바다에서 시인의 상상계적인 사유를 아무런 제약 없이 자유롭게 펼쳐놓는다. 상징계로 편입되기 이전 유아들의 충동처럼 금기와 법의 경계를 인식하지 않는 나르시즘적 욕망이 충만하다. 시적 화자는 영화배우 소피 마르소의 침실을 몰래 훔쳐보기도 하고, 그녀와 에로틱한 성적 환상을 재현하기도 한다. 무한 복제되는 소녀인 소피 마르소는 환상 속의 오브제이다. 그러나 매혹적인 소피 마르소는 다른 여배우들로 끊임없이 환유되어지는 실체가 없는 존재이다. 사랑의 대상이 고정되기보다는 끊임없이 바뀌면서 전유됨을 상기시킨다. 소비품처럼 소비되는 인간관계에 대한 상징이 되기도 한다. 그리고 여성의 육체에 대한 무의식적 사유의 전개는 현대인의 관음증적 욕망을 잘 투사한다. 현대의 기술문명이 부화해서 태어나는 성적인 기호들이 끊임없이 재생되어지는 현실을 시 속에서 보여준다. 그러나 김경수 시인의 경우에는 시의 마지막 부분에 이르면 다시 현실세계의 법의 지배를 받는 상징계적인 검열의 세계로 환원한다. 그래서 시의 시적 환상은 참혹한 현실에서 유기되어 버린다.

그가 실험하는 포스트모더니즘의 기법들은 초현실주의자인 달리뿐만 아니라 팝아트, 모더니즘 시 전집을 패러디해서 재구성하는 시도 등 다양하게 전개된다. 특히 대중가요의 가사를 본격 문학에서 거론하지 않는다는 점에 착안해서 대중가요의 가사를 시 속으로 끌어들여 자신의 방식으로 해체하여 다시 복원한다. 하위 예술과 상위 예술의 구분이 모호해지고 있음을 의도적으로 드러낸다. 그뿐만 아니라 모더니즘 시를 쓴 시인들의 시구들을 연이어 인용하면서 콜라주 기법과 혼성 모방을 시도하는 시편이 「모더니즘 시 전집 1, 2, 3」 시리즈와 「몽타주」 연작시 등이다. 이런 과정을 통해 그가 의도하는 시적 책략은 도시인들의 공허한 삶을 전달하는 것이다. 속도와 모방의 착시 속에서 점점 몰개성의 삶으로 화석화되어 가는 대중의 초상을 담고 싶어 한다. 시집의 후반부에 가면 포스트모더니즘적인 시도가 약화되고, 시인의 사적인 가족사를 담은 편지 형식의 시편들도 담겨 있다. 난해한 실험적인 시를 읽다가 갑자기 시적 분위기가 전환되어 이상하지만 그것도 시인의 전략이 아닐까? 더 이상 고급의 시와 저급의 시가 없으며, 가면을 쓴 시와 맨얼굴을 드러낸 시 사이의 차이를 지우고자 하는 의도일지도 모른다. 이성적 사유를 굴리면서 읽다가 애틋한 가족 간의 서사를 읽으면서 왠지 뽕짝이나 신파처럼, 늙어가면서 친숙해지는 것들에 대한 향수를 불러일으킨다. 실험적 기법과 대중적 소통을 지향하는 진정성 사이에서 갈등하는 김경수 시인의 미로찾기가 다음 시집에서는 어떤 양상으로 뻗어나갈지 궁금해지는 대목이다.

뭉클거리는 흔적

— 박완호의 『물의 낯에 지문을 새기다』

몇 년 전 『젊은시인들』 4집 출판기념회를 한 후에 서울의 청계천을 거닐었다. 가을이었다. 현대식 건물 사이에 인공으로 만든 냇물이었지만 숨통이 트이는 것 같았다. 시멘트를 바른 강둑이었지만 들국화가 피어 있었다. 드문드문 돌다리가 놓여 있었고, 그 다리를 건너면서 한 남자가 눈에 들어왔다. 얼굴이 검은 빛이었지만 미남이었다. 아마 김상미 시인이 건널 때였던 것 같다. 그녀의 손을 잡아주는 넉넉한 모습이 훈훈한 느낌을 주었다. 인간의 유전자가 연인이나 피앙세를 알아볼 때, 한눈에 알아보는 데 3초 밖에 걸리지 않는다고 한다. 첫인상일 수도 있다. 그 짧은 순간에 자신의 유전자를 보여주는 게 삶인지도 모르는데 우리는 너무 복잡하게 사유하고 고뇌하는지도 모른다.

그때, 박완호 시인의 인상은 훈훈하고 따스한 남자라는 느낌이었다. 그가 물결이 잔잔히 흔들리는 파란 시집을 보내왔다. 물의 낯에 지문을 새기듯 섬세하게 떨리는 남자의 감성은 무엇일까? 호기심에 책장을 넘긴다. 자그마한 컴퓨터 책상이 비좁을 정도로 미완성된 원고가 쌓여 있다. 파란 물빛을 닮은 시집을 어떻게 읽어야 하지? 박완호 시인도 시집을 낸 후에 산후우울증 같은 불안증을 겪을까? 버지니아 울프는 소설을 내고 나면 한동안 심한 불안증에 시달렸다고 한다. 그는 담담하게 물결처럼 흐르는 시간에 운명을 맡길지도 모른다. 아마도 시를 창작하는 고통보다는 시를 즐기며 쓰는 경지에 있는 것 같다. 난 마음이 괴로울 때 시를 쓰게 되어 시가 어둡게 채색되는 경우가 많은데, 그는 고요한 일요일 아침에 텅 빈 학교에서 단정하게 시를 쓴다. 언어의 유희, 그 자체에서 위안도 얻고 마음의 평화도 얻는 듯하다. 그래서 시집을 읽으면 편안하게 부담 없이 읽혀진다. 일상적인 대화를 하듯이 억지로 힘을 주지 않고 느긋하게 한담을 나누는 듯하다.

한 페이지, 두 페이지 읽다가 끝부분에 실린 가족의 이야기에 심장이 갑자기 찡하게 아려온다. 안타깝고 서글펐던 아버지에 대한 추억이 전혀 과장되지 않은 채로 깔끔하게 기록된 시가 아프다. 요즘은 무능력하게 흔들리는 아빠들이 왜 눈에 자꾸 밟히는 걸까? 삼십대에는 권력을 가진 남자들의 위선과 억압에 숨이 막힐 것 같았다. 직장에서건 가정에서건 가부장적인 체취를 풍기는 남자들의 이기적인 야수성이 부담스러웠다. 그런데 요즘은 그 강한 남자들의 서글픈 내면이 눈 안으로 들어온다. 가족을 부양해야 하는 압박감에 탈주를 꿈꾸지만 감히 시행할 용기도 없이 값싼 소주잔에 위안을 얻는 남자들의 어깨를 안아주고 싶다. 희끗희끗 새치가 보이고 조금씩 어깨에 힘이 빠져가는 모습에서 삶의 비애와 허무를 느낀다. 차라리 잘난 것 없어도 잘난 척, 강한 척하는 남자들이 더 멋있지 않았던가. 일상에 널린 그 낮은 아버지의 모습을 자신의 사적인 고백을 통해 드러내는 박완호의 시에 깊은 애정이 느껴진다.

술 거른 날 하루 없는 아버지
취하기만 하면 고래고래
어린 것들 가슴에 쾅쾅, 대못을 박아댔지만

장맛비로 며칠 울고 나면
우리 횅한 가슴엔 못 하나 보이지 않고

가파른 세상 벼랑에 혼자 매달렸다 오는
아버지 온몸 가득
녹슨 못대가리들 열꽃으로 피어났다

삼십 년을 목수로 살았어도
아버지는
제 손등이나 찍는 서툰 목수였다

—「못질」 전문

시적 화자가 묘사한 아버지는 가난한 목수로서 자상하거나 사회적 지위를 향유한 아버지가 아니다. 제 손등이나 찍는 서툰 목수였지만, 척박한 일상의 고통을 온몸으로 고스란히 감내하는 속 깊은 아버지였을 것이다. 아들이 아버지에게 갖는 양가적 감정이 읽혀진다. 아버지와의 동일시를 추구하면서도 그 이면에 아버지를 전복하고 부인하면서 자아의 정체성을 찾고 싶어 하는 욕망이 동시에 존재함을 알 수 있다. 프로이트가 주장한 오이디푸스 콤플렉스에서처럼 아버지는 금지를 말하는 아버지, 거세 위협을 가하는 아버지이다. 절대적 권력을 소유한 아버지는 그 어디에도 없고, 부조리하고 이상한 금지와 자신의 위선적인 욕망만 투사할 뿐이다. 막노동을 하는 아버지가 가진 사회적 억압에 대한 불만이 엉뚱하게도 술에 취해 돌아와서는 순진한 아이들에게 불똥이 튀고 있다. 이성적이고 합리적인 아버지가 아닌, 괴물처럼 실재의 단면을 드러내는 아버지를 회상하면서 시적 화자는 인간의 본질적 모순을 암시한다. 이상적 자아라는 환상이 얼마나 쉽게 부서질 수 있는지를 알 수 있다. 그 부조리하고 불완전한 아버지의 모습이 어쩌면 자신의 또 다른 자아일 수도 있음을 넌지시 암시한다.

흔히 가족관계 내에서의 근친상간적 욕망은 무의식에 존재한다. 사회가 그것을 법으로 금지했을 따름이지, 무의식에서 여전히 존재하는 경우가 많다. 물론 현실세계에서 금기의 법을 깨고 근친상간을 자행하는 아버지도 존재한다. 아버지의 의처증을 언급한 시는 이성적 인식의 바깥에서 맴돌고 있는 의심이란 환영을 말하고 있다. 현대인을 흔히 분열증적 주체라고 지칭할 때, 겉으로 드러난 합리적인 이성의 얼굴 이면에 무수히 많은 분열증적 양상이 존재하기 때문이다. 정상적인 인간이라는 얼굴 아래에 깔린 이해할 수 없는 괴물의 얼굴이 누구에게나 존재함을 일깨운다. 관음증적인 시선이나 사디스트적인 충동이 있는 경우도 있고, 의심에 빠져 자신과 타자를 학대하는 경우도 많다. 정도의 차이는 있을 수 있지만 대부분의 현대인에게 이러한 증상은 어느 정도 공유되고 있다.

아버지는 의처증 환자였다
가난이 무르익어 갈 무렵
어머니는 방직공장에 들어갔다

야간 근무를 마치고 돌아오는
어머니의 마지막 퇴근이
길바닥에 핏물로 스며들던 아침에도
의처증은 가라앉지 않았다

그 후로 아무것도 궁금하지 않는 새벽이
발자국 소리도 없이 날마다 왔다갔지만
해가 뜨기도 전에 하늘은
노을빛으로 물들어 갔다

아내가 오지 않는 밤
골목 어귀에 접어드는 그림자
아파트 계단을 오르는 발소리에
고개가 젖혀질 때마다 나는

툭하면 대가리를 쳐들려는
아버지가 무서웠다

내 속을 들여다보는 일이
죽기보다 싫었던 때도 있었다.

— 「의처」 전문

박완호 시에 등장하는 가족 이야기는 슬프지만, 그가 정갈하게 전달하는 화법에서 깊은 공감을 불러일으킨다. 차마 드러내고 싶지 않는 나만의 비참함을 시적 언어로 객관적으로 형상화함으로서 시인은 트라우마에서 어느 정도 해방될 수 있다. 언어로 발화함으로써 반복적으로 출현하는 정신적 외상에서 벗어나 객관적 거리감을 가질 수 있다. 물론 심각한 트라우마는 병원에서 치료해야겠지만, 흔히 상처라고 지칭하는 것들은 내면에 비밀처럼 간직한 차마 드러내기 싫은 어두운 흉터를 토로할 때에 치유되기도 한다. 시간이 경과되어 상처받은 감정의 밀도가 얕아졌거나, 내면이 그러한 상처를 수용할 만큼 성숙되어 저항이 없을 때 주체는 자신의 고통을 타인에게 토로할 수 있고, 그 기억에서 벗어나 평화로울 수 있다.

그의 담담하고 솔직한 화법의 매력은 사회현상이나 일상을 성찰하는 마음에서도 엿볼 수 있다. 계급적 갈등을 첨예하게 드러내기보다는 현실적 순응을 선택하는 자신의 모습을 있는 그대로 표출하는 「조선일보를 읽는 아침」은 재밌게 읽혀진다. 보수적 색채가 강한 조선일보를 멀리하고 싶지만, 정치나 사회면이 아닌 실생활에서 제공하는 다양한 정보에 대한 아내의 욕구 때문에 어쩔 수 없이 조선일보를 끊지 못한다. 화장실 변기 위에서 꼼꼼히 읽는 모습이 흥미롭다. 정치적 이상을 추구하지만 일상에서는 세태를 따라가는 자신에 대한 성찰이 과장되지 않게 나타난다.

공짜로도 절대 읽지 않겠다던
조선일보를 읽는 아침,

아내 말대로라면

아이에게는 보약이 되고도 남을

맛있는 공부 번듯하게 차려진 밥상을 제쳐두고

변기에 앉아

발가락에서 머리카락까지 뻗쳐오르는 힘으로

한 줄 한 면을 잘근잘근 씹어 삼킨다

한쪽으로 잔뜩 기운 가지들,

나 몰라라, 고개 돌린 나무의

금박 씌운 열매 글자는

씨앗까지 온통 썩어

무엇 하나 마음을 파고들지 못하는데

아비 심정에 차마 끊지는 못하고,

어쩌면 나도 저 나뭇가지처럼

자꾸 한쪽으로 기울어 가는 것은 아닌지

걱정스러워,

하루에도 몇 번씩 제 속 까뒤집으며

누구보다 먼저 나를 읽는다

— 「조선일보를 읽는 아침」 전문

　　다양한 관점이 존중되어야 하는 시대에 이분법적인 시각으로 양분
되는 것에 대한 거부감도 드러난다. 다수의 시민들은 어쩌면 극단적
인 우파나 좌파도 아닌 보다 합리적이면서도 공동체의 선을 지향하
는 가치를 갈구한다. 이미 참여정부 시절 민주인사들의 자기 모순도
경험했고, 보수정권의 독선적인 정치 노선에도 염증을 느끼고 있다.
누가 누구를 비난할 수도 없는 처지인데, 정치적 이해득실에 따라 대
중을 마음대로 편 가르기를 하는 정치 집단과 언론에 대한 거부감은

지식인과 서민들에게 팽배하다. 그러나 삶이 어디 얄팍한 정치적 논리로만 구성되어지는 것인가. 인간이 합리적 선택을 하고 있다고 철썩 같이 믿지만 사실은 개인들이 굉장히 비합리적 기준을 자신도 모르게 따른다는 것이다. 옳고 그름에 대한 비판의식이 지나치게 뚜렷한 사람은 타자를 무조건 무시하거나 공격적 성향으로 인해 상처를 주기도 한다. 민주화 투쟁을 위해 헌신했던 희생정신이나 혁명적 이상은 존중하지만, 자신들만이 옳다고 주장하는 맹목적인 신념보다는 상대성을 인정하고 수용하는 여유가 우리 사회에 절실히 필요하다. 박완호 시인의 자기 성찰적 시선이 그래서 설득력을 가진다. 정치적 이분법뿐만 아니라 종교적인 관점에서도 지나칠 정도로 자신들만의 종교가 제일이라는 식의 우월주의는 차라리 환영에 가깝다. 타자의 것도 긍정적인 면이 있을 수 있다는 의식, 뭔가 부족한 부분을 채워줄 수 있는 다른 시각이 공존함을 위의 시에서 풍자적으로 표출한다. 논쟁과 비판이 제대로 정착될 수 있는 사회에 대한 희망과 함께 사적인 성찰이 중요함을 환기시킨다.

한편, 가족 이야기와 정치적 관점에 대한 시각 이외에 일상에서 겪는 잔잔한 사랑에 대한 시편도 흥미롭다. 「달맞이」, 「헐거운 구두를 신은 날」, 「썰물」 같은 사랑의 시는 달콤한 욕망이기보다는 일상에서 잔잔하게 번지는 사랑에 대한 묘사가 두드러진다. 애인은 늘 집 바깥을 떠도는 욕망의 한 지점에 있고, 일상 안에서 맨몸으로 부딪치는 아내는 둥근 달처럼 그를 비춘다. 순간순간 성적 충동을 야기하는 신선한 아랫도리는 「시인의 아랫도리」라는 시에서 호탕하게 빳빳한 대가리를 치켜든다. 성에 대하여 금기시하거나 억압하기보다는 자연의 몸짓으로 동화시켜, 건강한 생명력으로 환원시키려는 의도이다. "영혼을 저당 잡힌 허깨비들과 맞닥뜨리는 순간 대가리 빳빳하게 세우는 놈, 너 오래 살아라, 아랫도리가 죽은 시인은 이미 시인이 아니다."라는 구절에서는 구겨진 남성성이 아닌 당당하게 살아 숨 쉬는 활력을 되살려주고픈 의지가 투사되어 있다. 은폐하거나 억압이 아니라 삶에 파란 혈관을 돌려주는 것, 그것이 시인의 본질임을 페니스라는 상징적 장치를 통해 전달한다.

> 꼭두새벽
> 둥글둥글
> 엉덩이달 떴다
>
> 방안이 환장할 보름달 천지다
>
> 급하다 급해,
> 출근이고 뭐고 간에
>
> 후딱,
> 달맞이나 해야 쓰것다
>
> ─「달맞이」 전문

가족 이야기에서 빚어지는 상처와 사회생활에서 겪는 무거움이 「달맞이」라는 한 편의 시에서 해소되는 듯하다. 가족의 뼈아픈 상처는 물의 낯에 손가락을 넣어 지문을 새기는 것과 같다. 애증이 공존하지만, 끈끈한 피의 연대로 묶여 수용할 수밖에 없는 운명이다. 거창한 이데올로기나 위선적인 정치적 신념에 대해 목청 높여 비판하고 싶어도, 그럴 용기가 없거나 일상에 취해 무관심하게 지나치기도 한다. 거대한 바깥세계에 대한 거센 비판보다 자신의 작은 일터와 가정에서 반듯한 햇살을 비추는 시인의 면모가 박완호의 시세계다. 거대한 울림이 아닐지라도 따스하게 누군가를 위로하고 보듬는 손길이 있어 빛나는 곳이다. 생계를 위한 척박한 일터를 미루고, 급한 출근을 미루고 후다닥 사랑의 행위를 하는 그 솔직함이 빙긋 미소를 짓게 한다. 스트레스와 무거움, 진득한 상처를 훌훌 벗어던지고 당신의 두 다리에 힘을 돋게 하는 것, 신나게 대문을 박차고 나갈 수 있게 만드는 것은 원초적인 사랑의 힘이다. 동물적이면서도 영혼의 숨결을 가진 그 에로틱한 욕망이 삶을 추동시키는 힘이며, 시를 창조하게 만드는 리비도의 승화이다. 환하고 반듯한 애정의 시편들에서 타자를 위한 사랑의 몸짓이 피어난다. 그 물빛 정원에서 무수한 타자들은 위로의 빛을 느낄 수 있고 편안한 숨을 쉴 것이다. 수면에 손가락의 파문이 번지듯, 물결처럼 독자들을 위무하는 그의 부드러운 손길은 따스하다. 파란 물이 든 종이를 들고 여름의 정원으로 걸어간다.

제3부
트라우마와 여성시

해골과 가면의 시선

— 정채원론

---

1. 앤디 워홀의 해골

예술과 일상의 경계, 삶과 죽음의 아슬아슬한 줄타기, 숭고와 비천함의 곡예로 가득한 세계에서 고독하게 울음 우는 존재가 있다. 벼룩시장에서 우연히 발견한 현대 팝아트의 거장인 앤디 워홀의 해골을 본다. 그 해골은 정채원 시인의 상상력으로 느닷없이 진입하여 긴 사념의 똬리를 튼다. 한없이 가볍게 날뛰는 벼룩, 그 이면을 뒤집으면 삶을 향한 맹목적인 몸놀림이 벼룩의 널뛰기이다. 톡, 톡, 튀어 오르는 벼룩의 집요한 욕망 뒤에는 견고한 죽음의 해골이 공존한다. 그녀는 벼룩시장이라는 값싼 물건을 소개하는 신문과 문화 권력의 아이콘이자 현대 미술의 상징이 된 앤디 워홀을 교차시킨다. 세계에서 가장 비싸게 작품이 거래되는 작가 중의 한 명이면서 공장에서 찍어내듯 실크 스크린 작품을 대량 생산한 작가가 워홀이다. 상업미술과 순수미술의 경계를 가볍게 뒤흔들어 뉴욕을 중심으로 한 미국 팝아트의 매력을 전 세계에 퍼뜨린 앤디 워홀에 대해 시인은 진중하게 성찰하고 있다. 팝아트의 주된 특징은 다음과 같이 요약될 수 있다.

> 팝아트는 소비사회와 대중문화의 이미저리와 기술을 활용했던 20세기 예술운동이다. 1950년대 후반 추상표현주의에 대한 반동으로 일어났고, 1960년대와 1970년대가 전성기이다. 팝아트는 형상을 주로 하는 이미저리와 캠벨 수프 캔, 4단 만화, 광고처럼 우리가 일상에서 늘 보는 대상들을 재생한다. 이 운동은 순수예술과 상업예술을 '좋은' 취향과 '나쁜' 취향이라고 구분을 짓던 경계선을 허물었다.[1]

앤디 워홀은 뉴욕에서 구두 디자인으로 유명세를 떨쳐 상업예술 분야에서 각종 수상을 한 후, 회의가 생겨 순수예술로 전향하게 된다. 그가 선택한 소재의 신선함은 대중의 흥미와 관심을 끄는 데 성공한다. 미국인이 가장 즐겨 먹는 캠벨 수프 캔, 코라콜라 병 등 아주 익숙한 사물을 소재로 택했고, 그 제작과정 역시 남들과는 차별화된 전략을 구사한다. 순수미술로 전향한 초기에는 만화 작업을 했었는데, 이미 그 분야에서 인정을 받은 리히텐슈타인이 있었기 때문에 과감하게 만화 작업을 포기한다. 새로운 소재, 새로운 기법에 대한 집요한 천착이 워홀에게 미술의 패러다임을 전환하는 데 기여하게 한

---

1) 아선 단토, 『21세기 창조적 인재의 롤모델, 앤디 워홀 이야기』, 박선형 옮김, 명진출판, 2010, 126쪽.

것이다. 그러한 워홀의 미적 실험에 대해 정채원은 자신의 시작에 있어서의 방법론을 적용하고 있다. 그녀는 김지녀 시인과의 대담에서 시적 새로움에 대하여 이렇게 말한다.

> 오늘은 이런 방식으로 내일은 또 다른 방식으로 변해가면서 자신을 표현할 수 있는 '형식'을 가지고 싶어하지만 이 '형식'은 그를 가두는 감옥이 될 수도 있겠지요. 어제는 서정의 축 위에 서 있다가도 오늘은 전위로 나아가는 것이 자유를 추구하는 시인의 행보가 아닐까요? 또 그 반대도 가능하겠구요. 아무튼 어느 한 군데 머물러 있는 건 참을 수 없는 일이기도 합니다. 어떤 경계 안에도 안주하지는 말아야겠지요.

이처럼 새로운 시적 혁명에 대한 열정은 그녀의 두 번째 시집인 『슬픈 갈릴레이의 마을』 출간 이후에도 계속 이어진다고 볼 수 있다. 시인은 끊임없이 자신의 시적 패턴을 전복시키고 새로운 지평으로 나아가야 한다. 한국 시단에서 서정시와 모던한 시의 두 산맥이 견고하게 버티지만, 때로는 그들의 견고한 벽 사이에서 다채롭고 특이한 발성을 지닌 시인들이 흔적 없이 묻혀버리는 경우가 많다. 그 누구도 흉내를 낼 수 없는 목소리를 가졌거나 아주 폭넓은 사유체계를 가진 시인들이 해독 불가능으로 오인되는 경우도 많다. 하나의 경향으로만 몰아가는 시단의 정치성을 경쾌하게 뒤집는 그녀의 발언은 주목할 만하다.

> 앤디 워홀이 만들었다는 벼룩시장에서 샀다는 해골로 만든 작품 '두개골'이 있지 내 해골을 긁적거리면 네 해골이 시원해질 수도 있을

까몰라 빈대가 들끓는 내 영혼을 보여주어야 네 영혼을 들여다볼 수
있다고 외치는 건가 입을 한껏 벌리고 있네 벼룩시장에서 산 것이라고
다 벼룩이 들끓는 건 아니라네 고르고 튼튼한 이빨들, 벌레 먹은 것 하
나 없이 그는 죽음에 먹혀 버렸네

— 「벼룩시장에서 만난 해골」 부분

한없이 가벼운 존재, 그 누구도 주목하지 않는 자신을 위해 끊임없
이 톡톡 뛰는 연습을 반복하는 자들에 대한 연민이 스며 있다. 시를
쓰는 과정 역시 벼룩처럼 덧없이 뛰어 오르는 수행이 아닐까? 그러
나 그 가벼운 몸짓의 끊임없는 반복을 통해서 마침내는 죽음의 이빨
을 조롱할 수도 있다는 역설을 정채원은 보여준다. 시가 돈이 되지
않는 시대에 무명 화가의 허무한 붓놀림과 유명 화가의 부와 명성을
교차시키면서 진정한 예술에의 길이 무엇인지를 되묻고 있다. 해골
이 상징하는 죽음의 이미지도 예술에서는 아주 가벼울 수 있고, 그
가벼운 죽음은 자본주의 체제에서 대중에게 소통되는 상품화된 이미
지일 따름이다. 죽음마저도 상품으로 소비되어지는 현대 사회의 물
신 숭배에 대한 페티시즘으로 읽혀진다. 새롭고 신선한 발상으로 기
존의 예술을 전복시키는 혁명을 성취한 앤디 워홀에게 시인은 자신
의 시적 혁명에 대한 욕망을 투사하고 있다.

2. P와 Y의 가면놀이

해골이 죽음의 이미지라면 가면은 인간 존재의 중첩적인 이미지를
암시한다. 정채원 시인은 언제나 삶의 단면보다는 그 이면의 다양한

색깔과 체취를 감지하는 촉수를 지녔다. 슬프고 우울한 일상 안에서 죽음의 희열이나 밝은 빛을 채집하는 안테나를 시 작업에서 작동시킨다. 「슬픈 갈릴레이의 마을」 시편의 서두 부분에서 "어머니. 저는 오늘도 돌아요/압력밥솥의 추처럼/얼음판 위를 헐떡이는 팽이처럼/터질 듯한 마음의 골목골목/팽글팽글 돌아요, 돌아야 쓰러지지 않아요/당신의 경전을 맴돌면서/저는 의심하고 또 의심해요"라고 말하면서 삶의 이중성, 다층적 세계관을 제시한다. 일상에서 밥을 하는 단순한 행위의 이면에서 존재에 대한 거대한 의문을 투영한다. "가장 안전한 곳은 가장 위험한 곳"으로 급변할 수 있음을 설득력 있게 전달한다. 자본과 속도로 점철된 현대 사회에서 가장 안전한 곳으로 위안을 받는 가정이란 공간이 때로는 가장 잔혹하고 소외된 공간일 수 있음을 보여준다. 의식과 무의식, 평범한 일상과 낯선 일탈이 교차하는 현대적 삶의 단면을 압력밥솥의 추 이미지를 통해 압축적으로 보여준다. 그녀의 이와 같은 통찰력은 「에임즈 룸」, 「울음의 내부」, 「참외처럼 외로운 저녁」에서도 견고하게 유지된다. 특히 「에임즈 룸」에서는 P와 Y의 가면놀이가 흥미롭게 진행된다. 에임즈 룸이란 미국의 알버트 에임즈 주니어가 1943년에 고안한 것으로 배경에 의해 사물의 크기가 달라 보이는 광학적 착시현상을 보여주는 것이다. 배경에 의해 사물의 크기가 달라 보이는 것은 원근법이 아무 의미가 없다는 것을 암시한다. 현실의 리얼리티가 언제든지 변형되고 왜곡될 수 있다는 것을 전제로 한다.

2년 전 가을부터 사랑을 호소하는
p의 얼굴을 조각그림으로 맞추어본다
검정색 조각으로는 담배 피우는 남자
흰색으로 보면 술에 취한 여자 얼굴
왼쪽 뺨에선 물고기가 헤엄을 치고
오른쪽 귀에선 새가 날아오른다
소녀의 이마가 할머니의 턱이 되고
할머니의 목주름이 소녀의 스커트가 되기도 한다.

— 「에이즈 룸」 부분

원근법의 붕괴는 회화에서 현대 미술의 지평을 확장시켜주는 역할을 한다. 사물을 있는 그대로 모방하던 것에서 탈피하여, 사물을 새롭게 창조하는 영역으로 전환시키게 된다. 리얼리티를 재현하는 것에 대한 한계를 원근법의 붕괴에서 읽을 수 있고, 시에 있어서도 리얼리티를 구현하는 리얼리즘 문학에의 반성이 포스트모던 문학임을 이해할 수 있다. 특히 현대시에 있어서의 리얼리티는 시인의 독특한 감수성으로 포착되는 현실과 환상의 경계에 자리 잡은 공간이다. 의식과 무의식의 틈새를 비집고 나오는 구멍 같은 것이다. 「에이즈 룸」에서는 이러한 측면을 회화적 도구 장치를 통해 구현하고 있다. "다정했던 오른손이/오늘은 왼손보다 더 무뚝뚝하다//찢어버린 원근법 틈새로/우울한 표정의 회색 물방울이 똑똑 떨어진다/p와 y가 다시 자리를 바꾸려다 미끄러진다"라는 시의 후반부는 불안정한 현대적 주체의 모습을 잘 담아내고 있다. 안정된 기표, 확고한 주체의 구성이 아닌, 상황에 따라 구성되어지는 주체임을 시적인 장치들을 통해 보여준다. 배경의 아우라와 계급의 기표 내에서 포장되어지는 것들, 이미지로만 존재하는 환상들의 미묘한 층위를 훑어내는 시인의 시각이 독특하다.

이처럼 정채원 시인은 가면에 대한 성찰을 흥미롭게 진행한다. 김지녀 시인과의 대담에서 그녀는 "가면무도회에서 가면을 벗어던진 자는 퇴장되어버리고 말듯이 상식을 무시하는 자는 왕따가 되어버리고 마니까요. 돌면서도 돌지 않는다고 말해야 하는 자의 슬픔과 지독한 외로움이 거기 있지요. 한 시대의 상식이 먼 훗날에는 터무니없는 몰상식이 되기도 한다는 것을 갈릴레이가 그랬듯이 우리 시인들도 잘 알고 있지요. 고정관념에 대한 끊임없는 의문 제기 그것이 문학이 혹은 모든 예술이 할 일이라고 생각합니다"라고 얘기한다. 그녀의 말을 유추해보았을 때, 그녀의 주된 시적 수행은 가면의 해석학처럼 느껴진다. 일상이라는 거대한 가면무도회에서 상식적인 삶을 수행하면서 한밤중에는 가면을 산산이 찢어버리거나 아니면 타자의 가면을 몰래 훔쳐 써보는 것이다. 가면을 벗을 수 없는 압박감과 시 속에서 가면을 벗고 활보할 때의 미묘한 쾌감은 그녀로 하여금 계속 시를 쓰게 만드는 원동력인지도 모른다. 교양과 친절한 화법 안에서 미끄러운 물고기처럼 살아가는 세련된 도시에서 때로는 우물쭈물, 뒤뚱뒤뚱 어눌한 걸음걸이로 걷고 싶은 것이다. 그러다가 때로는 엉뚱하게 가면을 확 벗어 던지고 누군가의 뒤통수를 바가지로 퍽, 때리고 싶은 것이다. 그 대상이 독자일 수도 있고 일상 안에서 그녀를 괴롭힌 교활한 동물일 수도 있다.

발아래 엎드려서라도
네 어둠의 내부를 들여다보고 싶은 적 있었다
바닥을 기어서라도
그 떨림의 끝에 닿고 싶었지만

두께를 알 수 없는 울음은 어디에서 온 건지
바람을 삼키고 번개를 삼키고 그림자를 삼켜
아득한 실개울 작은 조약돌의 숨결처럼 시작된 떨림은

어느 울퉁불퉁한 별이 때리고 간 것일까

—「울음의 내부」 부분

상반신이 날아간 동종을 보면서 쓴 위의 시에서는 삶의 극단, 치명적 상처에 대한 울음을 담고 있다. 바닥에 납작 엎드려라서도 듣고 싶은 너의 상처와 비애, 그것은 자세히 들여다보면 내 안의 또 다른 타자의 울음이다. 깨어진 동종의 울퉁불퉁한 상처는 칼날처럼 아프다. 내면의 콤플렉스와 억압에 어쩔 줄 모르는 무수한 타자들이 서로서로 할퀴고 후려치는 것이 일상처럼 되어버린 현대의 삶이다. 무한 경쟁이란 수레바퀴의 틈새에서 언제 쫓겨날지 모르는 불안감, 자신의 목소리를 잃어가는 삶, 솔직할수록 배반의 칼을 더 일찍 맞게 되는 공포에 대한 안타까움이 스며 있는 시이다. 자신의 몸통을 때려서 울어야만 타자의 심장에 감동을 주는 종의 운명, 그것은 지독한 시인의 운명이 아닐까? 마조히스트처럼 상처와 흉터에서 핏빛 울음을 울때에 비로소 감응하는 저 냉정하고 무자비한 독자들, 시인은 두들겨 맞는 악기의 가면을 쓰고 울고 있다.

「참외처럼 외로운 저녁」 시편에서는 전혀 연관이 없어 보이는 두 개의 소재를 특이하게 병치시킨다. 바다 밑 모래 바닥을 헤엄쳐가는 넙치와 저녁 간식으로 먹는 노란 참외를 연결시킨다. 바닥이 집이자 거처이고, 왼쪽으로 눈이 몰린 넙치는 시인의 자화상 같다. 납작 엎드려 시의 모래 바닥을 헤집고 다니는 넙치는 모래로 덮인 희뿌연 눈동자를 껌벅거린다. 현대 사회의 날렵한 전사들 뒤에서 버림받은 채, 자본과는 전혀 상관이 없는 시의 모래 바닥을 느릿느릿 헤집는 시인의 모습이 매력적이다. 그 넙치는 씨앗을 빼낸 텅 빈 동굴 같은 참외와 다를 바 없다. 흐린 잿빛의 넙치와 동글동글한 노란 참외가 어울릴 것 같지 않지만, 칼로 깎아 접시에 놓은 참외는 텅 빈 동굴이자, 씨앗을 빼낸 자궁이다. 낯선 사물들을 시 속으로 끌어와서 이리저리 짜맞추기를 해서 독특한 의미를 생산하는 정채원의 묘한 매력이 담겨 있는 시이다.

가면처럼 외로운 현대인의 자화상이 극단적으로 묘사된 작품은 「20초 동안만」이다. 뇌수술 후유증으로 오로지 20초 동안만 기억을 간직할 수 있는 남자가 주된 모티프이다. 인터넷을 비롯한 최첨단 기계문명의 도움으로 속도의 눈부신 전쟁에 노출된 현대인에게 타자들은 잠시 스치는 순간일 뿐이다. 페이스북 화면에서 친구를 검색할 때, 손가락으로 친구의 얼굴을 스치는 데는 1초도 걸리지 않는다. 잠시 스치고 넘어가버리는 인간관계의 그물 속에서 더 깊은 소외의 늪으로 빠지는 것이 우리들의 비애인지도 모른다. 친구는 전 지구적으로 늘어나지만 정작 오랜 시간 다정하게 사소하고 하잘 것 없는 나의 이야기를 들어줄 친구가 없어 슬프다. 이 시는 타자들을 20초 동안만 기억하기를 강요하는 현대적 삶에 대한 패러디이다.

> 20초 동안만
> 기억할 수 있는 사람들
> 슬픔도 힘이 없고 자꾸 끊어진다
> 막 피어나는 꽃밭과 짙어지는 비구름 속에서
>
> 뇌수술 후
> 20초 동안만
> 기억할 수 있다는 그 남자처럼
>
> 뒤통수 없는 얼굴들이
> 어깨를 부딪히며 지나간다
>
> ─「20초 동안만」부분

　불안하고 순간순간 미끄러지는 가벼운 인간관계의 극단적 상황을 제시하고 있다. 생이라는 거대한 가면무도회에 초대된 무수한 타자들이 끈끈한 슬픔과 다정한 시선에서 행복을 누리기보다는 파편화된 존재로 전락한다. 산업사회의 기계 부품으로서의 이미지를 넘어서 한 순간 존재하는 모니터 상의 영상일 뿐이다. 손가락 끝으로 살짝 스치면 1초 후에 미끄러져 버리는 관계들의 은유이다. 자신의 존재를 과잉으로 노출하는 현대의 주체들, 그 주체들의 목소리는 소음처럼 떠돌 뿐이다. 예술이건, 시이건, 일상이건 모두가 주인공이 되고 싶어하지만 끊임없이 주변으로 떠밀리는 상황에서 버림받는 타자들이다. 그 가면들이 춤추는 공간이 정채원의 시적 공간이다. 끝없이 톡톡 튀어 오르는 벼룩이거나, 20초 동안만 주체로서 존재하는 남자, 깨어진 동종, 모래 바닥을 헤집다 왼쪽으로 눈이 몰린 넙치처럼 화려한 가면이 아닌 절뚝거리는 가면들이 부르는 우울한 팝송이다. 그때 앤디 워홀이란 이상한 마법사가 날아와 쑥 내미는 해골, 이것이 시가 아닐까? 그러나 정채원 시인은 앤디 워홀도 의심스러워, 저녁 무렵 해골이 비치는 자신의 거울을 혼자 물끄러미 바라본다.

시의 지평을 가로지르는 야생마

— 허혜정론

가끔씩 허혜정 시인을 생각하면, 화려한 마구를 온몸에 두르고 넓은 평원을 자유롭게 질주하는 야생마가 떠오른다. 그녀는 사회적 제약이나 편견에 아랑곳없이 당당하게 자신만의 길을 걸어가는 자유로운 영혼의 소유자이다. 허혜정과 나는 둘 다 말띠의 동갑내기인데, 백말띠라는 말을 들었다. 우리는 386세대가 겪어야만 했던 군사정권 시대의 고통을 대학시절에 겪으면서 심한 두통을 앓았고 끝없이 방황해야 했다. 대학시절 그녀의 등단작인 「귀무덤」(『한국문학』 1987년)은 이러한 시대에 대한 고뇌를 깊이 보여주고 있다.

내가 허혜정을 처음 만난 것은 10년 전쯤 제주도에서였다. 『다층』에서 주관하는 문학행사에 나와 허혜정은 5살로 동갑내기인 아들을 데려갔었다. 같은 또래의 아이를 기르는 엄마들은 아주 짧은 기간에 서로 연대감을 갖게 마련이다. 그녀는 1995년 『현대시』와 1998년 『중앙일보』 신춘문예를 통해 문학평론가로 등단했던 시기였고, 나는 그녀와 동갑내기의 시인이었기에 쉽게 대화를 틀 수 있었다. 그녀는 서울내기 여자로서 세련된 외모와 상냥한 말씨가 인상적이었다. 무엇보다도 내가 좋아하는 것은 예민한 촉수를 지닌 그녀의 문학적 감수성과 능력이다. 당시 간혹 지면에서 접할 수 있었던 그녀의 박력 있는 평론과 화려한 문체는 매력적이었다.

제주도에서의 만남 이후로 우리의 우정은 무르익어갔고 2003년부터 『시와 사상』의 편집위원으로 함께 활동하는 각별한 사이가 되었다. 우리는 가끔씩 시와 문학, 가족 이야기, 힘겨운 대학 강사로서의 삶 등을 얘기하면서 서로를 격려하였다. 우리는 대대로 인문학적 분위기가 무르녹아 있는 집안에서 자라났고, 다소 이른 결혼을 했고, 동갑내기 자녀를 둔 일하는 엄마로서 비슷한 환경 속에 있었기에 누구보다 서로를 잘 이해할 수 있었다. 그녀의 아버지는 낭만주의 영시를 가르치는 영문학 교수였고 나의 부친은 교장 선생님이셨다. 게다가 두 분이 경남 진주고등학교 동창인 것을 우연히 알게 되어 둘이서 한참을 웃었다. 두 분 모두 딸의 의견과 문학적 열정을 존중해주는 아주 자상하고 '열린' 남성이었다. 우리에게는 "아버지의 딸"로 자란 정서적 공통점이 있었고, 삶의 이력과 경험이 엇비슷해 한 마디를 해도 두 마디를 알아듣는 관계였다.

허혜정은 본래 서울 태생이지만 친정 집안 어른들이 산청과 진주에서 일가를 이루셨고 어린 시절 간간이 고향에서 산 적도 있기에 산청 태생이라고 약력에 쓴다고 했다. 그녀의 집안은 일본의 명문대에 유학했던 조부님들을 비롯하여 수많은 공직자와 교육자를 배출해 낸

꽤 유명한 가문이었다. 일제시절 독립운동 자금을 대주시던 할아버님들의 서재 두 채가 지방문화재로 각기 지정되어 있을 정도다. 그녀의 고모 한 분도 이은상 선생을 은사로 둔 시인이었다고 한다. 그녀는 당당한 집안과 학구적인 가풍 속에서 자라나 자연스레 초중등시절부터 문학에 깊이 빠져들었고, 소설가 박완서, 정연희, 시인 김승희, 에세이스트 맹난자 등의 유명 문인들을 배출한 숙명여고 문맥의 한 축을 이루고 있다. 대학시절에도 '태동인'(현재 문학평론가 김춘식, 희곡작가 최명수 등)을 결성하여, 5인시집 『무지개는 가늘게 앓고 있었다』를 발간했다. 그녀는 대학시절 일찌감치 등단해 90년대 초반 '슬픈 시학' 동인(시인 전윤호, 정병근, 번역가 성귀수, 평론가 최인자 등)을 결성하여 『슬픈 시학』 동인지(청하)를 냈다. 91년 첫 시집 『비 속에도 나비가 오나』(청하)를 발간하면서 그녀는 서서히 문단에서 두각을 나타내기 시작했다.

허혜정과 나는, 문단의 또래로서만이 아니라 전문직을 가진 남편을 만났다는 공통점도 있었기에 비슷한 고민에 처해 있을 때가 많았다. 허혜정은 성형외과 의사와 결혼했고, 나는 변호사와 결혼을 했다. 이른바 '사'자 타령을 하는 한국 사회에서 유능한 남성들과 결혼했지만, 우리는 일과 가정 사이에서 많은 갈등을 겪어야 했다. 현모양처의 이념에 지쳐 우리의 심신이 명투성이었을 때, 우리는 많은 격려와 조언을 나누는 서로의 멘토가 되었다. 거의 일에 미쳐 사는 그녀가 안정적인 가정과 헌신적인 여성을 요구하는 남자와 사는 것이 쉽지는 않았을 것이다. 그녀의 성장환경과 너무도 달라 문화충돌을 겪을 수밖에 없던 시가, 그녀의 표현으로 "인생의 프레임"이 달라 소통이 단절된 남편에 대해서 가슴 아프도록 고뇌하는 것을 나는 많이 보았다.

하지만 그녀의 시에 간혹 등장하는 여성의 이야기는 단지 그녀의 이야기가 아니라 보이지 않는 가부장적 억압과 권위의 체제로 가동되는 우리 시대의 초상이다. 특히 결혼에 있어 허혜정은 내게 "이식의 고통스런 경험"이란 표현을 쓰기도 했다. 대화와 인문학적 가치가 존중되는 자유로운 환경에서 자라다가, 여성의 무한희생을 요구하는 결혼제도에 편입되어야 했던 충격, "표현과 인식"을 절대가치로 여기는 그녀의 일에 대한 가족의 몰이해 속에 그녀는 "공부할 때마다 죄의식을 느껴야 했다"며 "왜 그래야 하는가?" 분노하며 묻곤 했다. 언젠가 우리는 부산 바닷가에서 긴 대화를 할 기회가 있었는데, 그녀는 언어 속으로 질주하고픈 발목을 낚아채는 결혼제도의 안장과 고삐를 벗어던지고픈 갈망에 시달리고 있었다. 그녀는 수많은 갈등 속에 부서져간 자신의 언어를 돌아보는 것을 고통스러워했으며, "나의 영혼이 자유로워지는 순간 시집을 묶겠다"고 몇 번이고 말했다.

나는 마침내 17년 만에 발간된 그녀의 시집 『적들을 위한 서정시』를 읽으며 많은 생각에 사로잡혔다. 이기적이고 능력 있는 남성의 부속물이 될 수 없는 '능력 있는' 여성의 고뇌를 엿볼 수 있는 언어였다. 치열한 경쟁사회 속에 방치된 가정을 돌아보는 현대인의 삶, 특히 심신의 피로와 정신세계를 이해받지 못하는 시인의 번민이 가슴 깊이 다가왔다. 허혜정은 자주 많은 친구와 사람들 속에 둘러싸여 있지만, 그녀의 시에는 깊은 공허와 고독, 치열한 자기 직시의 욕망이 선연히 묻어난다. 아울러 우리 사회의 억압과 권위주의 실체를 치열하게 파헤치고 있는 「가마」와 「스란치마」 등의 시편들은 자본주의의 생산기지로 가동되는 결혼제도의 모순과 공허함을 구체적으로 보여준다.

> 본전도 못 찾을 서약을 요구하는 주례사와
> 무조건 지켜야만 한다고 선언된 사랑
> 오늘도 번성하는 웨딩 산업은 집들을 쏟아내고
> 행진곡 쾅쾅 울리고 플래시 펑펑 터지고 부케가 날아가고
>
> 덧문은 닫혔다, 이제야 왜 떠오르는 오동나무 허방의 집
>
> ―「가마」 부분

시를 읽어보면 현대 여성에게 강요되는 관습의 틀과 유교적 전통, 가부장적인 일상이 그녀에게 적지 않은 고뇌를 강요한 듯하다. 특히 강한 자의식과 높은 경제력, 자기 독립의 의지를 가진 여성에게 결혼은 절대의 틀이 되지 못한다. 나는 남다른 미모로 유명했던 그녀가 처녀시절 꽤 괜찮은 '구혼자'들 사이에서 행복한 고민과 선택을 했음을 알고 있다. 그녀의 화려한 외양과 유복한 환경 때문인지 사람들은 간혹 엉뚱한 오해를 한다. 내가 아는 허혜정은 '바깥'보다는 자신의 존재감에 충실하고 학구적이며 철학적이다. 현실에 안주하지 않는 강한 도전심과 정의감도 가지고 있다. 그녀는 솔직하고 자주 도취하고 쉽게 감격한다. 언젠가 우리는 미국의 고백파 시인들 얘기를 하면서 앤 섹스턴의 시에 대해 이야기를 나누었다. 허혜정의 시에는 앤

섹스턴이 겪었던 자기 분열의 고통처럼 현실과의 극심한 갈등과 독립자로서의 자아를 지켜가기 위한 투쟁이 엿보인다. 허혜정은 자신을 페미니스트가 아니라 '우머니스트'라고 강조하곤 했다. 제도적인 요소보다는 보다 근원적인 여성적 뿌리에 대한 그녀의 관심을 엿볼 수 있다.

그녀는 현대의 부조리와 맞닿아 있는 모순적인 제도나 시대의 위선과의 싸움을 날카롭게 시 속에 각인해놓았다. 「스란치마」, 「미니어처」, 그리고 「그의 집」 등의 시는 우리의 일상만이 아니라 정글 같은 조직사회와 역사를 관통하는 권력의 문제에 대한 예리한 시각을 드러낸다. 특히 「남자의 초상」에서는 같은 장소에서 다른 길을 추구하는 인간관계의 무덤 같은 고독을 그려내고 있다. 『적들을 위한 서정시』 제2부를 구성하는 장시에서는 전복적인 시적 전략이 시대적 탐색과 맞물려 극적으로 전개되고 있다. 「립스틱, 중심을 지우는 중심」, 「미망인으로 살기」, 그리고 「만약 나의 삶이 나쁜 스토리라면」과 같은 시편에서 세계의 문법이 만들어낸 타자에 대한 탐구를 신선하고 전복적인 언어로 보여주고 있다.

2008년의 미국 대통령 선거전에 공화당의 부통령 후보인 사라 페일린이 자신과 남자 정치인과의 차이는 립스틱을 바른 점이라고 연설을 했다. 그러자 민주당 대통령 후보인 버락 오바마가 '립스틱을 바른 돼지'라는 실언으로 큰 정치적 위기에 직면하기도 했다. 여성의 입술에 그리는 립스틱은 그 색깔이 무수히 화려하고 다양하다. 권력의 중심에 서 있는 권총이나 칼 대신 립스틱의 마술을 통해 허혜정은 "지배와 종속"이라는 위계적 가치에 익숙해진 세상의 문법을 조롱하고 있다.

날카로운 위트가 돋보이는 「미망인으로 살기」에서는 세상을 살기 위한 가면에 불과한 여성의 온순함을 조롱하고, 세계라는 텍스트를 자신만의 시선으로 당차게 읽어내는 시적 재능을 유감없이 보여주고 있다. 그녀의 시는 박력이 넘치고 때로 유머러스하면서도 신랄하다. 문학적 재능은 시인으로서만이 아니라 비평가로서의 예리한 시선에서도 잘 엿보인다. 언젠가 나혜석에 관하여 내가 쓴 시 「自畵像」을 읽은 그녀는 나혜석의 비극을 이야기하며 "우리는 패배하지 말아야 할 의무가 있는 세대"라는 결론을 내렸다. 인식의 지평을 열어가기 위한 고독은 예술가의 절대숙명이라는 그녀의 강인한 말도 귀에 선하다. 그녀가 날마다 수행해내는 엄청난 작업량과 모성적인 모습에서도 그녀의 강인한 일면을 엿볼 수 있다. 바쁜 일상 속에서도, 마치 그녀의 아버지가 그러했던 것처럼, 감동적인 엄마로서의 허혜정을 나는 종종 보았다. 그래서인지 그녀는 내가 둘째를 낳았을 때 "걸리버의 나라"로 호출된 나를 누구보다 깊이 염려했다. 난데없이 나를 모델로 등장시킨 칼럼 「소인국의 악몽」에는 혹시라도 육아에 치여 나의 일에 차질을 빚지 않을까 걱정하는 그녀의 마음이 고스란히 담겨져 있다. "신은 없어도 좋다. 가사도우미는 있어야 한다!"는 살림치에 가까운 그녀이지만, 여성에게 강요된 '업무'를 치러내기 위해 나름대로 분투하는 면에 대해서도 나는 알고 있다. 하지만 늘 그녀는 지루하고 공허한 '업무'와 갈등이 반복되는 생활에 사표를 내던지고, 자유로운 정신으로 학문에 전념하고 싶어했다.

잘 알려져 있다시피 허혜정의 스승은 돌아가신 이형기 시인이다.

이형기 선생님의 따님 결혼식 날에 나는 처음으로 그분을 뵈었다. 휠체어에 앉아 있는 모습이었다. 고등학교 시절 국어선생님으로부터 배운 「낙화」라는 시를 쓰신 시인을 직접 만나뵙는다는 설레임도 잠시 나는 의외로 내빈이 작았던 결혼식장 풍경에 조금 놀랐다. 그러한 분위기에는 아랑곳없이 스승의 13년의 투병기간 동안 굳건히 은사 곁을 지켜온 그녀의 모습이 내게는 인상적이었다. 그녀는 세상의 영악한 시류에는 아랑곳 없이 이형기 시인을 박사학위 지도교수로 모신 유일한 제자로 남았다. 그분 생전의 마지막 시집 『절벽』이 발간되는 동안 그녀는 스승의 시를 교정 보고 아포리즘을 편집하는 등 스승의 곁을 누구보다 가까이 지켜온 제자였다. 그런 절개 덕분에 그녀는 박사학위 취득과정에서도 많은 고생을 한 것으로 알고 있다. 그녀의 말에 의하면 "오세영 선생님과 홍신선 선생님의 은덕"으로 천신만고 끝에 박사학위를 받았지만, 교수로 임용되기까지 적지 않은 고생을 한 것으로 나는 안다. "자유로운 영혼은 자신의 장소를 선택한다"는 에밀리 디킨슨의 시구처럼 그녀는 영혼의 더듬이가 선택한 길을 포기하지 않는 고집 센 당나귀이기도 하다.

우연히 나는 허혜정의 제자에 대한 깊은 사랑을 엿본 적이 있다. 그것은 집안의 내력일 것이라 생각한다. 평소에 느끼는 것이지만, 그녀는 당연히 모셔야 할 윗분들보다는 아랫사람에게 베푸는 정성이 각별하다. 그녀는 편지 쓰기를 매우 즐기는데, 그 편지를 가장 많이 받는 이들도 다름 아닌 제자들이다. 제자들의 편지에 일일이 답장을 하는 성실함 때문인지, 오래전의 제자들이 자주 그녀를 찾아오곤 한다. 제자가 없는 스승은 더 이상 스승이라 불릴 수 없음을 그녀는 명확하게 인식하고 있다. 시 속에서 무한히 자유롭고 전복적이면서도 현실에서는 치열하게 자신의 역할을 감당하려 애쓰는 것 자체가 그녀의 시적 비극인지도 모른다. 내면과 외면 사이에서 적절한 긴장과 균형을 견지하려는 갈등 속에서 그녀의 시가 태어난다.

시 속에서 그녀는 바닥 없는 공허와 고독 속에 외로이 펜을 굴리지만, 실제로 그녀는 초등학교 동창까지 꼬박꼬박 챙겨 만날 정도로 친구가 많고 진실한 대화를 나누는 시간을 즐긴다. 자유를 구가하는 야생마처럼 대담하고 개성적인 기질을 가졌지만, 현실이라는 마굿간의 짐을 묵묵히 지고 가는 그녀를 보면 친구로서 마음 한구석에 안쓰러움이 밀려들기도 한다. 지금은 그녀가 한국사이버대학의 문예창작학부 교수가 되었지만, 오랫동안 강사생활을 하며 느꼈던 피로와 슬픔에 대해 우리는 많은 얘기를 나누었다. 공정한 경쟁의 룰이 잘 지켜지지 않는 대학의 모순적인 상황 속에 많이 아파했음이 그녀의 시편을 읽으면 드러난다. 무수히 많이 존재하는 현대의 적들에 대하여 시가 할 수 있는 것이 무엇인지를 고뇌하는 물음이 『적들을 위한 서정시』엔 가득하다.

허혜정과 나는 기질적으로 많은 차이를 가지고 있지만, 신비와 불가해한 진실에 대한 사랑을 간직하고 있다는 점은 강력한 공통항이기도 하다. 허혜정과 나는 '꿈'을 적지 않게 꾸는데, 간혹 꿈 이야기 때문에 긴 전화통화를 하기도 했다. 우정의 힘일까? 허혜정이 너무나 갈망했던 대학 임용을 예견하는 꿈을 내가 꾸었던 일도 있을 정도였다. 우리는 융의 공시성이나 주역, 전생 등에 대해서도 남들이 알면 미쳤다고 할 정도로 많은 의견을 나누었다. 그녀는 노장자나 불교적 분위기에 익숙해 있지만 점성학과 기독담론에도 해박했고, 나는 영문학을 전공한 가톨릭 신자로서 선(禪)에 깊은 관심을 가지고 있어 동서양의 어떤 철학적 입장도 편견 없이 받아들이는 편이었다. 내가 허혜정을 좋아하는 까닭은 학문이나 문학에 편견이 없고, 금기의 벽을 설정해두지 않는다는 점 때문이다. 언제나 열려 있는 그녀의 분방하고 진지한 사고가 나는 좋았다. 우리는 이집트의 신화나 영감, 예감 등에 대해 서로 신비스럽게 생각하면서 서로의 의견과 놀라운 경험을 나누기도 했다. 딱딱하게 경직되어 있지 않은 사고의 유연성이 그녀의 글에서 엿보일 때마다 나는 행복하다.

그녀의 시편들 가운데 나에게 가장 그녀답다고 여겨지는 시는 「미인도를 닮은 시」이다. 허혜정이 아니면 그 누구도 쓸 수 없는 그녀만의 시라고 여겨진다. 시의 구조나 시어에 있어서도 아주 잘 탁마된 빼어난 시이다. 호방하고 자유로운 시정신을 최고의 가치로 여기는 시인의 내면이 잘 형상화되어 있다.

어디 옛 미인만 그렇겠는가
당신들은 내 문턱을 호기로 밟았다고 하지만
한 서린 소리를 즐기던 가야금이 그대들을 위함이라 믿지만
복건을 쓴 유학자든 각대를 띤 벼슬아치든 내노라하는 호걸이든
나의 궁상각치우를 고르고자 함이 아니었던가
죽어도 당신들은 한 푼 얹어주었기에
내 살림이 목화솜마냥 확 피어올랐다고 믿지만
풀 같은 데 엮어놓은 가볍고 얇은 거미집은
왕후장상을 부러워하는 법이 없다
당신들은 대대손손 선언한 낙관을 자랑하지만

붉은 공단치마를 활짝 벗어 따라가던 족제비털 붓은
당신들의 필법을 배우려 한 적이 없다
모든 나들이를 취소하고 빗장을 걸어잠그는 시간
학이든 호랑이든 아닌 건 아닌 게지 되돌려보낸 서찰
혈통과 내력을 캐묻던 그대들이 나는 궁금하지 않다
천생 귀머거리 각시처럼 고개 갸웃거리다
아는 체하는 순간 기가 막히는 듯 웃는 나는
길섶에서 눈맞춤한 눈부신 하늘, 코끝을 스치는 바람보다
당신들을 사랑할 수 없다는 걸 알고 있었다
곰방대를 물고 대청마루에 누워 바라보면
옥졸의 방망이도 능라의 방석도 소매 넓은 장삼도
구천 하늘 온통 희게 떠도는 춤사위일 뿐인데
팔도유람이 어찌 그대들만의 것인가
서늘한 흙무덤이 두 눈을 덮기 전에
죽음에 시치미를 떼고 멀리 나가 노는 아이처럼
곰팡이가 퍼렇게 슨 족자 속에 표구되어서도
나는 누구의 계집이었던 적이 없다

— 「미인도를 닮은 시」 전문

1990년대 후반부터 지금까지 여성 시인들이 여성적 금기나 한계를 뛰어넘으려는 시도를 해왔고, 남성적 표상에 순응한 온순한 문체로 시적 사유와 감성을 노래해오던 수많은 여성 시인들이 검열에 대한 압박감 없이 자신의 언어를 풀어내는 최근의 경향은 좋은 현상이라 여겨진다. 허혜정의 이 시편은 이러한 경향에서 한 걸음 더 성큼 나아가 아주 호탕한 자유로움을 느끼게 한다. 이분법적인 시대적 설정이나 엄격한 규제나 금기를 모두 놓아버린 채 당당하게 자기 삶을 영

위하고자 하는 배짱을 엿볼 수 있다. 시인의 숙명이란 남녀를 떠나서 "곰팡이가 퍼렇게 슨 족자 속에 표구되어서도/나는 누구의 계집이었던 적이 없다"라는 싯구처럼 영혼의 자유를 구가하는 것 아니겠는가. 정치권력이건 가부장적 권력이건, 자본주의의 망령 같은 물질이건 간에 시인의 영혼은 그 모든 것 앞에서 당당하게 맞서는 자유로운 의식의 힘이다. 그녀의 언어에 귀를 기울여보라. 거친 들판으로 질주하는 아름다운 야생마의 말발굽이 꽉 막힌 심장을 두드리고 지나가는 소리를 듣게 될 것이다.

수음하는 아들과 허공모텔

— 김나영, 강영은의 시

1. 밤꽃 향기 날리는 유월 - 김나영의 「유월」

벌써 가을이 깊어간다. 간월산 억새밭으로 산행을 갔다. 나무가 없는 간월산 정상에는 억새가 가득하다. 허리를 꺾은 채 바람에 몸을 실은 억새와 눈이 시리도록 푸른 가을 하늘에 몸을 적셨다. 소나무 아래에서 김밥을 먹었다. 막걸리 한 잔과 감 한 개를 깎아 먹었다. 올해는 유난히 단풍이 아름답다. 빨간 단풍나무를 보니 황홀해진다. 그러다 문득 지난 봄 산에 왔던 기억이 스친다.

초록빛이 가득한 산에서 이상하게 비릿하고 역겨운 냄새가 풍겨났다.

"이 냄새가 무슨 냄새예요?"

"혜영씨가 여자라서 이 냄새에 예민하게 반응하네요."

난 이유도 모른 채 웃었다.

비릿하게 전해오는 코끝의 향기는 밤꽃에서 나오는 냄새였다. 난 밤꽃이 그토록 흐드러지게 핀 모습을 처음 보았다. 꽃이 아름답지는 않았다. 알밤이 열린 밤나무만이 나의 머릿속에 가을 이미지로 남아 있었다. 열매를 맺기 위해 봄에 핀 밤꽃의 이미지는 없었다. 그 비릿한 냄새가 던지는 묘한 느낌!

김나영 시인이 최근에 보내준 두 번째 시집인 『수작』을 읽는다. 문체가 화려하지 않고, 시적 기교가 넘쳐나지 않으면서 담담하게 써내려가는 담백함이 매력적이다. 그렇다고 현실에 대한 지나친 동정이나 착한 척하지 않는 솔직함에 이끌려 페이지가 한 장 두 장 손끝에서 넘어간다. 「유월」이란 시 앞에서 싱긋 미소를 지으면서 눈길이 머문다. 소년인 아들이 어른으로 성장해가는 지점을 포착한 시적 안목이 새롭고 신선하다. 아이에서 남자로 변신해가는 과정을 문득 발견하는 어미의 심정이 사실적으로 묘사되어 있다.

아들 녀석의 방바닥
여기저기 박혀있는 얼룩들
닦아도 닦아도 잘 지워지질 않는다
몇 번 힘주어 닦아내자 그제서야
얼룩이 실체를 드러내기 시작한다
비릿한 냄새가 스멀스멀 피어오른다
아차! 몇 달 사이 키가 부쩍 큰다 싶었더니
툭하면 문 걸어 잠근다 싶었더니
더러 수습하지 못한 밤꽃들
바닥에 자해공갈단처럼 납작 엎드리고 있다
계절은 이렇게 온다 재촉하지 않아도

내 눈에 아직 고사리순 같은 녀석이

몰래 숨어서 피워올리고 솎아낸

평생 생산해낼 저 밤꽃들,

불발이라고 좋다, 어디 한번 붙어보자고

뿌리부터 박고 보는

저 수컷의 근성

—「유월」 전문(『수작』)

아들을 통해 남자의 세계를 이해하고 수용하게 되는 엄마의 내적 심경의 변화가 감지된다. 내 안의 동물성을 아들의 자위행위를 통해서 다시 발견하게 된다. 부인하고 싶어 발버둥치지만, 너무나 징글징글한 동물이라는 것! 그 동물스러움이 생명을 탄생시킨다는 것! 온갖 위선과 선함의 가면을 뚫고 언제든 기어 나오는 동물이 실존의 한 모습임을 상기시키는 시이다. 수컷의 근성에 대한 이해에 도달하는 엄마의 마음에 일렁이는 파문이 전해진다. 자신의 욕망에 충실한 동물의 단순함과 문을 잠그고 몰래 숨어서 성적 욕망을 해소해야 하는 억압이 대비된다.

부드러운 흙에 씨를 뿌리는 것이 아니라 딱딱한 방바닥에 흘려놓은 정액의 비겁함과 모순이 겹쳐지는 장면이다. 아프리카의 어느 부족은 사춘기라는 말이 없다고 한다. 그들은 사춘기 때가 되면, 욕망을 억압하지 않고 어른의 세계로 진입하기 때문에 사춘기의 방황과 혼돈이 거의 없다고 한다. 문명의 발달에 따라 어른이 되어야 하는 시기가 점점 늦추어지는 현대적 삶과는 차이가 난다. 문명의 발달이 좋기만 한 것일까? 우문을 던진다. 문명의 억압과 개인의 자유 사이에서 무엇을 선택해야 할지 방황하는 청춘들, 그 차이의 간격에서 탈주를 꿈꾸는 시인들, 그리고 법을 어기는 자의 비애와 소외가 얼핏 떠오른다.

밤꽃과 정액의 향기가 유사한 것, 아카시아 꽃 아래에서 정사를 떠올리는 것, 의식의 견고한 벽을 뚫고 향기를 타고 올라오는 무의식적 충동과 욕망들…… 시각적인 충격에 노출된 삶을 사는 현대인들은 몸에서 나는 향기를 그리워한다. 〈황금어장〉이란 TV 토크쇼에 가수 싸이가 초대 손님으로 나와서 특이한 말을 했다. "저는 여자의 정수리에서 나오는 냄새가 좋아요, 아주 섹시해요"라는 말을 해서 주위 사람들이 놀란 눈으로 쳐다보았다. 어떤 향수를 발라도 고급 화장품을 쓰더라도 그녀만의 고유한 냄새가 정수리에서 난다는 것이다. 고유하게 자신의 향기를 간직한다는 진실, 싸이의 솔직한 고백이 놀라웠다. 정익진 시인은 향기에 민감하다. 지하철을 타거나 여인을 만날 때, 본능적으로 향기를 맡는 습관이 있다고 했다. 여성을 만나면, 그는 여성을 공간으로 인식한다는 재밌는 말을 했던 기억도 스친다. 세계대전을 치른 병사들이 샤넬이 만든 '향수 넘버5'를 사기 위해 샤넬 매장 앞에 줄을 선 사연들. 향기가 던지는 마력은 무엇일까?

시에서 나는 향기는 무슨 냄새일까? 김나영의 시에서 느껴지는 촉각적 감수성은 흥미롭다. 「연장론」에서는 혀의 감각에 집중해서 시를 전개시킨다. "아이 눈에 박힌 티끌 핥아내고/한 남자의 무릎 내 앞에 꿇게 만들고/마음 떠난 애인의 뒤통수에 직사포가 되어 박히던/이렇게 탄력적인 연장이 또 있던가"라고 표현한다. 동물성과 지성적인 인식이 교묘하게 직조되는 삶의 단편들을 포착하는 솜씨가 예리하다. 맛에 탐닉하면서도 의식의 가장 날카로운 이면을 드러내는 혀를 통해, 식욕과 언어 사이에서 충돌하는 주체의 여러 모습을 보여준다. 혀와 향기를 통해 드러나는 육체적 감수성이 시를 읽는 맛을 훨씬 풍요롭게 해준다.

자신의 몸이 풍기는 냄새에 대해서는 둔감하지만 타자의 향기에는 예민해진다. 주체의 구성 역시 내가 알지 못하는 곳에서 이루어지듯 어쩌면, 우리는 타자의 향기에 젖은 삶을 살고 있는지 모른다. 내 몸에서 나온 아이가 소년이 되고 남자로 탈바꿈할 때, 텅 빈 자궁의 공허를 느낄 수도 있고, 비릿한 냄새를 맡고 새로운 남자를 발견할 수도 있다. 발견의 순간을 포착하는 시, 쫀득거리는 살 냄새가 나는 시, 김나영의 시에서는 담백하면서도 꾸미지 않은 삶의 실재가 그려져 있어 애정이 간다. 손으로 만지고 접촉하는 것들, 걸레를 문지르면서 돋아나는 생명의 기운들, 그리고 마음 한 켠에 밀려드는 공허의 이면을 얼핏 보여주는 솜씨가 돋보인다.

2. 녹색비단구렁이에 들다 – 강영은의 「허공 모텔」

겨울비가 바닷가에 내린다. 오랫만에 내리는 겨울비, 삼십 년 전 어느 겨울날 기와 지붕에 내리던 비인지 모른다. 능소화가 담장을 넘어가던 그 집, 겨울비가 남쪽 바다에도 내린다. 늙어가는 여자들 늙어가며 더 청순해지는 여자들............................. 그녀는 녹색 비단구렁이를 닮았다. 늙어서 더 화사해지는 뱀, 진초록에 지쳐 먼 허공에 그물을 치는 여자를 훔쳐보았다. 검은 미니 모자를 쓰고 검은 원피스의 왼쪽 가슴에는 붉은 무늬가 수놓아진 것 같았다. 커다란 가방을 여는데 그녀를 훔쳐보는 시선이 머문 곳은 하얀 팔목에 있는 검은 팔찌였다.

한국 시단에 존재하는 무수한 여자들..........................그녀들은 아줌마이기도 하고, 늙은 처녀이기도 하고, 문단에 갓 발을 담근 아가씨이기도 하다. 문학사에서 살아남을 수 있는 방법이 무엇일까? 시인들이 무수히 쏟아지는 별처럼 많아진다. 그리움에 목이 말라 허공에 거미줄을 치는 거미처럼, 보이지 않는 거미들..........................그 거미줄에 걸린 사내들......................

강영은의 시에 주목하는 이유는 그녀의 시가 가진 독특한 리듬 때문이다. 시에서 이미지도 절대적으로 필요한 요소이지만 시적 리듬은 묘한 쾌감을 선사한다. 시라는 몸이 주는 체취처럼 독자에게 다가온다. 강영은의 시는 리듬이 아주 아름답게 살아 번뜩인다. 번뜩이는 사유나 독특하고 기괴한 상상력이 아닌 세상을 살아본 여자만이 느낄 수 있는, 진한 여운이 담긴 리듬을 그녀가 전해준다. 「허공 모텔」이란 시를 입으로 외워 낭송하는 그녀를 보고 놀랐다. 새삼 시가 종이에 쓴 글이 아니라 입으로 구전되는 양식이란 느낌이 선연하게 다가왔다.

> 꽁무니에 바늘귀를 단 가시거미 한 마리,
> 감나무와 목련나무 사이 모텔 한 채 짓고 있다
> 저, 모텔에 세 들고 싶다
>
> 장수하늘소 같은 사내 하나 끌어들여
> 꿈 속 집같이 흔들리는 그물 침대 위

내 깊은 잠 풀어놓고 싶다

매일매일 줄타기하는 가시거미처럼
그 사내 걸어 온 길 칭칭 동여맨다면
나, 밤마다 그 길 들락거릴 수 있으리

그 사내, 쓰고 온 모자 벗어버리고
신고 온 신발도 벗어던져
돌아갈 길 아주 잃어버린다면
사내 닮은 어여쁜 죽음 하나 낳을 수 있으리

그 죽음 자랄 때까지
빵처럼 그 죽음 뜯어먹으며
하늘 끝까지 날아오르는 날개 옷 한 벌
자을 수 있으리

저, 허공 모텔에 들 수 있다면,
— 「허공 모텔」 전문(『녹색비단구렁이』)

가시거미가 지어놓은 그물을 모텔이라는 자본주의 속성을 대변하는 대상과 결합해서 파생시키는 시적 상황이 신선하다. 숲 속을 가다가 마주친 거미줄, 우연히 오래전 마주친 폐가의 거미줄을 떠올리지 세속적인 사랑의 은신처로서의 모텔을 연상하기 쉽지 않다. 거미가 짓는 아름다운 비단실과 그 속에 걸려든 먹이의 운명을 겹치면서 시의 폭을 확장시킨다. 에로틱한 죽음을 갈망하는 티나토스를 떠올리게 한다. 사랑의 절정에서 차라리 죽고 싶은 욕망, 성적 욕망과 죽음의 욕망이 교차하는 지점을 날카로울 정도로 정확하게 포착하고 있다. 4연의 끝 부분에서 "사내 닮은 어여쁜 죽음 하나 낳을 수 있으리"란 인식은 감동적이다. 욕망의 끝까지 밀고나가는 에너지는 어디에서 오는 것일까. 이런 순간, 문득, 시인이란 존재의 위대함에 대해 잠시 생각하게 된다. 죽음 충동의 그 막다른 골목까지 언어를 밀고 간 뒤, 시를 옴의 언어로 육화시키기 때문이다. 햇빛에 반사되는 아득한 바다의 알몸을 바라보면 문득 그 바다로 뛰어들고 싶어진다. 가장 아름다운 순간에 차라리 죽고 싶은 이중적인 심리를 내포하고 있다.

시의 끝부분에서는 거미의 죽음을 승천에 관한 비전으로 시의 의미를 확장시킨다. 빵을 뜯어먹는 이미지는 예수의 몸인 성체를 떠올리게 한다. 가장 사랑하는 영혼의 몸을 먹음으로써 그와 하나가 되어, 부활할 수 있다는 믿음을 떠올리게 한다. 영생의 몸으로 승화된다는 종교적 비전을 담고 있다. 하늘 끝까지 날아오르는 날개의 옷을 걸치고 저 허공모텔에 들고 싶은 시인의 소박한 마음이 보석처럼 빛난다. 지상의 구차한 모든 것들을 내려놓고 바람처럼 거미줄에 들고 싶어하는 시심(詩心)이 세속에 얽매인 독자에게 평온한 안식을 선물한다. 시를 읽는 즐거움에 겨울이 따스하다. 봄빛이 바다 너머에서 나의 서재로 밀려올 것이다.

꽃과 독(毒)의 공존

— 안효희의 『꽃잎 같은 새벽 네 시』

시어(詩語)는 긴 겨울의 침묵을 뚫고 솟아나는 새순, 혹은 딱딱한 가지의 껍질을 깨고 피어나는 꽃눈이다. 안효희의 첫 시집 『꽃잎 같은 새벽 네 시』는 제목에서 암시하는 것처럼 꽃에 대한 은유가 많다. 장례식장에서 밤을 지샌 후, 우연히 시인의 눈에 포착된 처연하고 신비스러웠던 꽃은 삶과 죽음을 관통하는 하나의 이미지로써 이 시집 전체를 아우른다. 소리 없이 자신의 존재를 찬란하게 드러내었다가 툭툭 미련 없이 져버리는 꽃에 대한 사색이 시인의 감수성과 맞물려 있다.

안효희의 시에서 꽃은 고통과 고독의 터널을 처절하게 겪어낸 치명적인 독(毒)을 품고 있다. 파괴적이고 때로는 폭력적인 독이 숨죽인 채 삶을 노려보는 그 시선을 놓치지 않고 시로 형상화한다. 그녀는 산문 「각성몽」에서 자신의 시세계를 언급하면서 독에 대한 성찰을 아래와 같이 피력한다.

모든 사물이 가진 그늘, 그 표면에 가려진 채 은밀하게 서서히 번져
가는 독에 대해 생각한다. 독이 가진 힘에 대해, 독이 가진 슬픔에 대
해 말한다. 그것은 목숨을 바쳐 마지막으로 쏘아올린 벌의 침 그것이
기도 하고, 짓밟혀 쓰러지면서 내뱉은 풀의 독 그것이기도 하다. 내부
깊숙이 감추어진 생의 비탈, 비애에서 곧잘 나타나기도 하는 "그 무엇
의 마지막 힘"으로 표출되기도 하는 것이다. 이어서 다가올 죽음에 대
한 마지막 항거의 또 다른 이름이다.

안효희는 화사한 꽃잎 이면에 숨은 상처와 고통이 생의 가장 근원
적인 에너지일 수도 있음을 간파한다. 독에 대한 성찰은 「푸른 독
(毒)」, 「독은 힘과 비례한다」, 「움직이는 꽃」, 「물방울 송곳」 등의 시
편에서 구체적으로 나타난다. 들판에 있는 작은 풀잎, 가벼운 민들레
홀씨, 벽 틈을 타고 내려오는 물방울이 독기를 품고 팽팽한 시적 긴
장을 유지한다. 특히 「푸른 독(毒)」에는 인간 내면에 뿌리 내린 소외
와 배신, 혹은 고통의 억압에 대한 풍경이 담겨 있다. 어린 시절의 억
압된 무의식이 잠재되어 언뜻언뜻 의식의 표면으로 떠오르는 그 경
계에 짙푸른 독이 자리한다. 유아가 상징계로 진입하면서 겪게 되는
거세와 아버지의 권력, 사회적 통제와 금기에 대한 은유들이 이 시에
함축되어 있다. 상상계와 상징계의 경계선에서 번민하는 시적 화자
의 주체는 환영처럼 나타났다 사라지는 무수한 삶의 파편들이다. 파
릇하게 돋아나는 본능의 풀과 그 풀을 가차 없이 자르는 제도나 법의
칼날, 그리고 핏빛 멍이 든 채로 남아 있는 풀잎의 독이 뒤엉켜 있다.

긴 팔 소매 속으로 들어온 풀, 풀독이 올랐습니다 쓰러지면서 내뱉은 악, 여리디여린 풀에도 독이 웅크리고 있었습니다 벌겋게 부어 오른 자리, 독이 되기 위해 꿈틀거리는 웅어리들을 다독거렸습니다 가려움, 당신은 끈질긴 생의 가려움이 되어 내 목구멍 속에서 불끈불끈 솟구쳤습니다 한곳에 정착하지 못하는 짐승처럼 내내 서성거려야만 했습니다

풀은 오후 늦도록 바람에 신들리고

당신은 내 안에서 쓰러지지 않는 억센 풀, 푸른 독이 되어 꿈틀거렸습니다

—「푸른 독(毒)」 부분

한편 「독은 힘과 비례한다」 시편에서는 고통의 강도가 더 심해지면서 죽음으로까지 확장된다. 펄펄 끓는 솥에 던져진 뱀처럼 생존의 본능, 즉 이드의 극단적인 충동이 죽음에의 충동으로까지 연결됨을 암시한다. 살려고 할수록 죽을 수밖에 없는 삶의 극단적인 모순과 배반이 읽혀진다. 꽃은 식물의 생식기이다. 짙은 향기와 진액을 뽑아 올려 생명을 연장하려는 식물의 그 무의식적 본능은 후손을 번식하려는 욕망과 함께 죽음으로 다가간다. 가장 화사하게 피어나는 순간, 죽음의 독이 가장 가까이 접근해오는 존재의 모순이다. 꽃이 태어나면서 죽음이 잉태되고, 씨앗이 태어나고 그 씨앗은 울울창창하게 시적 화자의 가슴 안에서 피어난다. 피어남이 사라짐이며, 모든 것은 하나의 판타지처럼 나타났다 사라진다. 실재에 다가갈수록 반복을 거듭하면서 영원히 비껴나는 것, 그것은 꽃이면서 곧 독이며,

죽음이다.

　독은 힘과 비례한다

　모든 독, 모든 힘은
　둥근 솥 안에서 끓어오르고
　수많은 나날을 그렇게 뒤척이다
　또 다른 회생을 꿈꾸는

　봄날,
　너무나 화창한 봄날
　당당하게 주검 앞에 서는 독의 힘
　　　　　　　　　　　　　─「독은 힘과 비례한다」 부분

　태어남과 죽음을 동시에 포착하는 시인의 시선은 「불휘(不諱) 10─
죽음이 피우는 또 하나의 진화」에서 "삶과 죽음/뒤섞여 구르는 꽃이
란 꽃은/모두/죽음이 피우는 또 하나의 진화"라는 구절과도 연결된
다. 불휘는 피할 수 없는 죽음을 뜻한다. 「불휘(不諱)」 연작에서 다양
한 주검의 모습은 장례식장의 조화나 영정 혹은 수의 등으로 전이되
다가 궁극에는 진화의 이미지로 마무리된다. 마침내는 화장장의 불
길로 타올라 천길 우주의 별이 될 것이라는 염원이 담겨 있다. 가장
열정적인 생의 본능은 죽음의 본능과 닿아 있으며, 그 에너지가 우주
로까지 번져가리라는 시인의 상상력은 독자로 하여금 삶을 보다 느
긋하게 바라볼 수 있게 한다.
　안효희의 시가 갖는 따스한 흡입력은 삶을 바라보는 그녀만의 온

화한 시선에서 비롯된다. 「우체국은 멀수록 좋다」나 「햇빛 통조림」,
「어머! 어머!」는 섬세한 여성의 감수성이 흠뻑 배어나는 시편들이다.
「우체국은 멀수록 좋다」에서 "마음도 젖어 있는 날/사랑이 익기를
기다리는 붉은 우체통"의 시 구절처럼 감각적 언어는 촉촉한 물기에
젖어 서정적 울림이 크다. 일상의 소소한 행위들이 시인의 프리즘을
통과해 들어오면 새롭게 변형되면서 삶을 반추시키게 된다. 치열한
정치의식이나 현대 문명에 대한 비평적 시각보다는 부드럽게 타자를
감싸는 태도를 견지한다.

그러나, 한편으로 시인의 따스한 내면 안에서 비명을 지르듯 칼눈
을 세운 여성 화자의 또 다른 측면도 존재한다. 민들레를 시적 소재
로 삼은 「움직이는 꽃」에서는 비상을 꿈꾸는 강렬한 열망을 살필 수
있다. 한없이 가벼워 보이는 그 홀씨의 자유스러움 뒤에는, 모진 세
월을 참고 기다려온 돌멩이처럼 무거운 삶의 고뇌가 지문처럼 새겨
져 있다. 무겁고 쓰라린 독의 무게가 쌓이면 쌓일수록 더 가볍게 날
아오를 수 있다는 역설이 빛나는 구절이다.

독은 여기 저기 비상하는 홀씨의 목숨, 움직이는 꽃이
다 움직이는 칼이다

청동 어깨에서 반사되는 햇살 너머 피묻은 비단길이 보
인다 모든 것으로부터의 자유, 청동 물관에서 솟아오른다

자신을 가둔 벽 치올려다 보며 칼눈을 세운다 햇살이
닿은 칼은 섬뜩하도록 눈이 빛나고 진흙이 달라붙은 신
발, 엉킨 것들은 쉬 풀어지지 않는다

검은 비닐봉지를 가득 채운 민들레뿌리처럼
질긴 욕망, 돌멩이보다 더 멀리 날아가는 여자,

—「움직이는 꽃」 부분

엉킨 실타래처럼 묶인 생의 고뇌와 무게를 털털 털고 날아오르고
픈 시인의 열망은 위로만 솟구치지 않고 그늘에서 소외된 타자들에
대한 연민과 공감으로 나아간다. 꽃의 화사함과 독성이 서서히 순화
되어 세상을 너그럽게 감싸는 넉넉한 모성으로 변모함을 알 수 있다.
예를 들어「썩은 사과가 있는」에서는 자신의 한계를 훌쩍 뛰어넘는
성취도를 보여준다. 썩고 문드러질 수밖에 없는 내면의 의식들마저
깊은 향기를 풍기는 과육으로 변신시키는 시적 상상력이 돋보인다.

깊은 밤
지구의 중심을 향하여
툭! 떨어지는 것이 있다

세상 어디에든 모서리는 있어
하늘에 주렁주렁 매달린 사과
아무리 고와도
살 베이고 마음 베인 상처
옹이 박힌 썩은 사과를 줍는다

바람은 언제나 신선한고 햇살은 쉬임없이 다정하여
수많은 새와 벌레를 거두어
마침내 썩은 사과를 키우는 농장
그 듬성듬성한 그늘에 앉아

매일 밤 떨어지던 나를 발견한다

설익은 사과 하나 떨어지지 않는
빌딩 숲
썩지 않는 거리 가로등 환한 길을 걸으면
썩은 자존심 무더기로 떨어져
썩은 내장들 무더기로 떨어져

뒹구는 저 모든 것에 담긴
썩어서 생기는 매듭 같은 옹이!
가장 짙은 향이 배인다

— 「썩은 사과가 있는」 전문

그녀가 일상에서 찾아낸 삶의 신성함과 초월적 사유는 「우화등선
(羽化登仙)」에서 도교적인 전설과 융합된다. 우화등선은 도교사상에서
'사람이 신선이 되어 하늘로 올라감'을 이르는 말이다. 『진서』의 「허
매전(許邁傳)」에 나오는 우화를 차용하여, 평범한 일상의 삶이 얼마나
거룩하고 위대한 것인지를 보여준다. 특히 이 시는 이웃 사람들을
시의 그물 안으로 끌어 들여와 초월적인 의미로 진전시키는 시적 화
법이 돋보인다. 늙은 아들의 등에 업힌 노모의 뒷모습을 응시하는 화
자는 각박한 삶에서 반딧불이 같은 희망의 메시지를 넌지시 건네고
있다.

예순 살 아들 한 발 걸으면
사이

구부정한 지팡이 한 발 내디디고
사이
여든 살 어머니
느린 일몰 같은 한 걸음 걸어간다

그렇게 한 발 한 발 세상을 건넌다
정지해야만 하는 건널목 앞에 다다른다
수많은 붉은 빛 세상이
푸른빛으로 잠시 눈가림처럼 순해지자
환한 예순 살 아들 넓적한 등을 내밀고
숨 가쁜 어머니의 여든 적막을
덜렁 업는다

클로즈업되는 펑퍼짐한 엉덩이
꽃무늬 몸빼 바지 위로 드러나는
유난히 큰 능선
아들이 걸을 때마다 출렁이는
순하디순한 목숨

사람은 몇 번이나 다시 태어나는 건가
여덟 살처럼 등에 업힌 여든 살은
지금 우화등선(羽化登仙) 중이다.

　　　　　　　　　　— 「우화등선(羽化登仙)」 전문

　　안효희는 평범한 일상 안에서 삶을 스케치하면서 꽃 이미지를 주
된 모티프를 사용하지만, 꽃의 화사함과 꽃의 죽음과 치명적인 독성
을 상기시키면서 독자들을 유유히 초월적 세계로 이끌고 있다. 순간

순간 살아났다 사라지는 모든 존재가 꽃을 닮았고, 꽃의 독성을 품고
서 끝내는 온 세상 전체가 하나의 꽃임을 암시한다. 그녀의 시는 섬
세한 언어의 살결로 독자에게 따스한 공감을 주는 매력이 많지만 한
편으로는 그 세계가 유사한 패턴으로 반복된다. 꽃이나 죽음, 가족사
에 대한 서사를 벗어나 고유한 자신만의 시적 방법론을 더욱 견고하
게 구축할 필요가 있다. 시는 끊임없이 변화하면서 새로 태어나는 환
상이며, 그 환상은 스스로를 죽이고 새로운 육체를 얻으려 하는 잔혹
한 욕망이기 때문이다.

경쾌하고 전위적인 수사법

— 노준옥의 『모래의 밥상』

어느 해 가을, 노준옥 시인의 자동차를 탔다. 차 안에 낙엽을 수북하게 쌓아둔 흔적이 있었다. 노란 은행잎이 너무 아름다워 차 안 가득히 싣고 다녔다고 한다. 단풍잎 한두 개가 아니라 바닥에 낙엽을 한가득 깔고 다닐 정도로 그녀는 낭만적이다. 때로는 세상을 해탈한 사람처럼 보여 보살 같다. 몇 년 전 전주의 문학행사로 가는 버스 안에서 그녀와 사적인 대화를 나누었다. 가족사를 얘기해주었는데, 결혼과 프로포즈에 대한 이야기가 인상적이었다. 계명대 영문과를 졸업한 후 영어 선생님으로 근무하다가 남편을 만났는데, 그 당시 그는 스님생활을 하다가 환속한 후 섬진강가에서 녹차를 연구하고 있었다. 그가 프로포즈로 했던 말이 시적이었다. 섬진강가의 모래밭을 보며, 소박하게 차나 기르며 "강변에 살자"는 말에 교사를 그만두고, 농부의 아내가 되었다고 한다. 손에 흙 한번 안 묻힌 그녀는 하동에서 차를 기르고 밭을 매며 살았다고 한다. 현재 『시와 사상』의 편집 장을 맡고 있지만, 찻잎이 나오는 4월이 오면 훌쩍 섬진강가의 차밭으로 떠난다.

그녀가 해마다 손수 빚어온 '소리향'이란 녹차를 마시면서 우리는 시에 대해 담소를 나눈다. 그녀는 정말 자유로운 바람처럼 살아간다. 연꽃이 핀 곳으로 떠나기도 하고, 어느 절에서 며칠을 지내다 오기도 하고, 차밭에서 찔레향이 나는 얘기를 전하기도 한다. 걸림이 없어 보여 "전생에 스님 아니었나요?"라고 농담을 하기도 한다. 그녀가 등단한 지 십 년 만에 첫 시집인 『모래의 밥상』을 출간했다. 하얀 바탕에 삼각형의 빈 공간이 있고 하늘색으로 인쇄된 『모래의 밥상』을 펼친다. 아주 경쾌하고 전위적인 시 이야기가 전개된다. 첫 시인 「나는 그녀를 연구한다」에서 마지막 시인 「결말」까지 세련되고 모던한 시가 한 편의 소설처럼 다가온다. 여성의 일상적 삶을 다루는 어법이 기존의 여성 시인들과 다르다. 삶의 억압이나 모순을 토로하기보다는 그것들을 가볍고 경쾌하게 뛰어넘어가는 보폭을 보여준다. 각 시편들이 독특한 리듬을 끌고 가면서 전혀 지루하지 않다. 시적 화자가 추구하는 '나'의 정체성은 이성적이거나 단면적인 인물이 아니라 굉장히 다세포적인 특성이 두드러진다.

세포분열처럼 번지는 그녀
날마다 몸이 자라고 날마다 새끼를 낳는 그녀
날마다 딸을 버리는 그녀
질긴 껍데기에 구멍이 난 그녀
끊임없이 변하는 그녀

아메바 같은 그녀

　　　　—「나는 그녀를 연구한다」 부분

　첫 시를 열면서부터 노준옥 시인은 화두를 찾듯, '나'를 찾고 있는
듯하다. 여성 화자의 독백처럼 들리지만, 그녀의 목소리를 자세히 들
어보면, 굳이 여성이란 존재에 한정되지 않음을 알 수 있다. 근원적
인 '나'라는 주체에 대한 탐색이다. 세포가 분열하듯 어느 경계에서
한정되기를 거부하고, 기존의 이데올로기에도 포섭될 수 없어, 끝없
이 변화하는 주체가 등장한다. 여성 화자의 가면이지만, 시 전반에
스며 있는 불교적 숨결이 반영하듯 나라는 화두를 찾아가는 여정이
다. 그녀는 가면을 쓰는 듯 하지만, 솔직한 화법에 발랄한 어투를 구
사하면서 새로운 언어를 구축한다. 그녀가 현실을 풍자하는 위트는
세련되다. 「북어책을 읽다」라는 시편은 아주 흥미롭다. 중학생 아들
이 국어책 표지에 쓰인 '국어' 글자를 변조하여 '북어'로 만든 것을
보면서 현실에 대한 풍자를 구사한다. 지루한 수업 시간에 북어를 그
리며 웃는 아들과 음란과 부정부패가 난무하는 사회현상을 대비시킨
다. 교육이 올바른 사회화 과정으로 작동해야 하는데, 오히려 부정적
효과를 양산하기도 하는 모순을 유머와 위트를 섞어 빚어낸다.

　　국어시간엔 지리멸렬한 국어책 대신에
　　웃고 있는 북어 한 마리를 책상에 꺼내놓고
　　난 국어보다 북어가 좋아요 난 북어를 공부할래요 하며
　　속으로 은근히 키득거렸으리라
　　국어 선생님을 북어 선생님으로 보며 혼자 즐거웠으리라

국어가 〈북어〉가 되고 국사는 〈국자〉가 되는
미술은 〈마술〉이 되고 음악은 〈음란〉이 되는
도덕은 〈돈떡〉이 되고 윤리는 〈윤락〉이 되는
아이들의 이 깜찍한 삶의 패러디
나도 씁쓸히 웃으며 〈북어〉책을 뒤적여본다

— 「북어책을 읽다」 부분

영화 속의 여배우가 아름다운 자신의 이미지에만 집착한다면 그 배우는 한계를 지닌 배우임에 틀림없다. 삶 속의 누추한 이면, 차마 드러내기 싫은 어두운 상처마저 정면에서 직시하고 노출할 때, 시의 힘은 강해진다. 서정시의 아름다운 화법에만 자신의 목소리를 길들이거나 전위적인 화법만으로 시를 몰아가는 강박적인 반복도 지겹다. 노준옥의 매력은 그녀의 시가 어디로 튈지 모르는 가능성을 가졌기 때문이다. 때로는 당돌할 정도로 솔직하게 자신의 욕망을 사실적으로 토로하고, 기법적인 면에서 비약하고 달아나는 속도감을 지녔다. 그녀의 시 「내가 가진 것」은 진솔한 고백인 것처럼 들린다. 그런데 그 고백이 그녀의 고백이 아니라 독자들의 고백임을 감지할 수 있다. '나'라는 완전하고 이상적인 자아의 환영에 매몰되어, 긍정적이고 이성적인 측면만을 타자에게 의도적으로 부각하는 현대인과 달리 시적 화자는 있는 그대로 자신을 드러낸다. 그것이 사실인지 아닌지는 중요하지 않다. 시적 화자가 드러내는 사실이 타자들의 일상과 동일하다는 것이다. 정도의 차이만 있을 뿐이다. 고상하고 비루한 일상의 허영적인 삶의 이면을 투시하는 날카로운 시선이 드러난다.

내게는 왼쪽 귀를 앓는 아들과 불면증이 있는 남편이 있다. 정신병
원에서 약을 타 먹어야 하는 어머니가 있고 이혼의 위기에 처한 동생
이 있다. 내게는 부도가 나고 택시기사가 된 오빠가 있고 어릴 때 집을
나가 소식 없는 소아마비의 언니가 있다. 나를 건너간 숱한 연인들과
하루 종일 나의 전화만을 기다리며 애태우는 싱싱한 젊은 애인들이 있
다. 나를 친구로 등록한 아홉 명의 채팅클럽 팬들과 내가 친구로 지명
한 스물 세 명의 친구가 있다.

— 「내가 가진 것」 부분

한 집안에 숨겨진 검은 염소 이야기는 어느 집안에나 있기 마련이
다. 코를 골아대는 위선적인 남편이거나 말썽꾸러기 아들이나 바람
난 딸아이 등등, 달콤한 나의 집에 대한 환상이 때로 얼마나 허무한
것인가를 깨닫게 한다. 삶이 정해진 규칙대로 굴러가지도 않거니와
끝없이 엇박자로 치닫는 비극도 비켜갈 수 없음을 훔쳐보면서 독자
는 위안을 얻는다. 이처럼 가장 가까운 인간관계의 단절은 「저녁의
질투」에서도 감각적으로 묘사된다.

이제는 모르는 말을 할 시간

오래 감추어둔 너의 말을 꺼내렴

눈썹 그늘 밑으로 구름은 지나가고

어린 염소는 두 번 울고 갔다

접시에 목단꽃을 부치고

뜨거운 바늘로 뜨개질을 하렴

입술이 부풀어 오른 기억이 물을 찾는 시간

한 뜸 한 뜸

숨 막힌 꽃이 오고 있다

— 「저녁의 질투」 부분

　　가장 사랑하는 연인과 대화를 하면서도 심장 한가운데가 아프고, 언어 이면으로 감추어버리는 욕망들, 분노들, 증오들이 비쳐온다. 한 뜸, 한 뜸, 심장에 바늘을 찌르듯 숨 막히게 다가오는 인간관계의 아픈 막들을 섬세하게 형상화한다. 다가서고 싶지만 갈 수 없고, 말하고 싶지만 말할 수 없는 것, 말해도 알지 못하는 것들, 어쩔 수 없는 외로움의 무게가 일상 속에 늘 웅크리고 있음을 알 수 있다. 그러나 노준옥 시인의 발걸음은 우울한 그림자를 비웃듯 자유롭고 경쾌하다. '나'를 찾아가는 여정에서 그녀는 변신의 마술을 부리듯 얼룩무늬 양말을 신고 날아다닌다.

나는 얼룩무늬 양말을 사랑해

말을 타듯 양말을 신어

난 아무 데도 없는 사람

여기 아닌 곳 나 아닌 곳에 있지

난 육감적이고 난 떠돌이

도서관 있는 호텔을 좋아하고

얼룩무늬를 사랑하지

말을 타고 밤새 아프리카 초원을 질주하지

얼음 지붕에 불을 지르고 도망가지
— 「나는 얼룩무늬 양말을 사랑해」 부분

날마다 신는 양말을 신고, 그 속에서 기쁨을 발견하는 것, 행복한 환상의 세계로 도피하는 것, 때로는 팍팍한 일상에 불을 확 질러버리는 것, 얼음처럼 냉정한 당신 가슴에 열정을 심어주는 것, 그것이 시인의 사명이 아닐까? 시는 정말 가난하지만, 시인은 멋지고 세련되고 때로 화려하게 변신하는 것이 멋지지 않은가. 세상의 가난이 자신의 것인 것처럼 착한 척 하지도 않고, 아픈 척 징징거리지도 않는다. 가볍게 현실의 벽을 넘나드는 얼룩무늬 양말이 있어 이 세상은 재미있다. 여러 색깔의 욕망을 솔직하게 드러내는 그녀의 시는 매혹적이다. 그녀가 신겨주는 얼룩무늬 양말을 신고 저 바다로 텀벙 뛰어들고 싶다. 지갑이 가벼워도 때로는 근사한 호텔 커피숍에서 에스프레소 한 잔을 마시고 싶다. 아프리카 초원에서는 브래지어를 벗고 달려도 괜찮겠지. 얼룩무늬 양말을 건네는 그녀의 시와 녹차가 시원하게 스며든다.

허공에 피어난 여섯째 손가락

— 박선희의 『여섯째 손가락』

시인은 남들이 가질 수 없는 자신만의 귀와 눈이 있어야 한다. 절벽을 기어오르는 연어처럼 세상을 거슬러 갈 용기와 자만심을 가져야만 독자적인 시의 지평을 열 수 있다. 박선희 시인의 첫 시집 『여섯째 손가락』은 시인의 자의식에 대한 탐색이 두드러지는 시집이다. 다섯 개의 손가락이 아닌 여섯째 손가락으로 자신의 내적 독백을 서정적 운율로 읊고 있다. "시인은, 어쩌면 '여섯째 손가락'을 가진 슬픈 족속인지도 모른다."라는 말을 하면서 박선희는 끊임없이 자신의 내면을 들여다보는 우물 하나를 독자들에게 물끄러미 건네고 있다. 그러면서 독자에게 날카로운 질문 하나를 던진다

"당신의 여섯째 손가락은 어디에 있나요?"

있는 듯, 없는 듯 존재하는 자아의 정체성을 어떻게 시적인 틀 안에서 구현해야 할지를 고뇌한 흔적이 가득하다. 소리와 이미지로 구

성되는 언어의 결을 따라 미끄러지면서, 특유의 끈적이는 속삭임이
있다. 타자와 구별되는 자아의 정체성이 시라는 몸을 통해 발화되면
서 자아의 경계는 흐려지고 시적 화자는 허공에 매달리게 된다. 그러
면서도 끊임없이 시인의 내면을 파고드는 검은 손톱을 놓치지 않는
다. 왜 그럴까? 검은 손톱은 생의 고통이면서 지울 수 없는 문신처럼
그녀의 영혼에 각인된다. 원죄처럼 영혼에 박힌 그 뿔과 씨름하면서
새로운 세상의 문으로 나가고픈 열망이 시로 태어난다.

> 가죽장갑을 끼거나 고무장갑을 낄 때마다
> 여섯 째 손가락의 「검은」 손톱은 너무 아팠다
> 손톱 열두 개 깎는 동안 여섯째 손가락의
> 「검은」 손톱은 어느 새 길어 다시 「검은」까지
> 깎아야만 했다 그래도 여섯째 손가락을 없애지 않는다
> 피 흘리는 「검은」 아픔을 겁내는 것일까?
> 덤으로 있던 것 없어진 「검은」 여백 시큼시큼 시릴까 봐?
>
> 여섯째 손가락의 「검은」 저의,
> 여섯째 손가락의 「검은」 바코드,
> 한 번도 읽은 적이 없다
>
> ─「여섯째 손가락」 부분

　가죽장갑이나 고무장갑을 낄 때마다 장애로 다가오는 그 검은 손
톱은 자아의 내면에 간직된 빛과 상반되는 듯 보인다. 그러나 그 검
은빛, 여섯째 손가락이 시적 화자를 깨어있게 하는 힘의 원천임을 알
수 있다. 검은 블랙홀처럼 빠져나올 수 없는 업처럼, 문을 박차고 세

상 밖으로 나가게 이끄는 역동적인 힘이다. 시적 화자가 순수의 세계, 평범하고 안락한 세계에 안주하면 할수록 더 아프게 다가오는, 엽기적인 그 손가락은 시인의 시적 정신을 상징한다. 이처럼 고통이자 상처로 비쳐지는 '여섯째 손가락'은 역설적인 의미를 더 깊이 함축한다. 각박하고 어두운 세상을 밝히는 빛의 언어로 태어나고픈 강렬한 열망을 품게 만드는 씨앗이다. 그 어둠의 과정을 통과하면서, 고독하고 유폐된 현대인의 슬픔을 적셔줄 새로운 언어를 찾는 박선희 시인은 내적 분열과 혼란을 겪는다. 남들이 소유하지 않은 그 이상한 여섯째 손가락으로 세상을 건너는 촛불이 되고자 하는 시인의 열망이 충돌하면서 토해내는 독백이 「허다한 귀들이 근심 중이다」 시편에 형상화되어 있다.

> 말의 영혼은 둥글고 단단하다 앙칼지고 불안하다
> 탈출하지 못하게 입술을 허공에 못박는
> 말의 독버섯을 온몸에 두르고 나는
> 가장 난감한 자음과 모음으로 해체된다
> ㅂ. ㅏ. ㄱ. ㅅ. ㅓ. ㄴ. ㅎ. ㅢ.
>
> …허다한 귀들이 근심 중이다
> ──「허다한 귀들이 근심 중이다」 부분

박선희 시인이 추구한 새로운 언어에의 추구가 이 시에서 두드러진다. 말, 즉 로고스는 더 이상 남성적 담론의 색깔을 지니지 않는다. 여성적 기질을 소유한 "둥글고 단단하다 앙칼지고 불안하다"라는 시어를 사용하여 언어에 대한 독특한 인식을 전개한다. 남성적 언어가 갖는 논리와 지배가 아닌 분열되고 해체된 언어가 말의 본질에 더 가깝다는 것을 암시한다. 감히 입 밖으로 뱉지 못하고 억압에 눌려 온 몸에 독이 번진다는 상상력이 놀랍다. 시가 전개되어 점점 자아가 와해된다. 마침내 언어의 가장 기본인 모음과 자음으로 분열되어 의미망이 생성되지 못하게 된다. 박선희 시인의 시적 고뇌가 아주 극명하게 드러난 시이다.

새로운 말, 새로운 시를 찾아가는 여섯째 손가락의 고행은 허공 속을 헤매인다. 기존의 언어체계가 전달해주지 못했던 것을 찾고자 떠난 소리의 여정은 「소리 하나가」 시편에서 우주적 울림으로 나아간다. '보고 싶어'라는 말이 떠난 길을 따라가는 시인의 예리한 시선은 허공의 터널을 건너 새로운 지평에 닿는다.

　　내가 가령
　　'보고 싶어'라고 발음한다면,
　　그 소리 하나가
　　너에게로 가는 동안
　　얼마나 많은 것들을 촘촘히 꿰고 갈까

　　팽팽한 허공의 긴장 한 자락을
　　맨 먼저 꿸거야
　　그리고 온몸에 푸른 물이 든
　　불룩해진 욕망을 꿰고
　　뒤엉킨 고요가 뱉어놓은 아득한 통증과
　　수취인 불명의 길 끊긴

숨은 풍경과
욱신거리는 길의 허기진 맨발까지
알알이 꿴
'보고 싶어'라는 소리

너에게 닿는 순간
치렁치렁한 목마름의 목걸이가 되어버린
'보고 싶어'

—「소리 하나가」 전문

　말로서 빚어지는 삶, 허공이 통증과 목마름으로 가득 차 있지만, 결국은 타자의 머리가 아닌 가슴에 진주로 빚은 길을 내어준다. 자신의 내면은 고독과 어둠에 물들어도 타자에게는 진주로 빚은 목걸이를 걸어주고픈 숭고한 사랑에 맞닿아 있다. 십자가에 매달린 예수가 걸어갔던 그 가시밭길처럼 말이 걸어가는 길 역시 숱한 고통과 아픔을 통과하여, 마침내 아름다운 천국에 다다른다.

　「흰 커튼」에서는 가장 순수하고 아름다운 언어에 대한 갈망이 하얀 커튼의 은유를 통해 전달된다. 혼탁한 세상을 적시고픈 맑고 순수한 의지가 배어 있다. 창가에 하늘거리는 흰 커튼과 자신을 동일시하여, 삶과 당당히 맞서고자 한다. 하얀 천으로 온 세상의 가시를 감싸 안으려는 기도가 스며 있다.

내 몸 속엔 흰 피가 돌고 있어
내 몸은 숱한 가시들의 숲을 이루었지
내 흰 피에 뿌리를 적시고

나에게 기생하던 저 가시들
슬픈 피를 빼앗기면서도 나는 꼿꼿하게 살아 왔지
아무도 내 가시를 내 피를 볼 수 없어
아직도 나는 흰 커튼이거든
아직도 나는 내 몸으로 검은 세상
다 가릴 수 있다고 믿거든

— 「흰 커튼」 부분

　시인으로서의 자의식을 강하게 추구하면서, 때로는 남성적 언어를 와해시키고 분열되고 혼돈스런 모음과 자음으로까지 추락하는 듯하다. 그러나 그 추락의 끝에는 희망의 날개가 존재한다. 그래서 아주 미세한 삶의 떨림을 포착한 시어들이 뱉어내는 감동은 잔잔한 아름다움을 전해준다.

물소리를 듣는 동안
어디선가 한 생이 가만히 새고 있었다
세상에서 가장 서툴고 막막한 길을 향해
가고 있었다
새어나가는 길이 있다는 것은
이 세상도 숨을 쉬고 싶어하는 거다
저 틈은 희망이다

— 「틈」 부분

　「틈」의 시편에서 새어나가는 물방울에서조차 삶의 희망을 건져 올린다. 가장 가파른 삶의 절벽 아래 풀이 자라듯, 막막한 삶의 길에서 부딪치는 좌절과 아픔이 성숙을 향해 나아가는 깃발이 되어줄 수 있음을 보여준다. 저 비좁은 틈 사이를 비쳐드는 빛처럼 시인은 절망에게 사랑의 말을 건네는 기적을 보여준다.

전체적으로 보았을 때, 박선희 시인의 첫 시집에서는 여성의 자의식이 두드러지면서 섬세한 언어감각이 돋보인다. 새장에 갇힌 새나 셋방에 고립된 자아가 극단적으로 해체되는 지점으로 나아가면서 자유에의 갈망을 분출시킨다. 한국의 여성 시인들의 한계로 지적되는 점 가운데 하나가 시적 세계가 협소하여 자신의 일상 안을 맴도는 점이다. 내면세계를 들여다보는 장점이 있는 반면에 사회, 정치적 통찰력과 안목이 결여되어 시적 확장을 꾀하는 데 어려움이 있다. 현대시는 풍요로운 감성과 함께 지적인 성찰을 갖추었을 때 새로운 미학을 구축할 수 있다. 박선희 시인의 세계가 내면의 집을 벗어나 넓게 펼쳐진 자유로운 세계로 도약하게 되기를 기대한다. 기존의 가치와 체계를 전복하기도 하고 탈주를 꿈꾸기도 하는 의식의 창을 열어둘 때 새로운 서정의 깃발이 나부끼게 될 것이다.

트라우마를 잠재우는 여신들

---

1. 심리적 외상의 탈출구

　서구의 철학과 사상의 흐름에 있어서 최근에 두 개의 축이 무게 중심을 지탱하고 있다. 하나는 자크 라캉 이후로 더욱 활발해진 정신분석학적 연구이며, 또 다른 하나는 마르크시즘에 대한 새로운 성찰이다. 이 두 커다란 축이 서로 맞물려 활발하게 논의되어지고 있다. 프랑스와 동유럽권을 중심으로 정신분석에 대한 새로운 사회, 정치적인 접근이 활발하며, 미국에서도 9·11 이후 정신분석에 대한 관심이 더욱 고조되고 있다. 물질적 풍요 속에서도 늘 결핍과 소외를 느끼는 현대인의 황폐한 내면을 들여다보는 데 좋은 거울의 역할을 하는 정신분석학은 문학뿐만 아니라 미술, 영화, 연극 등 인접한 다른 장르 분석에 있어서도 유효한 틀로서 작동된다. 마르크시즘적 시각

역시 정신분석학적 탐색이 첨가되어서, 상부 구조와 하부 구조를 분리하는 고전적인 관점에서 탈피하여 보다 현대적인 해석을 시도한다. 공산주의가 붕괴된 이후에도 민주주의라는 사회적 장치 속에서 여전히 계급과 인종의 문제들은 존재한다. 단순하게 흑백으로 가를 수 없는 여러 다양한 가치들에 대하여 보다 세심한 성찰을 할 수 있는 틀을 정신분석학이 제공한다.

라캉이 "프로이트에로의 복귀"[1]를 주창한 이면에는 이전의 프로이트 학파들이 인간의 무의식보다는 자아에 강조를 둔 자아심리학에 대한 반발이다. 근본적으로 정신분석이 강조점을 두어야 하는 영역은 의식의 영역이 아니라 무의식의 영역임을 강조한 것이다. 무의식이라 할지라도 그 구조는 언어의 구조를 취한다는 점을 라캉은 현대 언어학을 통해서 강조한다. 프로이트는 『꿈의 해석』에서 무의식의 영역인 꿈조차도 언어학적인 수사가 적용됨을 아주 세심하게 분석하면서, 꿈이 문학가들의 창작과 유사하다고 주장한다. 꿈이 청각보다는 시각적 영상에 많이 의존하는 측면은 시인들이 시를 창작할 때, 시적 이미지를 창조하는 것과 유사한 맥락이 있다. 은유나 환유 같은 수사적 장치를 프로이트는 압축과 전위로써 풀어낸다. 시인들이

---

1) It is to this very mirage that a theory of the ego is currently devoted which, in basing itself on the return Freud assures this agency is his *Group Psychology* and *the Analysis of the Ego*, goes astray since that text includes nothing but the theory of identification. The aforementioned theory [ego psychology] fails to refer to the necessary antecedent to *Group Psychology*, which served as its basis: the article entitled "On Narcissism." (Jacques Lacan, *Écrits*. Bruce Fink. trans. New York: W. W. Norton & Company. p.54.)

시에서 하나의 시적 모티브를 이용하여 시를 창작해 나가는 과정에서 무의식 속에 잠재되어 있던 영상들을 하나씩 불러와 겹치게 하거나 이중 혹은 다층적으로 배치하는 경향에서 꿈과 유사하다고 볼 수 있다.

무의식이 동원되는 시적 글쓰기에서 시인들은 자기 검열을 수행해 나가는데, 특히 자신만의 고유한 심리적 외상들이 끊임없이 시 속에서 출현하거나 다른 시적 이미지의 가면을 통해 드러난다. 예를 들어, 경제적인 측면에서 결핍의식을 가진 시인들의 경우에는 과잉으로 자신의 가난을 시적 장치로 활용한다. 반면에 정말 어려운 여건임에도 불구하고 쾌활한 어조로 명랑한 정서를 표출하기도 한다. 과잉이거나 위장이라고 볼 수 있다. 특히 한국 시인들의 무의식 속에는 시인은 가난하고 삶의 고통을 뼈저리게 겪어야 시를 잘 쓸 수 있다는 강박 관념도 많이 존재한다. 시의 진정성을 회복하는 방법에 있어서 가난, 육체적 고통, 슬픔, 소외, 결핍을 지나칠 정도로 남용하는 경우가 흔하다. 아마도 근대를 개척한 탁월한 시인들의 처한 상황이 너무나 척박했기 때문에 그 유산을 물려받은 탓일 것이다.

현대의 여성 시인들에게 공통적으로 존재하는 정신적 외상은 가부장제의 억압이라고 볼 수 있다. 여성의 성적 정체성을 드러내는 시편들에서, 아직까지 성적 쾌락의 즐거움을 아주 상큼한 어조로 드러내거나, 있는 그대로 자연스럽게 예찬하는 시편들을 거의 본 적이 없다. 대신에 심리적 외상인 트라우마를 과잉될 정도로 확장시켜, 창부나 강간하는 아버지를 통해서 비판을 수행하는 사례가 많다. 아니면 의도적으로 정신병리학적 메타포를 차용하여 그러한 방향으로 끌고

가기도 한다. 여성 시인들에게 있어서 자기 검열이 아직도 엄격하고 상당히 공고함을 감지할 수 있다. 왜 성적 쾌락의 긍정적인 측면은 부각시키지 않는가? 의식적으로 피하는가? 아니면 무의식의 영역에서 억압하는 것인가? 시가 반드시 뭔가 고상해야 하고, 아름다워야 하고, 새로워야 하고, 개성적이어야 한다는 강박관념이 강하게 작동함을 알 수 있다. 긍정적이든지 부정적이든지 간에 여성 시인들이 시를 창작하는 행위가 때때로 심리적 외상의 탈출구 역할을 하는 것임은 분명하다. 그래서 정신적 외상이 의식적으로든 무의식적으로든 어떻게 시 속에서 출현하고 왜곡되는지를 탐색할 필요가 있다.

2. 창조적인 언어를 통한 히스테리 극복

여성 시인들로 하여금 시를 창작하게 하는 만드는 근원적 동기는 무엇일까? 시를 쓰지 않을 수 없게 만드는 내적 동기는 어디에서 비롯되는 것일까? 아마도, 시를 쓰게 만드는 내적인 욕망의 배후에는 무의식의 작동이 존재할 것이다. 화사한 생의 순간을 찬미하고픈 욕망도 있겠지만 대부분의 경우 내적인 상처나 고통을 글을 통해 해소하고자 하는 경향이 더 많다. 그래서 시인들의 이미지를 떠올릴 때, 뭔가 결핍되고 슬픔에 쉽게 동요되고, 타자의 아픔에 예민한 촉수로 다가가는 측면이 생각난다. 프로이트가 브로이어와 함께 정신분석 초기에 행한 히스테리 환자에 대한 진료 가운데 "안나 O양"에 대한 기록은 여성 시인들의 시적 체험을 이해하는 틀을 제공하고 있다. 전형적인 히스테리 증상을 보였던 안나는 자기 내면 안에 있는 창조적

에너지를 효율적으로 발산하지 못한 채, 내면에서 죄책감과 자신의 본능을 억제함으로써 고통을 겪은 경우이다. 브로이어는 그녀가 히스테리 병을 유발한 심리적 소인에 대하여 다음과 같이 지적한다.

(1) 단조로운 가정생활과 적절한 지적 직업의 부재로 인해 그녀가 사용하지 않은 정신적 활기와 에너지가 넘쳐났는데, 이러한 활기와 에너지는 계속적인 상상 활동 속에서 출구를 발견했다.
(2) 이 때문에 백일몽(그녀의 〈개인 극장〉)이 습관화되었으며, 이는 그녀의 정신적 인격을 분열시키는 밑바탕이 되었다.[2]

안나 O양의 경우에는 아버지에 대한 병간호의 중압감과 함께 그녀 혼자만의 상상적 공간 속에 불안감과 공포가 자리를 잡으면서 히스테리로 전환된 경우이다. 그녀에게서 주목할 것은 그녀가 히스테리를 극복해나가는 과정에서 담당 주치의인 브로이어와 나누었던 대화이다. 안나는 자신의 상상 속의 환각이나 창조적인 시적 에너지 등을 이야기를 함으로써 그녀 스스로 정신 이상의 상태인 2차 상태에서 점점 벗어나 정상적인 생활로 복귀가 가능해졌다. 이 단계에서는 프로이트가 아직 무의식에 대하여 구체적으로 언급하지 않은 초기지만, 그녀는 무의식 속에 가두어두었던 사악한 환영이나 폭력적인 공포 등으로 인해 고통 받았는데, 그것을 발화함으로써 그 억압이 해소되고 정상적인 의식 상태로 복귀할 수 있었다. 안나의 경우는 환자의

---

2) 요제프 브로이어, 지그문트 프로이트, 『히스테리 연구』, 김미리혜 번역, 열린책들, 2009, 61쪽.

사례이지만 정상인의 경우에 있어서도 이러한 방법은 큰 효력을 가질 수 있다. 흔히 여성들의 수다에 대한 비판적인 시선도 있지만, 그녀들의 수다가 때로는 무의식의 억압을 경감시켜주는 역할을 할 수 있음을 감지할 수 있고, 더불어 남편에게 퍼부어대는 잔소리 역시 정신적 억압감을 해소하는 데 기여할 수 있을 것이다. 하지만, 그 잔소리를 들어야 하는 남성 역시 때로는 심각한 정신적 외상과 콤플렉스에 시달릴 수 있다. 아내에 대한 폭력적인 공격성을 이성으로 억압해야 하는 남성의 분열된 의식이 외도나 알콜 중독으로 변질될 가능성도 존재한다.

최근 한국 시단에 여성 시인들의 층이 아주 두터운 것은 한국의 병리적 상황을 극복하고 대처하는 하나의 방식이라는 시각에서 보았을 때, 긍정적인 측면이라고 볼 수 있다. 충분한 지적 소양을 갖춘 안나처럼 19세기 후반 유럽의 여성들은 자신들의 재능을 제대로 발휘하지 못한 채 가부장적인 사회가 부여한 역할에만 충실하면서 내적으로 많은 히스테리를 겪었다. 그와 달리, 한국의 현대 여성 시인들은 자신의 재능을 억누른 채 남편과 자식을 위해 헌신해온 삶을 성찰하면서 자신의 목소리를 냄으로써 진정한 자아정체성을 회복하고 심리적 억압감을 해소하고 있다. 평단에서는 자주 거론되지 않지만 독특한 자신만의 어법으로 자신의 내면을 승화시키는 여성 시인들로는 김종미, 안효희, 전명숙, 그리고 김영미 시인 등을 언급할 수 있다. 그중에서 김종미 시인은 그녀의 첫 시집인 『새로운 취미』에서 전복적인 여성상을 의도적으로 육화시키면서 가부장적인 틀을 거부하고자 한다. 그런데 위에 언급한 네 시인들 모두, 시 속에서는 새로운 탈출구를 찾고자 치열하게 몸부림을 치지만 현실생활에서는 아주 전형적인 현모양처의 모범적 삶을 살아가는 측면이 있다. 현실세계에서는 초자아의 구속을 많이 받는 편이지만, 시 창작의 영역에서는 무의식의 영역인 이드를 시적으로 승화시키는 데 재능을 보여준다. 안나 O양의 경우, 혼자서 '개인 극장'을 창작하면서 자신만의 상상 공간이 꿈과 현실의 경계를 흐린 경우가 많았다. 김종미 시인의 시 「몽유」는 그러한 백일몽적 상상력을 시로 구체화시킨 예이다.

딩동딩동……
자다가도 벌떡 일어나 현관문을 엽니다
당신은 언제나 벨을 누르고
나는 맨발로 두어 계단쯤 내려가 당신을 찾고
흙 묻은 발로 침대에서 잠이 듭니다
잠 속에서 내 눈물이 강을 이루고
강 건너에서 당신은 벨을 누릅니다
당신 앞엔 언제나 문이 있고
당신의 얼굴은 언제나 물에 가려져 있습니다
당신이 나를 너무 그리워해서 나는 아픕니다
너무 아프면 이것은 꿈이라고 나를 깨웁니다
아침이면 전철을 탑니다
아무 전철이나 타고 맨 첫 칸부터 마지막 칸까지
내가 아픈, 당신의 얼굴을 구걸합니다
검은 창밖으로 강물이 흐르고 구름이 엉기고 새가 날아갑니다
사람들은 서재의 책처럼 좌석에 꽂혀 있습니다
서로가 서로의 어깨를 기대고 있지만 내용이 다른 당신들을
펼쳐볼 수 없는 나는

다리를 절며 다시 씨방 속 같은 밤에 닿습니다
당신이 흘린 벨 소리가 수북이 쌓인 현관문을 열고
거실 문을 열고 안방 문을 열고 창문을 열고
잠을 열고 꿈을 열고
딩동딩동……

— 「몽유」 전문3)

이 시는 억압된 사랑의 감정이 꿈속에 출현하는 것을 은유적으로
보여주면서, 꿈과 현실의 경계를 의도적으로 허물어버린다. 이루어
질 수 없는 안타까운 사랑인지, 상상 속에서 구체화시킨 사랑의 환타
지인지 불분명하지만, 분명한 것은 시적 화자의 무의식 속에 자리한
'부재'의 자리이다. 당신이란 존재는 애인, 남편, 아버지, 시, 욕망
등의 기표들로 계속 자리 바꿈할 수 있으며, 시적 화자는 의식과 무
의식의 공간에 혼재해 있다. 지나칠 정도로 이성 중심적 사회에서 끊
임없이 소외되고 결핍되는 현대인의 내면을 포착하는 시인의 섬세한
시선이 돋보이는 시이다. 의식에서 '안돼'라고 억제하는 모든 관계
들의 틈을 비집고 들어오는 것들에 대한 사유를 이 시는 자연스레 풀
어내고 있다. 금기와 윤리의 틀 속에 있지만 상징계의 견고한 벽을
뚫고 출현하는 실재의 재현을 담아내고 있는 아름다운 시이다.

반면에 안효희 시인은 '말로써 발화할 수 없는 존재'에 대해 예리
한 촉수를 드러내고 있다. 그녀의 시 「입 속의 사막」에서는 언어의
한계를 날카롭게 통찰하는 안목을 보여준다. "바람에 꼬리를 감춘

---

3) 김종미, 『새로운 취미』, 서정시학, 2006, 28~29쪽.

언어의 속삭임"처럼 있는 그대로의 적나라한 진실을 함부로 말할 수 없는 인간관계의 그 미묘한 미끄러짐을 포착하면서, 발화의 어려움을 겪는 말더듬이의 고뇌를 표출한다. 증오하는 대상에 대하여, 증오심 대신에 친절한 미소를 보내야 하는 사회적 규범 안에서 그것을 감내해야만 하는 몸에 번지는 붉은 반점은 전형적인 히스테리의 징후이다. 혀끝에 도는 까칠까칠한 가시처럼, 뾰족한 바늘처럼 냉소적으로 다가오는 상황 앞에서 도망가지도 더 공격적으로 대처하지도 못하는 나약한 타자들의 대응 방식이다. 그것은 언어의 중독이자 온몸에 증상을 남기는 전형적인 신경증의 징후이다. 지극히 문명화된 대응 방식이지만 무의식적 억압의 강도는 엄청나게 크다. 이것은 히스테리 환자에게만 국한되는 것이 아니라 평범한 일상에서 너무나 자주 마주치게 되는 현실이다.

> 한 웅큼의 꽃잎이라 믿었다
> 바람에 꼬리 감춘 언어의 속삭임
> 그것으로 작은 얼굴, 작은 몸,
> 삐걱이는 뼈마디를 가린다
> 그럴수록 퍼지는 내 안의 모래,
>
> 화려하게 내뿜는 부산역 분수대 앞에서 꼴깍 마른침을
> 삼킨다 "아"하고 싶을 때 "어"하고 "어"하고 싶을 때
> "아"한다 어지러운 혀끝, 까끌까끌한 혓바늘, 소금 냄새
> 가 그립다
>
> 전화벨이 울린다 벌레들이 쏟아진다 꿀 발린 미끈한 언

어들 자석을 향한 바늘되어 옆구리를 찌른다 정전기를 따
라 보푸라기로 선다 늦이 되어버린 나, 발목까지 빠진다
넘치는 생각의 상자들, 비늘 벗겨 내지 못한 채 꾸역꾸역
삼킨다

복어 알을 삼킨 전신의 붉은 반점
언어의 중독이다
해독제를 찾아 백과사전 뒤적인다

모래알 구르는 사막에서 묵비권을 행사한다
— 「입 속의 사막」 전문[4]

   안효희 시인이 이 시 속에서 다루는 언어는 전형적인 환유의 언어
이다. 기표와 기의의 접점이 와해되면서 넘쳐나는 과잉기표들로 인
해 겪는 정신적 외상이자 언어의 오염이다. 몸이 더 직접적으로 전달
하는 입안의 사막, 공허한 말놀음에 대한 날카로운 포착이다. 무엇보
다도 진실을 전달하기 어려운 인간관계의 속박 속에서 시적 화자가
선택하는 것 역시 최종적으로는 묵비권이다. 말을 버리는 의지이다.
안나 O는 말을 함으로써 자아를 획득하는데 안효희 시인은 역설적
으로 침묵을 선택한다. 말의 오염에서 벗어나고자 하는 탈출구가 침
묵인 것이다. 그러나 그 침묵의 내부를 좀 더 세밀하게 들여다보아야
하지 않을까? 붉은 반점들이 검은 피로 굳어가서 석화되는 세포들.
이처럼 여성 시인들의 트라우마는 쉽게 발화될 수 없는 한계 앞에서

---

4) 안효희, 『꽃잎 같은 새벽 네 시』, 한국문연, 2005, 22~23쪽.

더 깊어진다. 우아한 인격으로 드러나는, 의식의 영역에서 빗겨난 채 침묵을 강요당하는 트라우마의 빗장을 열어줄 대안은 없는 것일까? 이 대안을 찾으라는 시인의 은밀한 목소리가 전하는, 간절한 울림이 파문처럼 번져나는 시이다.

3. 트라우마를 전복하는 사유들

프로이트와 라캉의 정신분석은 대개의 경우 남근 중심적이라는 비판을 많이 받는다. 그에 대한 반발로써 루스 이리가라이 같은 경우 라캉의 비위를 거슬려가면서까지 여성의 정체성을 정신분석학에 담으려 애를 쓰기도 한다. 팔루스라는 기표, 아버지의 이름이 상징하는 거대한 상징적 틀, 특히 오이디푸스 콜플렉스의 경우 거세와는 무관해 보이기까지 하는 여성 성기에 대한 비유를 시 속에 끌어오는 시인들도 있다. 남자 아이들이 사춘기 때, 거세에 대한 공포를 극복함으로써 무사하게 상징계에 안착하게 된다고 라캉은 설명한다. 그렇다면 소녀들은 어떻게 되는가? 프로이트의 논의처럼 소녀들이 페니스가 없음을 결핍이라고 느낀다는 것은 지나칠 정도로 억지스럽다. 기독교적인 상징이 프로이트의 정신분석에 깊이 관여하고 있음은 어쩔 수 없는 문화적 현상일 수도 있다. 유일신으로 대변되는 하느님이 갖는 아버지로써의 정체성이 서구의 기독교 문화에 깊이 새겨져 있기 때문이다.

소녀는 남성의 페니스를 선망하기보다는 아버지와 같은 권력이 없음에 더 치명적인 상처를 받는 것인지 모른다. 여성의 성기와 종종 대체되는 것은 꽃의 이미지이다. 꽃 역시 식물의 성기이기 때문이다.

치명적일 정도로 아름다운 꽃의 색깔과 향기를 전복시키는 사유를 전명숙 시인이 드러내고 있다. 소녀가 제대로 오이디푸스 단계를 거쳐 성인으로 도약하지 못한 단계를 시적 상상력을 통해 보여준다. 꽃이 만개한 봄날의 유혹과 그로 인한 임신과 미혼모의 사회적 문제들을 시 속에서 구체화시킨다. 소년들이 겪는 거세와 소녀들이 겪는 월경의 경험을 어떻게 정신분석학적으로 설명해야 할까? 아버지의 법으로부터, 금지를 통해 법을 인식하는 소년과 반대로 소녀는 아버지가 한번도 경험해보지 않은 넘쳐나는 피의 흐름을 겪게 된다. 월경에 대한 경험이 전무했던 프로이트가 분석하고자 했던 여성의 성적 발달사는 수정이 불가피한 것 같다.

> 나무도 아프면서 크는 법인데 넘어지면서 정강이도 깨는 법인데 깨진 상처에다 침부터 바르는 어머니가 있는 법인데 잘 아물지 않으면 덧나기도 하는 법인데 덧난 것들 지독하게 화끈거리다 방울방울 종기로 부풀기도 하는 법인데 발갛게 화농된 종기들 무르익어야 터지는 법인데, 마침내 터진 그 꽃나무의 종기에 벌 나비들이 침을 찔러 넣는 봄날, 입술에 침도 안 바른 감언이설 저렇게 받아들이다간 아이를 밸 수도 있을 것인데 머리통 새까만 씨앗을 배면 씨방이 자꾸 부푸는 법인데 헝겊으로 아무리 조여도 감출 수 없어 배가 아픈 법인데 두렵고 어두운 울음덩이를 낳아야 하는 법인데 그런 미혼모들 자동차가 씽씽 달리는 길 아래서 먼지 뒤집어쓰고 몰래 낳아버린 꽃들, 그 꽃들로 천지가 환하디 환한 봄날인데
>
> ─「화끈거리는 꽃」 전문[5]

5) 전명숙, 『염소좌 아래 잠들다』, 천년의 시작, 2004, 71쪽.

이 시 속에 등장하는 꽃은 화끈거리는 소녀의 성적 발달사이다. 상처와 고통이란 통과의례를 거치면서 벌어지는 꽃의 개화과정이 건전하지 않다. 겁탈이나 강간의 이미지를 묘사한 "마침내 터진 그 꽃나무의 종기에 벌 나비들이 침을 찔러 넣는 봄날"에서 외상적 트라우마를 연상시킨다. 은밀한 사적 공간에서 자행되는 성폭력에 노출된 소녀들에 대한 연민과 불안을 읽어낼 수 있는 시이다. 상처를 겨우 딛고 자라난 소녀가 겪게 되는 성적인 접촉이 왜곡된 성으로 이끌어지는 사회적 상황을 담고 있다. 여성의 성을 상품화시키는 현대의 물신주의적 풍토와 아울러 가족이 해체됨으로써 보호의 벽이 허물어진 소녀들의 불안증을 화끈거리는 꽃의 은유를 통해 전달하고 있다.

김영미 시인은 그녀의 시 「통제 구역」에서 트라우마의 존재를 긍정하면서 아주 도전적이고 도발적인 시적 포즈를 취하고 있다. 그녀는 원시적 주술사의 에너지처럼 문명과 도덕의 틀을 뛰어넘을 수 있는 대담한 시각을 보여준다. 이 시를 읽으면 마음 한구석이 펑 뚫리는 쾌감이 느껴진다. 종교적 엄숙함이나 물질적 결핍이나 남근적 우월성에 대한 사유를 훌쩍 뛰어넘어 자유자재하는 영혼을 느끼게 해준다.

> 나는 민간인
> 민간 신앙이 나를 통제한다
>
> 나무와 바위 속
> 영원히 누설되지 않는 기밀이 나를 통제한다
> 둥둥 북을 치며 태양을 숭배하던 원시성이

나의 시작이며
최초의 빗줄기가 나의 근원이다

 역마살이 도져 만신(萬神)의 대나무 내 안에서 흔들릴 때면 나는 금
줄을 치고 순금의 구역 안으로 들어간다 내 몸에 붙은 잡귀와 싸우며
일간신문을 펼쳐 십이지신의 근황을 두루 살핀다 하루의 운세를 짚어
보고 말뚝을 박고 염소의 행동반경을 따라 돈다 어머니를 믿듯 정화수
를 믿으며 천둥과 벼락 하늘의 소문을 두려워한다 역신의 뿔을 믿으며
본적 없으나 역귀의 역습을 두려워한다 품은 적 없으나 붉은 부적이
나를 금하고 간밤의 꿈자리가 엄중히 나를 경고한다

그러나
나는 넘어간다 역신의 뿔을 넘어
철책이 없으므로 울타리를 넘어간다
땅의 경고를 무시하고
하늘의 경고를 무시하고

내 안에
통제할 수 없는 통제구역이 있다
　　　　　　　　　　　　　　　 — 「통제구역」 전문6)

　김영미 시인의 「통제구역」 시편에서는 트라우마의 극복에 대한 가
능성을 엿볼 수 있다. 고등종교와 민간신앙을 구분하는 이분법적 사
유에 대한 비판을 출발점으로 하여, 자신을 '민간인'이라는 평범한

6) 김영미, 『비가 온다』, 한국문연, 2004, 48~49쪽.

존재로 규정하면서 자신을 억압해왔던 사유의 비늘들을 하나씩 벗겨내는 과정이 신선하다. 선과 악으로 양분되는 인식 구조의 편협함을 꼬집는다. 특히 "역마살이 도져 만신(萬神)의 대나무 내 안에서 흔들릴 때면/나는 금줄을 치고 순금의 구역 안으로 들어간다"라는 시 구절은 무의식의 문지방을 건너는 욕동의 흐름을 감지할 수 있다. 무의식이 의식으로 진입하기 이전의 잠시 동안 체류하는 전의식의 단계를 거꾸로 역류하는 흐름이 흥미롭다. 두려움의 공포가 자리한 무의식의 공간을 지난 시적 화자는 훌쩍 역신의 뿔을 넘고 철책이 없는 울타리를 넘어선다. 시적 화자가 이르는 공간은 "땅의 경고를 무시하고/하늘의 경고를 무시하고"라는 구절처럼 모든 검열과 구속에서 벗어난 자유의 공간이다. 그 누구도 함부로 침해할 수 없는 나만의 무의식의 공간인 것이다. 나의 초자아마저 나를 감금할 수 없는 공간이 존재한다. 그것은 "내 안에/통제할 수 없는 통제구역이 있다"라는 단호한 언술로써 천명된다. 시적 화자는 검열로 인한 통제에서 벗어나 트라우마의 순환을 끊을 수 있는 진정한 자아를 획득하는 것이다. 그것이 진정한 시인의 목소리일 수 있고, 독자의 목소리일 수 있고, 근엄한 초자아의 신음일 수도 있다. 무엇보다도 상처받은 영혼을 치유할 수 있는 언어의 힘이자 시의 힘일 것이다.

▨ 발표지 목록

제1부 – 분열된 주체와 무의식

「분열된 주체와 무의식의 시학 – 김언, 박강우, 황병승」, 『시와 사상』 2010년 가을호.

「녹이 슨 문명과 물화된 주체에 대한 탐색 – 이하석론」, 『열린시학』 2009년 봄호.

「불안을 훔치는 도둑 – 김유석론」, 『리토피아』 2011년 여름호.

「잃어버린 장닭 – 신진의 시 「장닭」」, 『작가와 사회』 2011년 여름호.

「아버지의 부재와 생활의 무늬, 그리고 슬픈 지도 – 유희경의 시 「지워지는 地圖」」, 『시와 사상』 2012년 봄호.

「미친 예언자의 고백 – 로버트 로월의 시적 화자 분석」, 『미국학논집』 2004년 제6집.

「로버트 로월 시에 대한 정신분석학적 접근」, 『새한영어영문학』, 2010년 봄 제52권.

제2부 – 폭력과 유머

「폭력과 유머의 미학 – 서효인론」, 『오늘의 문예비평』 2012년 여름호.

「황하의 순례자 – 이재훈론」, 『시와 사상』 2012년 가을호.

「박청륭 시인과 안창홍 화가가 교차되는 시선」, 『시사사』 2012년 9, 10월호.

「아내의 가슴과 새의 근육에 대한 향수 – 장인수론」, 『서시』 2010년 여름호.

「봄눈의 전설 – 정영태론」, 2011년 7월 8일 부산작고 문인 세미나 토론

「거대한 폭력과 웃음 – 김경수론」, 『현대시』 2013년 9월호.

「사랑, 그 다양한 변주의 시-김경수, 『달리의 추억』」, 『리토피아』 2009년 여름호.

「뭉클거리는 흔적-박완호의 『물의 낯에 지문을 새기다』」, 『주변인과 시』 2011년 여름호.

제3부-트라우마와 여성시

「해골과 가면의 시선」, 『시를 사랑하는 사람들』 2011년 7, 8월호.

「시의 지평을 가로지르는 야생마-허혜정론」, 『현대시』 2008년 11월호.

「밤꽃 향기 날리는 유월의 산책-김나영의 시 「유월」」, 『시와 사상』 2010년 겨울호.

「녹색비단구렁이의 그물에 들다-강영은의 「허공 모텔」」, 『시와 사상』 2009년 봄호.

「꽃과 독(毒)의 공존-안효희의 『꽃잎 같은 새벽 네 시』」, 『작가와 사회』 2006년 여름호.

「경쾌하고 전위적인 시인 이야기-노준옥의 『모래의 밥상』」, 『시선』 2011년 가을호.

「허공에 피어난 여섯째 손가락-박선희의 『여섯째 손가락』」, 『부산시인』 2004년 가을호.

「트라우마를 잠재우는 여신들」, 『시와 사상』 2009년 가을호.

◤ 참고문헌

김상환, 홍준기 엮음. 『라캉의 재탄생』. 창작과 비평사, 2003.

뢰비트, 카알. 『헤겔에서 니체에로』. 강학철 옮김. 민음사, 1993.

사립, 마단. 『알기쉬운 자크 라캉』. 김해수 옮김. 서울:백의, 1995.

이경순. 외 공저. 『정신건강간호학』. 현문사, 2005.

지젝, 슬라보예. 「코기토와 성적차이」,『성관계는 없다』. 김영찬 외 엮음. 도서
　　출판 b, 2005.

프로이트, 지그먼트. 『쾌락 원칙을 넘어서』. 박찬부 옮김. 열린책들, 1997.

Austenfeld, Thomas Carl. *Robert Lowell's Religious Temperament*. Ann Arbor : U.M. I.
　　1991.

Blackmur, R. P. "Review of Land of Unlikeness", *Robert Lowell*. Ed. Thomas
　　Parkinson. New Jersey : A spectrum Book, 1968.

Clark, John R. *The Modern Satiric Grotesque and Its Traditions*. Lexington : U. P. of
　　Kentucky, 1991.

Emerson, Ralph Waldo. *Emerson's Essays*. New York : Harper Colophon Books,
　　1951.

Ehrenpreis, Irvin. "The Age of Lowell", *Robert Lowell*. Ed. Thomas Parkinson. New
　　Jersey : A Spectrum Book, 1968.

Lowell, Robert. *Land of Unlikeness*, Ann Arbor, Michigan U. M. I., 1979.

_____, *Lord Weary's Castle and The Mill of Kavanaughs*. New York: Harcourt, Brace
　　& World, 1951.

_____, *Life Studies and For the Union Dead.* New York : Farrar, Straus and Giroux, 1980.

_____, *Selected Poems.* New York : Farrar, Straus and Giroux, 1976.

Scholl, Diane Gabrielsen. *Historical And Biographical Themes In the Poetry of Robert Lowell.* Chicago : Illinois University, 1973.

Staples, Hugh B. "Land of Unlikeness", *Critics on Robert Lowell.* Ed.Jonathan Price. Cora Gables, Florida : U. of Miami Press, 1972.

Tate, Allen. "Introduction to Land of Unlikeness". *Critics on Robert Lowell.* Ed. Jonathan Price. Cora Gables, Florida: U. of Miami Pres, 1972. 37.

Austenfeld, Thomas Carl. *Robert Lowell's Religious Temperament.* Ann Arbor: U.M.I., 1991.

Crowther, Paul. *The Kantian Sublime: From Morality to Art.* Oxford: Clarendon, 1991.

Hart, Henry. *Robert Lowell and the Sublime.* New York: Syracuse UP, 1995.

Freud, Sigmund. *The Interpretation of Dreams and On Dreams.* The Standard Edition of the Complete Psychological Works of Sigmund Freud. Ed. and Trans. James Strachey. Vol. V. London: Hogarth Press, 1953.

_____, *Case History of Schrevber. Papers on Technique and Other Works (1911–1913).* Standard Edition. Vol. X11.

Lacan, Jacques, *Ecrits.* Trans. Bruce Pink. New York: Norton, 2006.

_____, *The Four Fundamental Concepts of Psycho–Analysis.* Trans. Alan Sheridan. Harmondsworth: Penguin Books, 1991.

_____, *Encore: The Seminar of Jacques Lacan Book XX.* Trans. Bruce Pink. New York: W.W.Norton & Company, 1999.

Rosenthal, M. L. "Robert Lowell and the Poetry of Confession", *Robert Lowell: A*

Collection of Critical Essays. Ed. Thomas Parkinson. New Jersey: Prentice
   Hall, 1968.

Tillinghast, Richard. *Robert Lowell's Life and Work: Damaged Grandeur*. Ann Arbor: U
   of Michigan P, 1995.

참고문헌

■

찾아보기

ㄱ

김혜영

1966년 경남 고성에서 출생해 부산대학교 영어영문학과와 같은 대학원을 졸업했다. 영문학 박사. 1997년 『현대시』로 작품 활동을 시작해 시집 『거울은 천 개의 귀를 연다』, 『프로이트를 읽는 오전』, 평론집 『메두사의 거울』을 간행했다. 『거울은 천 개의 귀를 연다』를 *A Mirror Opens One Thousand Ears*(i Universe, Printed in U.S.A. 2011) 『鏡子打開千双耳朶』(옌벤대학교 출판부, 2011)로, 시선집 『당신이라는 기호』를 『あなたという記号』(칸칸보 출판사, 2012)로 번역 간행했다. 『시와 사상』 편집위원을 역임했고, 웹진 『젊은 시인들』을 창간했다. 애지문학상을 수상했으며, 부산대학교에서 강의를 하고 있다.

푸른사상 비평선 11

분열된 주체와 무의식

인쇄 2013년 11월 22일 | 발행 2013년 11월 27일

지은이 · 김혜영
펴낸이 · 한봉숙
펴낸곳 · 푸른사상사
주간 · 맹문재 | 편집, 교정 · 지순이 · 김재호 · 김소영

등록 제2-2876호
주소   서울시 중구 충무로 29(초동) 아시아미디어타워 502호
대표전화   02) 2268-8706~7 | 팩시밀리 02) 2268-8708
이메일   prun21c@hanmail.net
홈페이지   www.prun21c.com

ⓒ 김혜영, 2013

ISBN 979-11-308-0066-0 93810
값 22,000원

 이 도서의 국립중앙도서관 출판시도서목록(CIP)은 서지정보유통지원시스템 홈페이지
(http://seoji.nl.go.kr)와 국가자료공동목록시스템(http://www.nl.go.kr/kolisnet)에서 이용하실 수 있습니다.
(CIP제어번호 : CIP2013024564)

 본 사업(공연/행사/도서)은 2013년 부산문화재단 지역문화예술육성지원사업의 일부지원으로 시행됩니다.